U1070076

中國散文

散文中国

河流的影子

窦爱军 著

天津出版传媒集团

天津人民出版社

图书在版编目（CIP）数据

散文中国·河流的影子 / 窦爱军著. -- 天津：天津人民出版社, 2013.7
ISBN 978-7-201-08182-3

Ⅰ. ①散… Ⅱ. ①窦… Ⅲ. ①散文集－中国－当代 Ⅳ. ①I267

中国版本图书馆 CIP 数据核字(2013)第 102470 号

天津人民出版社出版
出版人：黄　沛
（天津市西康路 35 号　邮政编码：300051）
邮购部电话：（022）23332469
网址：http://www.tjrmcbs.com.cn
电子信箱：tjrmcbs@126.com
高教社(天津)印务有限公司印刷　　新华书店经销

2013 年 7 月第 1 版　2013 年 7 月第 1 次印刷
700 × 960 毫米　16 开本　14.75 印张　2 插页
字数：260 千字
定　价：29.80 元

序

西北一隅的散文单声部

杨献平/文

河西走廊是古丝绸之路延宕与牵扯的广阔地域，这里的雪山是朝圣者终其一生的梦想，大漠是灵魂放逐者的疆场，驼铃在空谷中将岩石敲破，胡笳和骨笛于月夜高岗吹奏离人的衷肠与梦想。十多年前，我孤身前往，并在河西走廊以北的巴丹吉林沙漠度过了人生中最有热度与梦想、也最有疼痛和困惑的青春时光。2000年后，我有计划地对河西走廊进行了一次实地考察式的漫游。其中张掖去得最多，每一次都要待几天。张掖在古旧中透着农耕气息，偏僻里漾着诗歌与宗教的微光。而它就近的临泽，我每次都是匆匆而过。直到2008年某次乘坐一辆桑塔纳轿车穿越时，才发现，临泽不仅仅是以小枣闻名，而且有着独特的人文风情。临泽在史前世纪应当是乌孙、月氏和匈奴故地，曾发生过激烈的战争。张骞出使西域也曾经过这里。崛起于蒙古高原的匈奴进入历史辉煌时期之后，从漠北，先后两次对这里的原居民——同样“逐水草而居”的月氏人先后进行了两次灭顶式的打击，迫使他们由此向西遁逃和迁徙，从而引发了亚欧大陆上一连串剧烈的民族大迁徙活动。至丝绸之路开通，张掖便为河湟乃至青海道和河西道的出入口和汇集点，祁连南部的民乐县扁都口(古称大斗拔谷)是河湟进出河西必经之地。而距张掖不过30公里的临泽，是丝绸之路最密集的交通驿站。临泽处在祁连山和巴丹吉林沙漠之间的大戈壁滩上，黑河水泱泱向西倒淌。雪山雪水滋养和延续着河西走廊大部分人居之地的万物生命。

这一年，张掖的朋友告诉我，临泽有一位写小说和散文不错的作家，叫窦爱军。我听名字，第一感觉是男性。此后在报刊、杂志上看到“窦爱军”三个字，觉得眼熟，打开细看，只见文字细腻动人，亲切自然，才想起朋友之介绍。一个身处河西之地的人，能把文字写得自由，并且有着一种朴素的识见与张力，真是非常难得。再后来，在自己博客看到窦爱军留下的痕迹，便循着回访，再读其文，方才知道，这是一位女子，供职于临泽县地税局。

我所在的巴丹吉林沙漠外围城市酒泉，距离张掖不过三四个小时车程，到临泽也是三个多小时，但因为自身久居沙漠，极少出门，偶尔去张掖也是在火车和班车上路过，从没在临泽停留。我也从张掖朋友处得知，窦爱军也是一个喜好安静、不凑堆的写作者，即使张掖本地的朋友，一年也难以见其一面。2010 年下半年，窦爱军发来她的几篇散文作品，我读之后，觉得她的文字有一种自然的气息，读来亲切。同在西北，我们对风物人情很有认同感。比如对戈壁的刻骨印象，对风沙的切身经受等。同处西北的人，潜意识都有一种对此地的别样情感，对生身之地不离不弃甚至无端热爱。

2012 年初，窦爱军忽然来电话说，希望把自己多年来的文字出版成册，意为总结，也是展示，并发来了整理好的书稿，并嘱我就她的文字谈点个人意见。我欣然应允。不是我自恃到了可以为人作序推荐的地步，而是觉得与窦爱军等西北写作者有一种天然的惺惺相惜。近二十年来，西北高地上的大漠孤烟，长河落日，沙尘横飞，天高地阔，已经将我历练和熏染为地道的西北土著了。窦爱军的散文当中就有我喜欢的西北气质和西北味道。

这本书里，窦爱军基本上写的是自己在临泽小城的个人生活，一次散步，一次出行，一些杂糅于心间与笔尖的往事，乃至对世事人心的观察和发现，都有鲜明的个人特色。如本书第一辑《家乡，我的大沙河》中的《大沙河的黄昏》《听雨》《秋日双泉湖》《河流的影子》《沙尘暴》等作品，是对故土的深情书写。我读之心有共鸣。西北缺水人所共知，西北人对水的感情非常深沉。可以说，他们有一条河流便会顶礼膜拜，有一片苍翠便会忘我雀跃。水在西北人的内心，不仅是生命的必需品，也是灵魂的滋润物。窦爱军在文字中对家乡大沙河、双泉湖的探访与赞美，其中的感情是欣悦的，也是矛盾的；是庆幸的，也是担忧的。尽管在她的文字中很难找到一处明显的忧思与惆怅，但我似乎从中窥见了一种深隐的疼痛。另外，《听取蛙声一片》《街头即景》《在枣树林里》等文字，是窦爱军在临泽生活的现场直击与世态素描。《父爱如山》《母爱如海》等，题目很平常，文字极动人。《相识一位农家女》讲的是她与一位农家女子的交往，具有人与人之间相互关切的道义感与温暖情愫，令人心生安慰，对她也产生了钦敬之心。

本书的第二辑，是窦爱军写他乡美景以及旅行暂居的各种心情和发现，《北京的风尘》《丽江，梦想的家园》《沙湖》《草原之旅》等文字，写得轻盈飘荡，有一时一地的细致观察，也有一个人在异地的切身体验。第三辑当中的不少篇章，是基于自己经历乃至生活本身的发现和思考，如《内心的风暴》《时光记事本》《2008年的这个春天》《那个捡垃圾的孩子小钰》等，都非常注重由外入内，牵动心肠，坦承自己内心的道德维度与现实取向。第四辑的文字，是窦爱军站在当下对往事回溯，酸涩之中有欢乐，简朴得体，味道十足。这是一个人对个己生命历程的一种抚摸，用最温和的手掌，将它们梳理成条，并且柔软有姿。

任何文字作品，从本质上说都应当带有创造性，有新发现与新表达，否则，就只是一种复述和亦步亦趋的背诵。窦爱军的这些作品，呈现的是一个人在一个地域上的各种状态，其中，不仅是自然的，还有内心的和灵魂的，甚至还有一些比较隐秘的传达。但从散文本体和艺术的多向性来看，窦爱军的散文写作是有局限的，她的眼界和心境始终在“小我”之上缠绕往返，也始终在一地一时上徘徊，尽管很真诚，但缺乏艺术上的超拔与自由，创造性的表现很少，这就使得她的散文缺乏一种包容与宽阔品质，被限制在一个自我的层次，气象上提升不起来，境界上也变得狭小。窦爱军的散文写作，具备了一颗敏锐之心、自然表达，是基于生命和生活的基本情感与柔韧思想，而当在艺术上应当更具独创性、思维的别异性、形式的新创性、思想的系统性和新颖深刻性，以不断掘进的姿态，把文字写到大地深处与人的心里，写到时间的记事簿里。

2012年6月10日于成都北较场

目录

第壹辑

家乡，我的大沙河

夕阳西下，天边一片血红的晚霞，苍茫的戈壁滩灰暗下来，空气变得寒冷，鸟雀燕子都不见了踪影，有一些牛已经不好好吃草，在野地里互相打架，斗殴。在远方的田埂上，走着回家的农人，他们的影子影影绰绰，在黄昏的天边构成了一幅最美的图画。我当时总是站在寒凉的戈壁滩上，久久地凝视着那些归家的农民。

大沙河的黄昏

夕阳西下，这里的一切笼罩了一层淡淡的金辉。踏上滨河路，映入眼帘的首先是拂地的垂柳、一片一片鲜花铺地，还有那扑鼻的清香、精心雕琢的花圃。鲜艳的花朵像一片一片的彩绸，铺撒在大地之上。在花圃之间，有一石雕书籍，翻开着，记载着这个城市的历史渊源。在花园的外围，是一些大幅的宣传匾牌和供游人们休憩和停留的长条凳，你总是会看到"黄发垂髫，并怡然自乐"的悠闲美景。

顺着大理石条砖铺就的小路，就进入体育器材场地，这里的人们热闹拥挤，进行各种健身活动，一些人边健身边聊天，有些是三口一家，有些是五口一家，聚集在一起，其乐融融，美不胜收。这里是过于热闹的所在，如果想清静，你自然要往前走，顺着绿油油的草坪间、碎石铺就的崎岖小路，你会走进一个清凉潮湿、树影幢幢的幽暗所在。透过树的缝隙，在右边，你看到大沙河沿岸烟波浩渺，水波荡漾。远方的工厂机声隆隆，炊烟袅袅，苍茫的暮色中，下班和又一茬上班的人们，正以相反的方向，向着各自的目标前进，动态的画面在静态的画面中流动，你看到的是生生不息的时代气息；在你的左边，不要说马路上穿行的人们如何地悠闲自在，你只看那天鹅湖、亭子、迂回曲折的走廊，人在水上走，画在水中游。有一个湖中的亭子好不热闹，在很远的地方就听到那里传来悠扬动听的秦腔唱段。亭子被围得水泄不通，外围的台阶和走廊里都站满了人。悠扬的唱腔，圆润清亮，似乎是从另一个世界传来，每天你经过这里，总是忍不住侧耳倾听，流连驻足。

这里是大自然的天然氧吧。绿色的草坪、彩色的花圃、蜿蜒曲折的小路、婆娑的树木，花香扑鼻的空气。走在曲径通幽的小路上，有悠扬动

听的歌声传来，不管你走到哪，那声音似乎一直跟随着你，众里寻他千百度，原来竟在假山石中为你传送音乐。商家总是最睿智的，瞅中了这里的开发商机，一栋栋高层楼房已经拔地而起，据说已经被订购一空。走在蜿蜒的碎石小路上，思维总是最活跃。似乎前朝后世的英雄们都在向你走来，你耳边回响的是那些历史的马蹄声，看到的是曾经在这里书写下辉煌历史的人们。这条河，到底流淌了多少年，谁也说不清楚。据史料记载，帝尧陶唐氏八十六年间，禹治水成功，其中《史记·夏本纪》中就有导“弱水至于合黎，余波入于流沙”的记载，每读于此，我总是想，这里的流沙，一些历史学家解读为沙漠，还有一个流派认为是历史上的居延海，但我却偏执地想会不会就是今天的黑河或大沙河呢？

行至丹霞广场附近，在路旁的石头上，我看到了很多古圣先贤的名句。有一块大石上，醒目地写着诸葛孔明先生《出师表》里的话：“……不宜妄自菲薄，引喻失义，以塞忠谏之路也……”这都是些让人振聋发聩的谆谆之言，不能不让人反思、警醒！走在这里的每一个地方，我忍不住想到了丝绸古道上的那些人们：张骞、卫青、霍去病……似乎历史的声音就在耳边响起，战马飞奔、云烟四起……

走到西路军烈士陵园门口。很远就听到枪林弹雨的枪炮声，我恍惚间以为是错觉，可是战马奔腾之声不绝于耳，越来越清晰地轰鸣而来。我紧走几步，光影和画面不断闪耀过来，我恍然大悟：原来是一个硕大的电子显示屏，正在播放西路军鏖战临泽的历史影片。下面围满了驻足观看的人们。有很多骑着摩托车回家的乡下农民，走到这里，也停下摩托车观看。人们仿佛又回到了那个艰难困苦的年代。

夕阳西下的大沙河，朦胧中透着神秘，沉默中透着沧桑，苦难中透着历史的悲剧色彩。忆古思今，我们如今的幸福中，包含着古圣先贤和前辈们的多少劳苦和奉献、牺牲和血雨？回首过去，就是为了更好地珍惜现在的幸福，认识到现在幸福的来之不易，并以感恩的心态去回报社会。我慢慢地走在大沙河边缘的树丛中，终于领悟到大沙河治理者的良苦用心，也理解了决策者们所谓“举生态旗，作水文章”的最深刻的含义！

听雨

黄昏之后，夜幕如一袭轻纱，悄无声息地笼罩在窗棂，慢慢地，阳台上落日的余晖也渐渐地消隐。那株龟背竹也变得模糊不清，那时，我正坐在渐渐黯淡下来的窗前，写一篇关于一个夏天的小说。这时，窗外传来了沙沙的细雨声，这声音细碎、隐秘、朦朦胧胧。我停下笔，侧耳倾听，这声音不断地变换：一会儿是蝉吃桑叶的声音，一会儿是小猫走过屋顶的声音，一会儿又是小鸟鸣叫的声音，一会儿仿佛是一个朋友由远及近的脚步声，或者小时候外婆眯着眼，缓缓地敲击着铜盆的声音。我索性关了灯，静静地坐在窗前，沉醉地聆听秋雨的声音。

远处传来噼噼啪啪的声音，似乎势如破竹，由远及近地逼迫过来，一阵紧似一阵。我知道，这雨是越下越大了。我向窗外看去，对面的楼群全部包裹在湿润当中；向下俯视，农贸市场的塑料大棚发出沉闷的敲击声，哩哩啦啦向下滴雨。树木在雨水的沐浴下，叶子发出噼噼啪啪的拍击声。在黑暗中，整个世界传来隐隐约约的轰鸣声，低沉、清晰。我沉醉于这种雨声，诗意和浪漫弥漫在整个世界。这种时候，你可以想入非非，可以思念和怀旧。无端地，那些你曾经爱过的人，恨过的人，或者无所谓爱恨的人，那些曾经划过你生命长河的人，此刻，都慢慢地微笑着向你走来，在时间的打磨下，那些爱和恨已变得模糊，只留下温馨的余韵和温暖的回忆。

静静地坐在那个带扶手的黑色皮椅上，想起前不久的一次同事聚会。我们在喝酒，聊天。那天，是缘自一个一年多没有见过面的朋友的到来，他打电话要我过去。我们几个坐在一起，外面下着大雨，声音很大，噼噼啪啪不断传到我们大声喧哗的酒桌上来。为了一个一年多不曾见的朋友的邀请，从不沾酒的我，那天竟也破天荒地喝多了。特定的环境下，说着特定的语言，我只记得醉酒后的他，反复地说着一句含酒量很高的话："没有错的人，只有错的岗位！"他反反复复地强调着这句，另一个朋友也应和着他，不断地重复这句。外面的雨下得越来越大，当时的场景，在这个孤寂的雨夜，那么清晰地又回到脑海，让人忍俊不禁。此刻想起的这位朋友，是一个极为性情的人，也是一个很有影响力的人，工作起来很有一套本事。人极豪爽，喜欢喝酒，聚天下英雄豪杰，唱歌跳舞，无所不能。他看上去人高马大、五大三粗，似乎是一个粗人，其实骨子里兼有着女性的温情和细腻。在我看来，他似乎有着男人的风骨和粗犷，又有着女人的善良和柔情。此刻想起他，让我想起所有常年奋战在西北各条战线上的汉子们，他们中多半人活得纯粹、单纯，待人一片赤诚，耿直忠厚的性格中有着浓厚的人情味。喜欢喝酒成为他们共同的爱好。这位朋友，我曾不止一次地劝他少喝，要保重身体，可他说，为了朋友，为了友谊，咱不能只考虑自己嘛！我不能苟同他的观点，但他骨子里流露出的与朋友们铁一般的友情，让我深为感动。我曾和他一起战斗过的那帮肃南朋友畅谈聚会过，他们那种酣畅淋漓、不掺杂过多瑕疵，那种绝对纯粹、清澈透明的友谊，一直是我所向往的。明朝张岱说过："人无癖不可与交，以其无深情也；人无疵不可与交，以其无真气也。"我想，在这个世界上，这一群来自草原的儿女必是一群最纯粹的人们！

总会在特定的时刻，无端地怀念一些人。也许，听雨的时刻，就适合去想一些昔日的往事和曾经的人，去怀念那些已经在时间中模糊的脸孔、消失的事物。这是活着的趣味和温暖。

今夜，这雨声如同一曲低回缠绵的乐曲，幽咽曲折，如泣如诉；这雨声更是一曲童年时代的歌谣，在岑寂的时刻，让人回想难忘的过去……

在秋天，最惬意的事，莫过于听雨……

秋日双泉湖

早晨刚起床，就接到四妹的电话，说今天去双泉湖垂钓园游玩，让我们做好准备。我心里一喜，看看窗外的天，似乎并不大晴，也并不大阴，是那种不温不火的清凉天气，正适合出游。

等到十点钟终于出发了。我们在淡淡的浮云、飘着零星小雨的天气里，驱车前往双泉湖垂钓园。随着车辆的疾行，城市的繁华和热闹渐渐被抛在了身后。道路两边，出现了秋日的原野、树木、隐约的村庄、荒滩野草、田野庄稼和天地相接的轮廓。这一切都展现出秋天特有的色彩和格调，山影、云影，也有着秋天独有的静默与沧桑。很多庄稼地里，农人们忙碌的身影晃动其间，我们走过的那些村舍门前，已堆积着黄灿灿的玉米棒子。而最吸引我们的，是我们红枣之乡的小枣，大片地堆积在街道、门口、院落中；还有那码排在一起的袋子里、筐里、竹篮里，都盛满了红艳艳的小枣，它们像一团又一团燃烧的火焰，照亮了我们前行的路。

原以为出发前飘雨的天空，会来一场滂沱大雨，为我们出游的目的地——双泉湖增添一些朦胧的云烟、一层神秘的面纱、一些梦幻的色彩，我们会在秋雨迷蒙、雾霭茫茫之中，去欣赏双泉湖的景色。可是，我们到达目的地时，天放晴了，阳光炙烈地照着大地，地上的气温已有些闷热。碧空如洗，万里无云，一番辉煌灿烂的景象。我后悔没有带着阳伞来，也责怪这个善变的老天，怎么像我一位调皮女友的脸，让人捉摸不定。然而这样的天气，更适合欣赏双泉湖的美景。大人们安排好吃饭的地方，都到亭子间打牌娱乐，孩子们一窝蜂地涌到钓鱼的地方，寻找他们的乐趣去了。我正好悄悄地离开他们，向店家借了一顶草帽，戴着去寻找我独处赏景的幽乐处。

顺着一边是成片的玉米地、一边是成片鱼池的小路，踏着脚下松软的青草地，我悠闲地在双泉湖垂钓园里溜达。这时，阳光已非常炎热，而我却不觉得，反增加了游赏的兴致。此刻，戴着农人的草帽，走在农人的庄稼地头，我突然有了农人的喜悦情怀。我想这是一种丰收的喜悦、一种辛勤付出之后的踏实感吧。我怀着这种喜悦和踏实的心情走在这里的每一条小路上，水草丰茂、芦苇红柳交错相间。黄黄绿绿的色彩，给人一种丰满成熟的美：一片一片的水域、一片一片的芦苇荡、一片一片的玉米地、一片一片高高低低的水草滩，一排一排高高的白杨树……曾经深绿的颜色，如今全部在深绿的底色中，隐约地泛出了苍黄的颜色。这让我联想起成年人黑色的发际间，随着岁月的打磨出现的白色，这是成熟的色彩，智慧的色彩，透露出隐忍的艰辛和沧桑的厚重，显示着内涵、丰富和沉静的美。庄稼地大部分已经收割，远处的低矮平房，正隐藏在一片高高低低的庄稼地之间。临近中午时分，那里炊烟袅袅，鸡犬之声迭起，我似乎闻到了浓郁的饭菜香味弥漫在空气中。有几个农民坐在树阴下，悠闲地摇着蒲扇，自在地在那里纳凉聊天，谈笑间，不时传来爽朗的笑声。大自然到处都是美，到处都是诗意，这让我不由自主地想起两位外国作家和诗人的名言，陀思妥耶夫斯基说“美拯救世界”，阿诺德说“用诗歌代替信仰”。可惜，我不是诗人，无法谱写美妙的篇章，这实在是人生一大憾事。

到双泉湖垂钓园，游湖和垂钓是必不可少的。我顺着一条方形石头堆砌的小路，走上双泉湖高高的堤岸，极目远眺，恍惚又回到三年前，在青岛近郊的大海边行走的感觉。那时是黄昏，家人陪着我，漫步在海风吹拂的海边，听风、观海。那时的感觉似乎也不过如此，只存在一个大与小的问题。我想，大小是相对的，就像天空和大海，宇宙和万物，以及我们的心灵和胸怀，谁能说，在特定的时刻哪一个更大呢？我漫步在双泉湖高高的堤岸上，再一次极目远眺，天地苍茫，水草、庄稼、树木，还有那蜿蜒曲折伸向远方的白色小路，都已变得那么遥远。天地连接处，目力所及的地方，农舍已变成星星点点的装饰，还有远处的一群羊，仿佛蓝天之中的星星。此刻，离你最近的，似乎只有安静、空旷、沉静的美，不动声色的沧桑以及那种隐忍大度的荒凉。你若侧耳细听，就会听到细碎、轻微的“哗哗”声，我再一次恍惚如走在三年前的东海岸边。那种低低的、沉闷的、如泣如诉的海浪声，一直回响在耳边。湖水不停地拍击着湖岸，荡起阵阵涟漪。我远眺整个湖面，圆形湖岸四周，有很多静坐垂钓的人们。一些人包裹着头巾或戴着帽子，看不清面容；一些人任凭强烈的紫外线，把他们的皮肤晒成黝黑的古铜色，也自岿然不动，静心等待鱼儿上钩。湖岸上停着很多不同颜色的车辆，足以说明这些人都是来自城市里的隐匿者，他们大都神情专注，旁若无人，不受外来环境的干扰。我佩服这些人的从容淡定。在我看来，垂钓是一种境界，考验的是一个人的定力，能够心如止水，宁静而极有耐力，气定神闲又不失洒脱，这实在不是我能做到的。垂钓更是一种胸怀，我想，没有深厚内涵的人，是无法体会真正的垂钓乐趣吧？像我，只能徘徊在这个秋天的怀抱里，欣赏双泉湖天高地阔的秋景，或者回味我的人生，体悟我那些在时间中失落的、清凉的小忧伤。

我又自嘲地想，权且把自己的这种观赏，这种回味，也算是一种诗意的人生吧。1987年诺贝尔文学奖得主、美籍犹太诗人布罗茨基倡导说，每个人都要尽力地过有思想的生活，过有诗意的生活。我一直自诩在努力地向着这个方向前进。那就姑且把这一点作为自我安慰的借口吧，否则，走在双泉湖高高的堤岸上，在如此空旷、阔达、宁静的天地间，会发现自己多么浅薄、浮躁。此刻双泉湖的秋韵是如此的沉静深厚，如此成熟稳重，如一个男人的胸怀，而我，正惊诧于这种宽阔胸怀的魅力。

双泉湖的秋天，是沉静的，厚重的，有着一种雄伟大气的美，如果错过了，那就真的是一种损失了。

寻 春

1.在春雪里行走

立春不久，天气就变得暖融融的，和煦的微风吹在脸上，温润绵软，让人觉得慰藉。走在路上，阳光抚慰之下，让人觉得完全的春天已经来临。看着阳光之下闪烁的大地，隐隐地似乎泛出些绿意来，让人欣欣然憧憬着绿色盎然的春天。

然而，一切都不是一帆风顺的，总有着分娩前的阵痛，春天也一样，一场大雪似乎就是春天来临前的一次阵痛。雪是早晨九点钟星星点点地开始飘落。雪粒悄无声息、晶莹剔透，银针一般在空中闪着细碎的光点。雪越下越稠密，雪粒逐渐地变成雪团，落在地上变成水珠。我站在阳台上，久久地凝视着窗外，远的天际、云朵、山川、雪峰，近的树木、楼房、市场里涌动的人群、车辆，直至天地之间白色绒团飞舞，视线变得一片模糊。我想，我该去这个飞雪的天地里，找寻春天的踪迹。

空气并不特别寒冷，似乎还有些许的温润，靠近楼房的地方，鹅毛般的大雪飘落下来全变成了水，只有在开阔的空间，雪才聚成了厚厚的一层。路上车辆不断，飞驰而过，溅起黑色的泥浆。到处是水洼，到处是流淌的水，到处是蹚水而行的人们。在这个早春时节，人们并不介意雪下得有多大，这雪到底会下多久？人们只在乎心里的感觉，心里的秘密。春天来了，一切希望都在萌生，人们欣喜于春天带给他们的一切。在这大雪飞扬的时刻，那种诗意的浪漫和置身梦境的感觉，让人们放缓脚步，任雪花在飞扬中飘落在他们的头上、脸上、脖颈之间，那种清凉的、如同孩子的小手伸入脖颈逗乐一般的感觉，让人既觉着酥痒，又觉着有趣，增添了无限的趣味和雅兴。树木和草坪上，覆盖着洁白的花朵，又像是覆盖了厚厚的棉被。有些人已经拿着照相机在拍照了。天空变得似梦似幻，飞扬着白色的小精灵，看不清远方的天空和建筑，只看见眼前飞扬的绒团，像是春天的杨花，或是梦境里闪耀的星星。

春雪不像冬雪般干而硬，落在树枝或草芥上，房屋或楼顶上，柔软得如同蛋糕上的奶油，它们率性地随自己的意愿，形成各种圆润而奇特的雕花，更像是人工雕琢的艺术品。我在欣喜之余，突然发觉这春天的雪更像是一位温柔娇羞的少女，它们不像初冬的雪，似一个初出茅庐的小伙那般地莽撞，也不似隆冬的雪，如壮年成熟的男子稳重刚毅，它就是一位含苞欲放的少女，有着更为含蓄和娇憨的美！我在这种雪落无声的静谧中享受着一种宁静的惬意，在惬意中体会到一种无人分享的落寞与孤独。我笑了，这春天的情怀再一次来到心中，我庆幸这少女般纯真涌动的情怀，它是如此令我欣喜不安。久违了！很多年前，那时我还是个少女，每一次春天到来的时候，我总能体会到这种感觉，它令我忐忑不安，似有喜悦或难名的心事，让我激情涌动。我知道，春天已经来到我的心里。

今年的春天来得格外早，在这场飞扬的漫天大雪中，在不经意间，却又突如其来地，悄悄地降临人间。春天的情怀，也在这场预示着希望、预示着美好未来的春雪中，再一次占据我心田！

2.骑车春游

等待这个春天已经很久了。

时令已经进入春天，可是在大西北，在我的家乡，春天的影子在哪呢？我于是日日关注着天气变化，希望春风吹过时，带来温暖的阳光和春雨，给大地披上绿装。

前几日阴沉沉地，刮着大风，带来无尽的风沙和尘埃，吹过的风，也像刀子一样刮着人的脸颊。这几日，气温回升，阳光明媚，温暖的春天包裹着我们，蓦然，就有一种茫然的冲动和喜悦。虽然大地还没有披上绿装,但我分明感到,空气里、原野上、人们的笑容中,到处都飞扬着春天的气息。久违的快乐心情,让我感到激情飞扬,该是到大自然中放飞心情的时候了。我选择双休日的午后,骑车去郊外沐浴阳光的抚慰,接受春天的洗礼!

很多年不骑自行车了,我以为自己对骑车已经很生疏,没想到,当骑上车走在春天的风里,我仍然能身轻如燕、有如神助,格外地轻松和喜悦。

很久了,我都没有过这样的心情:轻松、愉悦、激情满怀,充满对山川、河流、村庄、田野的向往,对未来美好生活的展望。我快乐得像小鸟,自由、轻松中感觉到像少女一样浪漫的情怀,只为春天、只为大自然!我骑车向着通往乡村的道路前进。阳光温暖地为我引路,我追逐着自己的影子,在春天里和风赛跑。虽然城郊的草坪依旧是枯黄败落的模样,河流的冰块也还大面积地铺排在河床周围,但我却从枯黄败落的草屑间,依稀看见了冒出头的绿色,闻到了冰雪融化和泥土间散发出的芬芳气息,听到河床之间冰块融化的哔剥声。

远处的田野上,农民在耙地、施肥,大部分地已被平整好,就等着播种、浇水了。平整的田地阡陌纵横,有人在用拖拉机耕地,有人赶着牛或驴在犁地。在春天的阳光里,他们忙碌着,专注而沉默。这些人都是世世代代生活在这块土地上,靠土地生存,土地是他们的衣食父母。从童年开始,他们就一直和土地做伴。你看那每一块地里耕作的人们,都是一家三代人,老的夫妇已经头发花白,正在把拉来的粪向地里四散开去,中年夫妇互相配合在耙地,他们的孩子看上去也就十几岁,跟在他们的后面,在拾捡地里的塑料袋和石子等杂物。另一家人在用拖拉机拉粪,为春耕做准备。这些人们,懂得土地的重要性,从小就知道粮食"粒粒皆辛苦"的道理。他们对土地有着深厚的感情,对春天的到来更是抱着热切的期望。他们希望在春天里播下种子,在秋天里有更加丰硕的收获。我骑车踩在温暖的阳光里,从农民专注的劳作里,从隐约泛着绿色的树木和草坪上,从蒸腾着芬芳泥土气息的空气里,我找到了春天!

是的，西北的春天是隐讳的，含蓄的，也是多样的、复杂的、变幻莫测的。它有时表现为一场温温润润、静悄悄的春雪，有时表现为一场飞沙走石的沙尘暴，有时又表现为一场寒冷刺骨的西北风，有时表现为一场温暖阳光的覆盖……西北的春天有着自己的特色，它不像南方的春天那样温柔，也不像南方的春天那样细腻，它是粗犷的、坚强的，经得起风霜雪雨的考验，像西北的男子那样；它又是沧桑而柔韧的，经得起大自然的侵蚀和磨砺，像西北的女子那样。

3.春天的街市

天气是阴沉沉的，看不见太阳，空气中有着淡淡的浮尘，天光也是灰白色的。路上行人不多，偶尔有车辆经过，在干燥的空气里卷起灰尘和草芥。在颐和绿苑的草坪上，小草已冒头，树枝上有了小小的芽尖。清明刚过，天气还有些凉，但春天的头似乎按都按不住了，顶着向外挤呢。在远处的山坡和原野上，种子已经破土而出。绿色是春天的代表。这样的天气适合外出，我总是会在合适的时间走出去踏青，领略一下大自然的气息。

在这个小城，街市除了春节前农民上城来采购年货的壮观场景外，其他时间永远算不上热闹，似乎也算不上冷清，永远是那种淡定自若、一成不变的秩序。人们在街上购物、逛街游荡、嬉戏娱乐，从容中透着祥和。在街上，另一些人们是匆匆走过，去办事，或进商铺，或做生意。正街上，政府机关在这里，气氛相对庄重一些；在偏街，气氛就相对轻松活泼一些。有一些农村来的农民开着小拖拉机，拉着自家种的大棚蔬菜，自家园子结的水果，或者自家养的鱼，停在路边卖。这些东西相对农贸市场便宜，比较环保，所以有些人喜欢在这里购买自己喜欢的东西。每一个手扶拖拉机前，都围满了人。尤其是那些在广场遛弯儿的老年人，回家前总忘不了拎一包菜回去。

在路边一个小小的拖拉机的驾驶座上，坐着一只纯白色的小狗，它坐在主人的位置上，一副悠然自得的样子，俨然是一位小主人。它的主人不知去向，拖拉机斗子里盛满了清水，水里的鱼一对一对游得自在多情。我想买鱼，可是主人不在，只有这只小狗，机警地看着我，似乎怕我捞它的鱼。我问它，你家主人呢？它对我摇摇尾巴，似乎在说，主人有事忙去了。看我想买鱼，这只小狗很乖巧、很礼貌地站起来摇着尾巴，似乎告诉我要耐心等一下它的主人。我等了片刻，想走，可是这只小狗的眼神太可爱了，它的水波一样清澈的眼神让我不忍离去。这时，它的主人飞奔而来，为我买了鱼。我夸他的小狗可爱，他说，他一个人，去办事、去上厕所，或者中午去饭馆吃饭，摊子全由他的小狗来看管，可乖了，从不乱跑，不管他去的时间有多长，它都会一直待在这里等他回来，从来没有丢过东西。由于他家境不是很好，父母又很早离世，只有他一个人靠养鱼挣点钱，等过几年有条件了娶个媳妇。这些年来一直是这只小狗陪着他，它完全可以顶一个人使唤呢，小伙子把鱼递给我的时候笑呵呵地告诉我。

小狗看我和它的主人聊得挺热乎，跳下车去，跑到路边的草坪上遛弯儿、尿尿去了。

天依旧阴沉着脸，灰白的天际仍然看不见太阳，草坪上小草露了头，绿绿的嫩嫩的。路旁的杨树、柳树枝条柔韧，小小的枝桠上芽苞吐绿，泛出淡淡的光晕，给这个春天的街市，春天的大地增添了生机活力，也给这些行走在春天里的人们带来了祥和的生机和希望。

沙尘暴

美国作家蕾切尔·卡逊在《寂静的春天》这本书里，引用了 E.B.怀特的一段话说："因为人类太精明于自己的利益了，因此我对人类是悲观的。我们对待自然的办法是打击它，使它屈服。如果我们不是这样的多疑和专横，如果我们能够调整好与这颗行星的关系，并深怀感激之心地对待它，我们本有更好的机会存活下去。"美国前副总统阿尔·戈尔曾为这本《寂静的春天》作序时说，他为这本书作序，感到很自卑，"因为它是一座丰碑，它为思想的力量比政治家的力量更强大提供了无可辩驳的证据"。为什么这本书，会有如此巨大的影响，会在 21 世纪的美国，引起地震般巨大的社会效应呢？因为它说的是事关人类生存命运的环境问题！"环境"一词由此产生，环境革命也由此开始。也许有人认为，在当今社会，环境问题对我们每一个个体的人来说还很遥远，还没有贴近得足以让我们像保护自己的身体一样地去保护它。实际上，环境恶化问题，已经像一把刀，横亘在我们生命的颈项，必须引起我们每个人足够的重视。不要说得太远，就说 2010 年的这个春天吧，真是一个走不出冬天的春天啊，它是那么倔强——下雪了。又下雪了。降温了。又降温了。又有沙尘暴了。又有沙尘暴了。干旱了。又地震了……这个春天还会出现些什么样的恶劣天气？还会出现什么样的奇怪现象呢？我真的不知道。可是，我对很多意料之外的事，不再觉得惊诧和不可思议，因为我们已经经受了太多的不可思议。

下午三点多，我正走在街上，明媚的阳光突然被浓重的乌云所笼罩，接着是大片的黑云，向地面卷压过来，似有黑云压城城欲摧的气势。刹那之间，飞沙走石，狂风肆虐，天公说变脸就变了脸。我加快脚步，迅速往家走。可是天还是迅速地黑了半边。我裹紧衣服，快速地在黑雾弥天的沙尘暴下奔跑，但是，无论我怎么赶，也赛不过沙尘暴的速度。整个世界在不到一刻钟的时间，变成了一张模糊不清的黄色画面。风撕扯着我的头发，沙子不停地打在脸上。嘴里和鼻子里到处都是沙子。浓重的土腥味几乎让人窒息。我走路变得特别艰难，感觉到肺和胸腔吸进去了很多尘土和沙子，令人呼吸艰难、恶心。

在拼命的奔跑中，我终于回到了家。天已经彻底暗下来了。风沙、纸屑、树叶和各种的浮尘正疯狂地从开着的阳台窗户里闯进来。我惊魂未定地抢过去关上窗户，发现出门前打扫得窗明几净、一尘不染的房间，此刻已经变得灰尘满处，狼藉一片！看不见的尘土在空气里弥漫，抢占了房间的每一个角落。桌子和茶几，已经可以当画板画画了。我沮丧极了，无奈地坐在沙发上，看着窗外昏暗的天，听着狂风肆无忌惮地掀动着窗玻璃，似乎要把整栋楼房都要掀翻。窗户的震动声大得让人心悸。我站在窗前向外看，黄色的风沙遮蔽了天空，几乎看不清对面的楼房。房间里呛人的尘土味，干涩、松弛、略带腥味。它们无孔不入，在我的书房、卧室、书桌和地板上盘踞，甚至不断地进入我的呼吸道、胸腔和肺部。我气恼地坐在书桌前，书上已经落了厚厚的一层土。我拍打着这些尘土，可是，它又从这里飞到了那里。我想看书，但这尘土严重影响了我看书的情绪。书桌上翻开的书，仍然是蕾切尔·卡逊的《寂静的春天》。扉页上的一句话让我震惊，她引用的是美国作家阿尔伯特·史怀泽的话，他说："人类已经失去了预见和自制的能力，将随着毁灭地球而完结。"这振聋发聩的话不是耸人听闻。我们宁可相信而早做打算，挽救、治理，改过自新，也不能无动于衷，熟视无睹，等到真正的灾难来临时，我们扼腕叹息、束手无策。大量的二氧化碳排放，工业废水不做处理的排放，杀虫剂 DDT 和其他农药的大量使用，人类无法遏止物欲驱动而进行的杀鸡取卵行为……此刻，这个春天里最严重的一场沙尘暴正在席卷整个大西北，史怀泽的这句话让我格外地警醒！

环境和生态问题事关人类的生存大计，然而，不断涌来的沙尘暴却在试图改写地球的文明史。此刻，我们也许越发怀念没有沙尘暴的日子——空气那么清澈洁净，天空那么明净湛蓝，阳光就像婴儿的肌肤，温暖和湿润包裹着我们，给予我们浸入骨髓的洁净和清新。如今，沙尘暴越来越多地剥夺了这样的好日子。它们不但侵袭我们的家园，破坏我们的生存环境，还进入我们的眼睛、鼻子、嘴巴、胸腔和肺部，进而危及我们的生命。环境污染和生态破坏越来越严重，环境状况不断恶化，我们的生存前景不容乐观。但是，据有关调查资料显示，中国公众和学界，以及民众的环保意识却非常欠缺和淡漠。我们都不希望大自然里“枯萎了湖上的蒲草，销匿了鸟儿的歌声”(济慈语)，春天变成了苍白而没有生机的春天吧？

保护环境，从每个人做起！我们不希望地球上最后一滴水是我们人类的眼泪，也不希望，大自然变成魔鬼起来反抗，而把魔鬼从瓶子里放出来的人类，到那时已经失去了把魔鬼再装回去的能力。

时间的刻痕和忧伤

走在路上，风不间断地吹过来，抽动着长发，抚摸着面颊，似是女儿小时候稚嫩的手掌。都说二月春风似剪刀，可这四月的小风，就明显地缺少锐利和寒冷，只有温煦，只有亲切和暖意。抬眼望去，柳树已经发出鲜绿色的嫩芽，小小的叶片和柳絮，细碎、稀疏、明亮，在阳光之下，鹅黄的叶子闪烁出星星点点的光芒，照耀着四周。柔软的柳枝轻轻摆动，叶片的光亮晃动着人们的眼睛，如海市蜃楼中的彩虹，这一切，使这个暮春的早晨虚幻又真实。记得前不久，我特意留意了身边的树枝、草坪和花池，一切生命仍没有萌动的迹象，似乎才是转眼之间的事，各色的迎春花已经开放，杏花也在枝头招展，那白的梨花、粉的桃花、黄的丁香花，晃得我眼花缭乱，我不知这一切绮丽的景色是什么时候悄无声息地来到身边的，在惊喜的同时，也暗自叹息：又一个春天降临人间，这意味着，我又长了一岁。看着越来越铺展开的春天的画卷，一切似是旧年的影像，那时我还是个孩子，我对春天充满了憧憬和向往，每当春天来临，总是有按捺不住的惊喜和激动。那时一切都是美好的，一切都充满了希望，因为我的人生也才刚刚开始。弹指一挥间，如今，我已近不惑之年，时光的利刃刻痕斑斑，不只是世界在变、容颜在变，这刻痕更深刻地留存在内心。匆忙走过的时光，悄然流淌的岁月，让人慌乱、茫然，我无法把握、无法掌控、无法留住。在白驹过隙的匆忙里，我无奈地叹息，而在叹息里又浪费了多少时光？

矛盾地走在春天的大地上，欣赏如梦如画的春天的美景，或者有时坐在车上，一晃而过的村庄、原野、农舍里袅袅升起的炊烟，农田里已经发绿的庄稼，我是欣喜又惆怅的，我看到了大地的希望，也看到了岁月的流逝和即将失去的青春。我知道生命的规律是无法改变的,可是,却怎么也无法泰然面对光影的镜子里渐渐沧桑的容颜,那种失落、那种无可奈何的发自心底的叹息,使我再一次感受到刀子的锋刃,正寒光闪闪地逼近我的内心。每当别人从我的头发里发现了白发而惊呼的时候,我都默默地笑笑,在内心自嘲地说出苏东坡的这句词:"多情应笑我,早生华发。"淡淡的苦涩涌上心头。

今天,一个同事结婚,我到张掖去参加婚礼。当看见光彩照人的新郎新娘走出来答谢来宾,看着他们面容光洁明亮,青春照亮周围的人们,我的心疼了一下,恍惚昨日,我就如她一样光鲜照人地走在红地毯上,而一息之间,我就变成了如今的模样,看不见的利刃正在我的内心和灵魂留下刻痕。

婚礼酒宴过后,几个朋友走在街上,春天的浓烈气息扑面而来,甘州的街道上阳光明亮,车水马龙,人头攒动,喧闹的市声裹挟着都市的热浪,一齐挤满了视线,更迷人的当属路旁已然绿茵茵的草坪和路两边的柳树、槐树,柳枝飘出了细碎的柳絮和鲜嫩的叶子,在骀荡的春风中摆动。阳光照在树叶上发出点点金光。我们走在密集的人群中,那些熟悉的或陌生的、明亮的或黯淡的脸孔,不断地闯入我的视线,瞬间又消失。我觉得无端的忧伤,茫然地跟着朋友们走,没有目的,没有方向,只为了消耗掉车来之前的这一个多小时——来接我们的车三点半到,而现在才两点钟。因为时间在无意义地消失,心里隐隐地有一些焦急、无奈。我索性和一位同事站在街角的荫凉地,开始细细地打量起来往的行人。在美丽的街景下,我们欣赏着奇特而各异的行人,他们的装束、言谈、举止,眉宇间流露出的笑意与忧伤,步态里显露出的年龄与胖瘦,以及岁月的风尘在他们的脸上所留下的刻痕,竟是如此精彩。我想,这就是我们所生活的世界,奇妙、神秘、阔大无边。而我们每一个人,包括整个人类,也只是宇宙间的一些分子而已,相对的渺小和伟大,并不能改变什么,一切只能顺其自然,包括生命的衰亡和时间的流逝,我们所能做的,只能是珍惜眼前的每一分钟,尽可能过得有意义,让我们在有限的时间里，充分地体会生命的幸福和宝贵，做好我们应做的事。所以，对于时间，抓紧每一分钟，担当、作为是最好的选择，悲观和叹息，只能使时间浪费得更多。

我们开始漫步，走在阳光明亮的岔路口，突然碰上了上级局的一位领导，他年逾五十，依然神采奕奕。在阳光下，他花白稀疏的头发看上去反有一种饱经风霜的美。他面带微笑地走过来，安静祥和，看见我们，上前来握手，互致问候之后，他微笑离去。他清瘦的身影和离去时的微笑，透着坚毅和自信，安静和成熟。我突然觉得自己感叹时光之快，感叹岁月流逝青春不再，实在是多么幼稚可笑。人生是一个旅程，每一个旅程都有各自的风景和感悟，韵味和魅力，就看我们怎样去认识，以怎样的心态去面对了。

我对那位远去的老者肃然起敬。他是一位优秀的领导，对工作、人生、态度都十分严谨。他的一生，只努力地去做，不去考虑得与失。到了晚年，他觉得时光没有虚度，人生亦有作为，他把一切都看得自然而从容。所以他表现出来的那份从容淡定，那份自信、坚毅和宁静，是人生一笔最珍贵的财富。虽然时间的利刃在他的额上也留下了深深的刻痕，但那刻痕闪烁着矍铄之光，照亮了他的人生。

短暂的初夏聚会

天气依然有些寒凉,但是初夏的温暖,已经在看不见的空气里逼近我的内心。刚刚过去的这个春天(2010 年)虽然有些寒冷,有些变幻莫测,时雨时雪,时阴时晴,但是我的心境却异常地宁静平和,过着相对安静、相对独处的生活,很少有朋友联系。由于长时间封闭自己,过着清心寡欲的生活,无形中自己似乎被世界遗忘了。遗忘就遗忘吧,遗忘了好。在孤独的生活中,我可以体会不同一般的内心世界,在独自的行走中可以体察、洞悉这世界的人事、万物,包括自然的景致和宇宙万物最细微最深刻的东西。那些神秘的自然现象,那些人世百态的情调韵致,都会在独处时,清晰地映现在脑海,且让我享受独处时冥思苦想的乐趣吧!

然而这种阿 Q 式的自我陶醉和沉寂心情, 突然被一个很久没有联系过的远方的朋友发来的短信,石破天惊般地打破了平静。他说,他近日将和几个朋友到我们这边来参观丹霞地貌, 并问我文联一位朋友的电话号码。我立即打听到这位朋友的电话号码,打电话告诉了他,他说他们一行五人将在明天下午三四点钟到达我们这里。

这消息像明媚的阳光一样照亮了我的生活。我开始努力地回想,这位生活在远方城市、三年不曾见过面的朋友的样子。他高大伟岸的形象立即在我脑海中清晰地显现,三年前爽朗的笑声似乎又在耳边响起。我们是三年前夏天的一个笔会上相识的,他和我们的文联主席关系很好,所以那次笔会,他和我们一行参加笔会的六个人就总在一起,逛街、喝酒、聊天。由于几个人中只有我一个女同志,他总是很照顾我,让我感受到一种兄长般的关怀。三四天的笔会很快就结束了,我们也熟悉得如同兄妹一般。之后,我们各奔东西,他邮寄了五六本自己的著作给我。之后，我们总是在博客上相遇，多是交流文学。他在文字的写作上给了我很多的指导，我视他为良师益友，但我们再没有见过面。由于各自忙着各自的生活，又分隔两地，博客更新也越来越少，我们之间的联系也越来越疏淡了，电话就更是没再打过一个。突然听说他们要来，我真的好高兴。有朋自远方来，不亦乐乎？

第二天下午，我正在和一位纳税人谈一些税务上的事情，接到我的同学、文联的牛主席打来的电话，说某市文联一行五人来我们这里参观丹霞地貌，下午要在天鹅湖旁的翠香园餐饮中心接待他们，要我也过去。

我打发走纳税人，一看时间才五点，离下班还有一个小时。我知道他们此刻正由政府和文联的领导陪着参观西路军烈士陵园。我放下单位上的工作，给办公室交代了几句，制服也没来得及换，就让司机开车把我送到了西路军烈士陵园的门口。我走进烈士陵园的展厅，正听到他们走下楼来。我迎上前去，首先和S握手，然后他给我介绍了他们的主席H先生，W秘书长和另一个市的L主席，还有他们文联一位年轻貌美的女同志小张。他们由我县的县委领导陪同，刚参观完西路军烈士陵园。

我们一行将近十人从烈士陵园出来，一路顺着天鹅湖向翠香园餐饮中心走来。往日的天鹅湖，水波荡漾，轻烟缭绕，迷雾缠绕的喷泉在阳光下幻化出多彩的梦幻，走在蜿蜒曲折的游廊和亭子间，会让游人恍惚觉得身在美丽的苏州园林。可是今天，天鹅湖正在扩展修建施工，湖底干涸见底，施工人员头也不抬，一个个专注着在阳光下挥汗如雨地干活。挖掘机在偌大的湖底轰鸣操作，已然失去了往日的诗情画意。好在那天天气晴朗，阳光明媚，我想，初夏的温情正包裹着我们每一个人的心，友谊的种子正在发芽，让我们觉得别样的诗情画意。也许，每一个人都能感受到，这是一个美好的日子！对我来说，结识了这么多新朋友，又见到了阔别多年的老朋友，这是上帝的恩赐。

在酒宴期间，一中的伏校长也在百忙中赶来，我们都是多年的老朋友了。显然，校长见到外地的客人格外高兴，一下子就把气氛调动起来了，在酒桌上忍不住手舞足蹈，他的幽默和H先生的艺术特长珠联璧合，他俩充分发挥了艺术家们的各种特长，把饭桌上的气氛调到了高潮。H先生是一位气质高雅、谈吐不俗、极具幽默感的人。他的眼里闪烁着机智和敏锐的睿智之光，同时他又极具亲和力，让大家觉得随和融洽。再加上朋友S,他们虽然是上下级关系,但那种深厚的兄弟情义,让人内心叹服,我由此推断出他们都是心胸开阔,顾全大局的君子,在场的朋友们对他们充满了钦佩。大家听说H先生是一位博采众长、在各个领域都有所建树的人,不但画画得好,文章也写得好,还有一副好嗓子,大家要求他给我们高歌一曲。可是他一听,突然变得神情黯然,竭力推辞，旁边他的朋友L主席和W秘书长立即向我们解释,H先生的母亲前不久刚刚去世,他正在为其守孝,是不宜欢歌的。他今天能和我们强颜欢笑,实在是不想拂了大家的好兴致。我们很表同情,但是H先生为了不扫大家的兴,为我们声情并茂地朗诵了余光中老先生的那首《乡愁》:

小时候,乡愁是一枚小小的邮票,我在这头,母亲在那头;
长大后,乡愁是一张窄窄的船票,我在这头,新娘在那头;
后来啊,乡愁是一方矮矮的坟墓,我在外头,母亲在里头;
而现在,乡愁是一湾浅浅的海峡,我在这头,大陆在那头。

当朗诵到“乡愁是一方矮矮的坟墓,我在外头,母亲在里头”时,我见他眼浮泪光,情绪激动,我突然被眼前这个男人对慈母深沉的爱所感动……之后,H先生又为我们表演了精湛的天津快板、山东快书等,我们的校长先生索性站起来手舞足蹈地扭跳了起来,那份忘情和快乐,实在无法用语言细述……

晚上,请朋友们去喝茶。大家体恤H先生思母的悲痛心情,本不打算唱歌的,但是友情和快乐使人忘形,几个人终于忍不住放开音响,高歌一曲。别人唱歌时,我发现H先生始终神情沉郁,沉浸在悲切的失母之痛中,也许他觉得在母亲刚刚过世不久,就来这样的娱乐场所是极其大逆不道。我为此感到内疚,是我要执意让他们来唱歌的。看到H先生黯然神伤,大家只好关闭音响,开始聊天,喝茶,一直到很晚……

送朋友们到宾馆门口,我们的两个文联主席意犹未尽,还要和他们回宾馆再喝几杯,力邀我也进去再聊聊。酒逢知己千杯少。可是人生没有不散的宴席,再浓的友谊,再深厚的情谊,总有曲终人散时。我于是提前和各位告辞,准备回家。一一握手之后,H先生让S送送我。我这才发现,我和S,这位阔别多年的朋友,在见面的数小时里,还没有顾上说过一句叙旧的话。我于是默认了H先生的说法。走在幽暗橙黄的路灯下,朦胧的小城闪射出神秘梦幻的色彩,我一时沉默了,不知道该说什么。我们默默地往前走,月亮特别清朗,照着这个袖珍而美丽的小城。虽然很晚了,路灯下行人依然很多,高中上学的孩子们,此刻也刚刚放学,三三两两,结伙成群地走在每一条小路上,叽叽喳喳说个不停,他们似乎刚刚从拘谨的严肃的课堂上下来,一下子变得兴奋起来,以各种形式,譬如打口哨、唱歌、怪叫、打闹等方式,来释放他们的情绪,他们一个个都很兴奋,我们不断地被这些孩子所搅扰,无法很顺畅地说几句话。其实我很想和S好好聊聊,问问他这几年的写作情况,生活情况,还有他的妻子、女儿,甚至他这些年来的心情……可是,周围喧嚣的孩子们的笑闹声、仓促的片刻时间,都让我们一时说不到正题上。S似乎也有相同的担忧,太晚了,怕朋友们误会。是的,我们都是善良的人,在乎每一位朋友的心情和想法,况且我们都有各自的生活,懂得理性和自制。在如此幽静的月光下,我们没有说上几句话,匆匆地握手告辞了……

多么短暂、多么美好的初夏聚会啊……此后的几年,我收到过几次S寄来的书,一本是他爱人的著作,其余都是他自己的作品。我们再没有见过面,也没有音讯往来。倒是H先生,这位在政府部门身居要职的高官,过节时曾多次发过短信互致问候。时间,就这样匆匆地又过去了几年,回首往事,一切恍然如梦。

世俗的或者世俗之上的

春天已实实在在降临大地。草坪，树木，路边的花池，到处铺上了鲜绿的盛装，满眼都是温暖的阳光。走在街上，阳光抚慰着我的面颊，我能看见、听见甚至触摸到春天的色彩、气息和声音，它们流淌在我周围、我的血液和我的内心深处。我不断被人们欣喜的表情，隐藏的或者舒展的笑容所打动。这种春天的心情总是会在这个季节里出现，总会激荡出一些别样的情怀。心里荡漾起丝丝涟漪，如碧绿的湖水里波光闪闪的光波，在我的内心激起春情一样的情怀，我几乎雀跃般地舞蹈了，心里每一个角落都洒满了阳光。在这样的心情里，我抬眼看见了一位久违很多年的朋友，禁不住让人更加欣喜、激动。

她从明亮的阳光里走来，又走过柳絮飘飞的绿荫下，迎面向我走来了。我一眼就看见了她。这是个让男人着迷陶醉、让女人羡慕嫉妒的女人，她的风韵不是以华丽的词语或简单的句子所能呈现的。是的，我们曾经是很要好的朋友。她不仅有羞花闭月之容貌，更有雍容典雅之气度，有着一套独特老练、张弛有度、分寸感极强的为人处世之道，我对她一直心怀钦佩，有时甚至私下里会有无法克制的嫉妒。也许我是一个感性过于丰沛、理性严重缺失的人，只忠实于自己的内心与精神，而她，有极强的环境适应能力，对现实的洞悉与认识极为清醒，懂得取舍与受让，是一个极有涵养的人。她在官场和仕途中如鱼得水，游刃有余。在我看来，对于感性极强的女人来说，能做到不以物喜，不以己悲，是值得佩服的。也许天生就是搞政治的一块料吧，她在仕途的路上一路飙升，从一个初中毕业就辍学的人，成为一名文艺工作者。后来利用种种机遇，成长为一名正式的国家干部，这其中的努力和艰辛，只有她自己知道。

因为机遇总是垂青那些有准备的人。那时，她的工龄已快十年，可是，这个在社会上已经摸爬滚打了十几年的女子，居然才二十五岁。此刻的她，已经老于世故，成熟得如同一个饱经世事的智者。然而她风华正茂，如一朵刚刚绽放的出水芙蓉，美丽得不可一世。之后，她从一个所长，到分局长，到区副局长，现在已经是坐在某局第一把交椅上几年的人了。在十五年前国地税分家之前，这位姑且被我称为婉约的女子曾是我的直接领导——一个基层税务所的所长。那时我们是上下级关系也是朋友，二十多人的税务所，有四个女性，除了老麦比她年长，我和柯碧都比她小几岁。多数时间，我们就是工作关系，她是领导，我们是下属，她是有威慑力的，我们必须保质保量地完成每一项工作，才能赢得她的友谊。我们很自重，也很自觉，有些事情是不言自明的，每个人都在无言中尽到自己的责任。休息时，我们四个女人聚在一起，谈论很多私密的话题，比如，夫妻之间的性生活，自己老公的嗜好或怪癖，有时也借题发挥，背着老公把平常家里受的窝囊气发泄一番，当面不敢说老公的话，那时尽情炫耀或发泄一番，或者谈论女人们共同的话题。所有这些话题，只有在女友们之间才可以公开谈论，对一些看法，我们有时意见一致，有时各持己见，这时候没有上下级之分，平等对待，互相尊重。那时，我们谈论最多的是如何让自己变得更加美丽，更加自信。那时我和柯碧都是二十几岁，她三十岁出头，正是女人如花似玉的年龄。我们努力地追求时尚和美丽，讨论用什么样的化妆品皮肤会好，春天应该怎样护肤，要使用怎样的文胸会对自己的身体有益等等。虽然那样的日子庸常，但却别有一番情趣。在任何时候，我都能感觉到她说话和做事的分寸感，她也很会把握和每个人的距离。也许正是这个原因，让人始终无法和她保持过近或过远的关系。我们始终在一定的位置和距离上进行交流。

在这个春天，在阳光笼罩的四周，她的出现，揭开了我尘封多年的记忆的美酒，多年的往事又向我走来。我们紧紧握手，互致问候，端详对方，感叹时光无情，带走了我们的青春，又赞叹岁月有意，没有把我们从

红尘中带走，哪怕是凡夫俗子一个，我们依然活得很好，很知足。我们寒暄了几句，我们的眼睛都没有放弃对对方的审视。两个女人，在一些时候，是朋友；在另一些时候，又会魔鬼附身，成为对手。我们在久别重逢的几分钟里，不断地从一种角色向另一种角色转换，然后马上又转回来，我们的笑意背后似乎有太多复杂的东西。阳光很强烈地铺洒在街道上，身旁的车流如湍急的河水，不断地从身边流走。那些散漫的、三三两两的、不断涌过来的面孔，很快就走过去，消失，新的面孔再次涌现……触目皆是眼花缭乱的色彩，大幅的广告牌、明星照，嫩绿的草坪，蔚蓝的天空，树木已发出嫩芽，这一切在我们路旁寒暄时，不断地作为干扰，进入我的视线。她没忘了表扬我的文字，说好几次看过后感动得想给我打电话，可惜不知道我的电话，说着马上拿出手机记下了我的电话号码。我仔细地审视了她的容貌，我发自内心地赞扬她风采依旧的韵致和美丽，我也记下了她的电话号码，也许是时间的错误，也许是岁月的无情，更也许是权力在作怪，我们已明显地感觉出一些隔阂。我们已完全是不同的人！是权力，使我们成为不同的人，或者，本来就是完全不同的人。在她面前，我有一种被居高临下俯视的说不清道不明的恐惧感，而她，则有一种身居高位的成功者的优越感吧？心理上的落差，让我们内心的距离明显地被拉开。谈话变得干枯、简单。她适时地和我们告辞。望着她远去的背影，我的内心变得惆怅失落。也许，我们可以成为很要好的朋友，但利益之争和她的权力，曾不止一次地伤害过我，所以我总会产生莫名的恐惧感。在当下的社会，什么能不屈服于权力呢？权力要想做什么，又有什么做不到呢？想起一些人拿着权力为所欲为，心情一下子变得沉重起来，走路也变得疲软起来，这让我想起一些与权力有关的伤害，内心如刀刃在刮。一辈子不愿向权力低头，屈服，到头来一直被抛在世俗的最底层。我和老麦站在一幢大楼门旁的阴影里，冷眼旁观这座城市无奈的繁华，我觉得自己的潦倒和无望的前途，荆棘坎坷，怎么也无法与前程锦绣的婉约相比。我对老麦感叹说，同样是女人，你看人家的人生过得多么精彩！老麦听了，立即摇头否认，她说，老天对每个人都是公平的，她所拥有的，你没有；你所得到的，她却失去了。我说，她似乎什么也没失去，活得那么风光，那么潇洒、那么恣意、那么纵情，要什么有什么，容貌、地位、金钱……哪一样没有呢？老麦不以为然地说，你看到的只是表面现象，内里的很多东西你根本不知道。跳出三界外，不在五行中，官场有官场的黑暗，高处不胜寒，我们怎么能知道她过得有多么不容易，多么艰难呢？别的不说，就说家庭吧，你的家庭多幸福，多温馨，你的孩子乖巧听话，学习好，你每天能够无微不至地照顾自己的家人，你们那种平淡的幸福和庸常的快乐，她能够享受到吗？她可能想都没想到，因为她的周围太热闹，她活在簇拥的人群里，她缺少思考的机会，为了应付官场和人际，她活的不是自己，身不由己，在众星捧月中忘了自己的家，自己的孩子和丈夫。她什么都不缺，可恰恰缺了对家人的关照。有一件事发生之后，她可能做梦都没想到会发生这样的事：在一个风和日丽的上午，她接到了她丈夫的电话。这是她上任两年多来，第一次在上班时间接到他的电话。她有些奇怪，也有些意外，若不是他今天打来电话，婉约几乎忘了还有他的存在。因为自从她当了一把手之后，回家吃饭的机会越来越少，她和他照面的机会也越来越少，他们几乎很少交流，里里外外都是这个男人来打理，她也习惯于他为她、为家里所做出的一切牺牲，也许是他太温顺、太默默无闻，原本干着一份很不起眼的工作，在她提拔到市里作一把手之后，她通过自己的能力，给他换了一份舒服体面、工资又高的公务员工作。她常常忽视了他、忘记了他的存在。就像这几天，她忙于工作、忙于应酬、吃饭、喝茶、唱歌……她有做不完的事情，家已经很久没回去了，他打来电话。难道是孩子有什么事吗？那几年孩子一直和她作对，由于陪孩子的时间太少，从小孩子就不听她的话，和她很隔膜，有时候故意和她挑衅。现在孩子在她的努力下已经在一所非常有名的大学里上学，难道他又闹出什么事儿了吗？她漫不经心地在电话里应承着他。突然，她听出了他发自胸腔里的哽咽声，那么低沉，那么悲凉和伤感。他说，想最后再听一下她的声音，和她做个最后的告别，本不想打搅她的，但觉得就这样走了，对不起他们这么多年夫妻的情分……婉约越听越觉得不对劲，赶紧问他在什么地方，可是，对方却挂断了电话。她找遍了任何丈夫可能去的地方，却始终踪迹全无。婉约突然从阳光灿烂的山峰，掉到了冰天雪地的崖谷。这样的局面是她做梦也想不到的……在家里发现了丈夫的遗书，他说，他活得没意思，几十年如一日为家、为孩子、为婉约做牛做马，谁都不把他放在眼里，他也觉得自己不像个男人，工作是女人给的，家里的一切，家外的一切，目前所拥有的富足安逸的生活，也是女人给的，他觉得自己只是个工具，为这个家服务。他觉得自己拥有这个女人所带来的一切，唯独不拥有这个女人的心……后来，婉约在各方力量的帮助下，在高耸险峻的山峰顶上，一个悬崖上找到了独自静坐的丈夫，好在他还没有来得及跳下去……

雨后丹霞

前一天下午就预定好，第二天一早要去游丹霞地貌，可是当天晚上天气预报说，12 小时内有扬沙浮尘伴小雨。几个同事担心地说，千万别有沙尘暴，否则，我们出游的计划就要泡汤了。真是怕什么就有什么，晚上十一点多钟，突然狂风大作，扬沙四起，其肆虐程度，令人恐惧，心里不觉七上八下。糟了！好不容易盼来的全体同仁一起出游的机会，看来是非泡汤不可。一时心情沉郁，沮丧万分，一夜的梦，都与游丹霞有关。开始是步行去看丹霞，无奈四周伸手不见五指，脚下磕绊，路途陡峭，又长又远，怎么也走不到。后来突然化作天使，长一双翅膀，不费吹灰之力，轻盈地飞到了丹霞的地界，可是下面雾气漫漫，怎么也看不清丹霞美丽的容貌，心下着急，不觉惊醒。爬起来一看，天还是一片漆黑，外面的风还在不停地刮，震得阳台窗户发出嘭嘭的跳动声，那声音似近在眼前，震耳欲聋，气势吓人。

早晨起床后，发现风已经停了，周围安详宁静。赶紧推开窗户，清凉洁净的空气扑面而来，令人精神为之振奋，外面正在下雨。细密的雨线美丽迷人，雾霭似有似无，向远处眺望，“天街小雨润如酥，草色遥看近却无”！哎呀，雨中观丹霞，如此惬意的天气，简直美得无与伦比！几乎要像孩子一样跳起来了，那个高兴和激动啊，真不是我这个年龄的人该有的。赶紧收拾妥当，飞奔下楼。

细雨迷蒙，烟波浩瀚，淡淡的晨雾缭绕在远山近景之上。车在路上平稳行驶，暮春的原野，肃穆静谧。雨虽不大，却把世界浇灌、清洗得新鲜艳丽。素白的梨花、粉红的桃花、淡黄的丁香花和各色的刺梅花，在微雨中静静地绽放。在一个居民点附近，彩色整齐的统一建筑，让我们眼睛发亮，这哪里看得出是农民的村舍呢——粉红色为主调的统一格式，看上去分明是小时候看的童话世界里七仙女或白雪公主的宫殿，更让人联想到陶渊明笔下的“黄发垂髫，怡然自乐”的场景，以及那远离尘世的世外桃源。这里又何尝不是陶渊明笔下的世外桃源呢？远处，鸡犬之声相闻，近处的门前，站着的老人小孩怡然自乐，尤其是门前淡黄的丁香花，此刻在细雨的滋润下，静静地散放着清香，那细碎的花朵，照亮了每个人的眼睛。我们在沉醉中欣赏这淳朴而艳丽的乡村民居、童叟野趣时，车子不觉拐了个弯，走了一段颠簸起伏的村路，我们被告知：丹霞风景区到了。

大家走下车，此刻展现在眼前的景色，与前面一路所看到的乡村美景截然不同，这里没有绿树成荫，只见那天然雕琢的七彩岩壁，那山川起伏跌宕，在细雨的冲刷下，显得美轮美奂。也许是被猛然呈现在眼前的大自然奇特的美景所震慑，我们一时间都愣住了。真的，雨后的丹霞色彩实在太丰富、太艳丽，我的思维瞬间变得苍白、枯竭、贫乏，不知要怎样描绘这奇妙的景观。在阳光晴朗的日子，我来过这里几次了，都没有这次的色彩这么新鲜，线条轮廓也没有这么分明，真的是大饱眼福啊！我们被一位年轻的导游引领着，手扶栏杆，向一号景区走去。细密的小雨不知何时已停了，地上却湿漉漉的，没有阳光，在清凉潮湿的空气中，我们拾级而上。红色、紫红色、黄色、土黄色、褐色的岩壁，如辉煌万丈的夕阳下的海浪起伏不定，一层一层在雾霭淡淡的氤氲中，显得格外清晰明艳、雄浑起伏。因为满眼都是以红色为主调的彩色世界，整个人置身在这样的环境里，而且是在踩着阶梯不断地升高，我突然有一种眩晕的、如置身梦境的感觉。再一次握一下手中的栏杆，栏杆那渗透的清凉提醒我真不是梦。可我仍然觉得一切都在飘摇，尤其是俯瞰脚下奇形怪状、神态各异的丹霞奇观，只觉得它们是活的云朵，是涌动的海浪，在我身下缓慢移动，而我们似乎都变成了腾云驾雾的孙行者，被神奇的丹霞岩壁托举在空中神游。这时，我脑海里回想起李白那首脍炙人口的诗《梦游天姥吟留别》：“……脚著谢公屐，身登青云梯。半壁见海日，空中闻天鸡……云青青兮欲雨，水澹澹兮生烟……”也许李白梦游天姥山时看到的是青色的山、白色的雾，而我们所看到的是红色相托、各色相衬的山，我们此刻所饱览的美景远远不亚于李白笔下的天姥山。向远处眺望，祁连山如一条蛟龙，静静地伏卧在天边，山顶白雪皑皑，天地相连，分不清哪是雾霭哪是云朵，却都在遥远的天边峰涌暗动，起伏颠簸。那里整个是一个雪白的世界。越走越近的时候，山色由白变灰，变褐，再变紫，当来到山脚下，整个山色就变成了红色。我们被包围在温暖的色彩中，空气却如此清凉新鲜。我们不觉向对面山下看过去，那里是平整的绿色田野，只有浓密的钻天杨能看见我们这些被丹霞的山岩托举在高处的人。我向下俯瞰这世界，那波浪形的彩色丹霞岩壁，在我脚下如同冲浪的人脚下的海浪，我们似乎是被海浪送到了风头浪尖的人，它们给了我们俯视的高度、梦想和激情！我猛然之间体会到天地万物的神奇、和谐和独立，以及那无法模仿、无法描述、无法亲近、不能亵渎的美！大家都陶醉了，有人抑制不住地唱了起来，更多的人忘情而吼，声音碰撞在丹霞的岩壁又被弹送回来，在空旷的丹霞上空，久久回荡……

丹霞，有无限的魅力，是阅读不尽的诗篇，我们须得细细品味。之后，我们又游览了它的二景区、三景区，这其中的美景和感触，我在此不再赘述，留下悬念，由聪明的读者自己亲自去观光体会。我只想说，我爱家乡的丹霞，就像我对父母的爱那样深沉、对爱人的爱那样忠贞。在它灵性的光芒中，我们得到福祉，得到顿悟，得到洗礼！

河流的影子

河流于我，如同一个时常萦绕在记忆深处难以忘却的梦境，或是儿时母亲一字一顿教会的儿歌，或是青春岁月豆蔻年华时挥之不去的缠绵记忆，无法摆脱，难以忘却。冥冥之中我时常感觉有一条溪流，一直在我身体之外的某个地方流淌，它的影子又镌刻在我的灵魂之中，在某些特定的时刻，若隐若现地出现在我眼前，回荡在我脑海，左右我的意念，使我欲罢不能。我始终探究不出它来自何处，缘于何时，成为我生命中的一部分。

当时光再次把我带入七月的天空下时，随着雨季的来临，我发现记忆中的河流，又开始活跃。与之相关的记忆，裹挟着昔日岁月的风尘一起向我冲撞而来，使我不得不时常在这个或阴郁或晴朗或炎热或凉爽的夏季，游走在不同的河流边缘，感悟它的品性，体会它的悲欢，以此来寻找记忆里一个个河流的影子。

河流在我儿时最初的记忆里，就是二十几年前生活过的那个小山村的一条叫带子渠的小河。它不宽不深，河水清浅，像条带子一样穿过田野。它来自何方去往何处我全不知晓，只记得它伴随了我童年成长的岁月，见证着我一年四季的每一个足迹。

小河两岸长满了高昂挺拔的白杨或树影婆娑的柳树和槐树，树下的沟岸上长着浓密的杂草和野花。最多的野花要数牵牛花，它的枝蔓常常攀缘着河岸的树干树枝无止境地往上长，把树干打扮得花枝招展，充满乐趣。我的童年和这条河流紧紧地联系在一起。这条小河的河岸是我和小朋友们上学的必经之路，也是我们通向学校的一条捷径。我对家里到学校的其他路途现在是一点儿记忆也没有了，唯独记得那条窄窄的河岸和河里流淌着的清澈的溪水。我记得每次经过这条小路去上学时总有一种神秘的气息袭击我幼小的心灵。如果是独自一人时，这种深不可测的神秘感会演变成一种淡淡的恐惧，让人起一种惊悚的感觉。这种感觉来自河流两岸向两边无限延伸的永无止境的玉米地和麦田，我总觉得它里面暗藏着我所不知道的奇妙事物。记得有一次放学，我正专注于脚下的小路，担心自己脚下打滑掉进河里去，因为那时已是暮秋季节，河里也正流淌着没过膝盖的冰凉的水。我被这种惊悚的感觉所控制，于是加快了脚步往前赶。不料想，一只受惊的野鸡"啪"的一声，从我旁边的玉米地里飞走了，留下"嘎、嘎"的叫声，让我神经震颤，心跳久久不能平静。平时上学放学我们都是集体行动，如同排着整齐的队列，走在这条河水清浅的小河岸边。我们一路上手里经常摘满了各色的小花，在天气晴朗、阳光明媚的日子里，我们蹲在小河边或者下到温热的河水里去，一朵一朵地把那些野花慢慢地抛撒在清冽的河水中，看着它随水流而去，觉得它就是一只小小的船儿，载着我们儿时的梦想，自由地漂泊到它想去的地方。我们也会三五成群地拿着小水瓶或塑料袋到河里去抓蝌蚪或小鱼。小河里蝌蚪和青蛙是最常见的小动物，我们有时把它们放在透明的瓶子里，把瓶子装满了水，举起来放在眼前看那些黑溜溜的小蝌蚪甩着尾巴游来游去，真是有趣的事情。小鱼是精明的，虽然它只有蝌蚪或柳叶那么小，可是你却极不容易抓到它，在你看见它的同时，就倏忽之间不见了踪影。我们总是好几个孩子围起来对付一条小鱼，把它挤到水草稠密的地方最终擒获它。也许，儿时的我们就是从这些游戏中认识到了集体的力量。它对培养我们以后的团队精神是大有裨益的吧。

随着岁月的流淌，我们在这条小河边渐渐长大，对它充满了感情。它是农民浇灌田地的小河，也是我们成长的伙伴，我们吃着它浇灌的粮食长大，也在它的陪伴下快乐地成长。在孩提时代有限的生命见识里，我认为它是最长、最了不起的河流。

随着年龄的增长，阅历的增加，我见识了很多河流，曾不止一次地

坐船漂流在黄河长江的激浪中，也曾不止一次地惊叹那些河流的壮观和惊涛骇浪的奇险，我爱上了这些河流。然而，伴随我成长的“带子渠”却是我记忆里最深刻最亲切的一条小河。世事变迁、我离开了那个小村庄，岁月流转之后的二十几年里，这条小河却一直流淌在我的流年记忆里，如一个难以忘怀的伙伴。几年前，借着到乡下搞税务稽查工作的机会，我去拜访了小时候住过的那个小村，虽然见到了几位曾经的邻居和长辈，可是，记忆中的村庄的影子哪里去了呢？还有我念念不忘的河流哪里去了呢？现在全然是一幅欣欣向荣的景象，鳞次栉比、有着统一格式的雕花门楼的乡村居民点，闪耀出富丽堂皇的气息。我的那些老乡亲们脸上洋溢着扬眉吐气的喜悦。一位大婶——我同学的母亲，紧紧地拉着我的手说，孩子，现在我们的生活富裕了，有空常来逛逛吧！我立即说，想到带子渠上走一走。她听了，咧着漏气的嘴笑了：哪里还有什么带子渠哟，现在那条河早已开发成U形衬砌渠，水来自黑河，水流可大呢，可不是你们小时候玩儿的带子渠了，孩子们可不敢到现在这条河跟前去……一个年轻后生陪我去了要去的地方，看着这条水流浩荡湍急的河，我一点儿都找不到它昔日的影子，这分明是一个大型的节水工程！听着年轻人兴致勃勃谈论他们现在的生活，看着我故乡的村民自豪而幸福的笑容，我感到由衷的高兴。可是，在返回的路上，我心里涌起隐隐的惆怅，缕缕的乡愁。我那记忆里流淌了二十几年的河流啊，我儿时的乐土，我该去哪里寻找你？

在小雨淅沥的早晨或残阳如血的黄昏，我独自游荡在乡间村社或田野之间的各种河流边缘，找寻河流曾经带给我的种种快乐和幸福。我逐渐体会到，故乡的河流，不管是哪一条，不管在历史的长河里曾经发生了怎样的变故，它一直静默在这里，给我故乡的乡民以惠泽和恩赐；不管你是离去或是回来，它都一如既往地静默在这里，直到永远。它是无怨无悔的。这或许是一种爱，一种如父爱一般深沉含蓄的爱啊！

如今在我生活的这个小城，大沙河逐渐代替了所有河流在我心中的位置，成为我生活中不可或缺的一条影子，我依恋它，每日徘徊在它的周围，凭借它度过一个又一个的春夏秋冬。我故乡的子民们傍依着它，实现了一个又一个的梦想！有了这些河流的润泽，故乡的人们就不会走得太远，他们怀揣梦想，一代代地走下去！

听取蛙声一片

蜗居在城市里时间久了,能听到那此起彼伏的青蛙的叫声,就成了一种奢侈的享受。我们的耳朵里灌满了各种车辆或清脆或沉闷或悠扬或浑浊的鸣笛声。厌倦了那混杂着汽油味的污浊空气,于是,在淡淡的无奈中,我禁不住怀念起那久违的蛙叫声了。

在童年,我有一段时间是在乡村外婆家度过的。外婆的门前是一条并不宽阔的土路。天不亮,这条路上就会有吆着驴车去田里干活的人。每天清晨,我都是在这些早起上地的人们清晰的喧哗声或沉闷的吆喝声中醒来的。那时,我躺在外婆的土炕上,闭着眼睛假寐,听来自大路上的各种声音。当这些声音慢慢沉寂的时候,我就再也躺不住了,一骨碌爬起来穿好衣服,赶紧往外跑,去看我头一天晚上圈在水坑里的青蛙王子还在不在。

在外婆门前的这条路的另一边,是一条水渠。水渠的两边长满了各种水草,葱绿茂盛。这个水渠整个夏天水流不断,流水很少有浑浊的时候,只有在全村人浇灌田地的时候,水渠里的水才会满满当当,有时会满得从渠沿上溢出来。这时候的水是浑浊的,也是湍急而凶险的,我们被大人们警告,要离这水渠远远的,说是以前发生过不测的事情。但是,这种时候毕竟是少数,大部分时间水渠里只流着半渠水,那水流速缓慢,清澈见底。渠底里五颜六色的小鹅卵石清晰可见。大人们在渠沿上洗衣服,我们小孩子就挽起裤管,手抓着渠沿上长得高高的水草,下到渠里去玩水。这时候是最开心的时刻,渠水的清凉透过我们的腿脚渗透到全身,我们被激得打一个冷战,长出一口气,一个激灵之后心里的喜悦也被激活了,高兴得无法自持,就向身边的同伴撩水,以宣泄这种难以抑制的快乐。

等个个都变成了落汤鸡，嬉笑之声一浪高过一浪时，鬼点子多的调皮捣蛋鬼就开始生事了。他手里抓着一只青蛙，悄悄地放到了胆小的女孩的脖子上，这女孩感觉脖子里冰冰凉凉的一个活物在动，立时吓得魂飞魄散，尖叫一声大哭起来。这时候，大人们就会出来调停，那男孩子被大人一顿劈头盖脸的臭骂，他虽然咧着嘴在笑，实际上已经很赧颜了。胆小的女孩见对方挨了大人的骂，也就渐渐止住了哭声。我那时就是受过这样待遇的女孩子。可是见别人把青蛙抓在手里玩，受过惊吓的我也想消除这种恐惧感，就试探着去抓那小一些的青蛙，一次又一次地去摸它，那淘气的青蛙反倒吓得夺路而逃或者躲在渠沿边的水草里再也不出来了，我才知道青蛙原来是不伤人的。逐渐地也敢碰它几下，即便是站在水里，游泳的青蛙游到了自己的腿脚边，也不再惊慌害怕了。自然，那拿着青蛙吓唬人的男孩子的鬼把戏也就不再奏效了。于是，惹事的少了，孩子们玩得就更尽兴，水中的青蛙自然成了我们玩耍中不可或缺的伙伴。对青蛙的初次亲密，是我儿时最初培养勇气的开始。

黄昏时，我们随着外婆、舅母或那些婶子们坐在门前的那棵有了几十年历史的大柳树下聊天。大人们手里纳着鞋底，嘴里有着永远也说不完的话，而我们孩子们，就围着那棵老柳树玩着捉迷藏的游戏。院前屋后的麦草垛或秸秆堆，都是我们藏身的地方。那欢乐里所包含的惊险和刺激是我们永远也忘不了的记忆。随着夜幕的降临，世界笼罩了一层神秘的面纱，那些房前屋后的黑影，风吹草动的响声，让我们这些未谙世事的孩子们浮想联翩，对这个世界充满了好奇和神秘，但最终，恐惧占了上风，我们不敢再玩捉迷藏的游戏了，只好偃旗息鼓，蜷缩在大人的膝盖上，听他们说一些离奇的故事。这时候，灌满我们耳朵、让我们陶醉的却是水渠里传来的此起彼伏的蛙声。我头枕着外婆温热的腿，仰望深邃幽暗的天空，满天的星星都在眨眼，让我如梦如幻；耳边的蛙声，声声入耳，伴随我插上想象的翅膀。也就是从那时起，我对这个世界充满了奇特的想象。每天我都在一片蛙叫声中，思绪开始飞翔，想象开始插上翅膀，直到进入甜美的梦乡。

这些记忆，成了我童年里留存下来的最鲜活、最灵动、最让人难忘的记忆。如今，我时常漫步在城市的天空下，怀念记忆中的那一片蛙声，希望再有那“稻花香里说丰年，听取蛙声一片”的境界出现。一个偶然的机会，让我实现了这个愿望。

那是今年暮春的一个傍晚，我饭后百无聊赖地踱着步，走在大沙河边缘的这条路上。路上来来往往锻炼身体的人们，以竞走的方式从我身边快速地穿过。看着周围的一切，我有了一种宁静闲适的心境。为了享受这独处时孤寂而又思绪飞扬的曼妙时刻，为了怕碰到熟人打搅了此刻淡泊宁静的心绪，我抄一条小路拐到了天鹅湖的边缘。这时，山影朦胧，树影婆娑，天鹅湖里的水光恍恍惚惚，光影若隐若现，一切都笼罩在夕阳已经退去、月光尚未到来前的模糊之中。周围显得迷蒙而神秘，天鹅湖周围有一种魅惑人灵魂的东西弥漫在空气里，轻纱般地流动着，浪涛般地暗涌着。这朦胧而令人震撼的美感，让我心生恐惧。毕竟现在路上行人已渐渐稀少，天光也越来越暗。我预备要回去了，就在这个当儿，一片隐隐的蛙声从天鹅湖的东边传来。我被一种“此曲只应天上有，人间哪得几回闻”的惊喜留住了脚步。我竖起耳朵听，这蛙声一阵紧似一阵，清晰地传入我的耳中，一不留神，我仿佛又回到了童年，回到了外婆门前那棵大柳树下的光景。我恍惚了几秒钟，转过身寻着那片蛙声而去。这蛙声来自天鹅湖东边浅水域的地方，越往前走，声音越大越清晰。我站在一棵树下，向整个天鹅湖眺望，那里的上空似乎飘着一层淡淡的轻雾，在树影幢幢的亭子间徘徊弥漫。这时，月亮已经渐渐升起，给这里的一切洒上了一层流动的清辉。在月光下，那此起彼伏的蛙声，伴随着这水影、山影、云影，和着那远处城市传来的喧嚣和对面工厂里隐隐传来的机器声，整个组成了一幅美轮美奂的月光奏鸣曲。我望着家乡月光下的这幅图景，听着耳边久违了的蛙声，心想，今夜怕是要陶醉、要入梦了吧？

街头即景

早晨的阳光温暖地照耀着大地，照在泛着鲜绿色的树枝上、草坪上，大地显得生机盎然，像个刚刚揭掉盖头的新娘，到处看上去楚楚动人。我像往常一样穿着制服去给一个纳税人送公文，在这种时候，我喜欢安步当车地散步，顺便欣赏一路美景。我顺着健康路走去，颐和绿苑正在喷雾浇灌草坪和树木，迎面吹来的风夹带着清凉的水雾和花草的清香扑面而来，让人觉得清新宜人，心情振奋。这一切就像甘露滋润了焦渴的心灵。我心情非常愉快，看见绿苑里悠闲散步的人们、坐在条凳上仰面沉思的人们，打太极拳的人们，低头看书的人们，还有各种独自沉浸在自我世界里的人们，我觉得这实在是一幅让人沉醉、让人迷恋的世态生活画卷。我想，有这样美的环境，确实应该感谢园艺师和城管工作人员。现在的这座城市，市容比以前不知好了多少倍！所以人们都喜欢在闲暇时到广场、颐苑、逸园、天鹅湖或大街小巷去溜达散步、赏心悦目地呼吸新鲜空气。看来城市建设和管理是一件很重要的工作，它给我们的生活带来了很大的益处。

我走到健康路和自由路的交叉口处，顺便去通知那家卖肉类产品的纳税人，快点去办理税务登记手续和纳税申报等事宜。进去同那个老板和他媳妇寒暄了几句，正说话的当儿，我就听到外面很吵，我问怎么了？老板出去，回来说，就是你们这种人，不让老百姓过安稳日子呗！我说，怎么扯到我头上了，怎么回事？我出来一看，周围围了一大圈人，中间有一个穿制服的人手里提着一个秤盘，他对面站着一个比他高半头、看上去四十七八岁的女人，头发像枯草一样干枯而凌乱，面容是菜色灰暗的。这位妇人和这位男子正在激烈地争吵，妇人要夺回秤盘，而对方不给，于是两人撕扯在一起，争吵得非常激烈。

我问旁边观看的人们，这是什么人，干吗抢人家的秤？旁边的人说，城管呗，他们不让在街上摆摊设点卖东西，而她总是摆在街上卖豆腐，所以他没收她的秤。

噢，原来是这样。我对那穿制服的男人的过激行为稍有所理解。仔细打量，这人很瘦，个子也不高，面相看上去有点狰狞，形象不是很整齐。也许是太瘦的缘故，他看上去显得耷拉掉拐，一副猥琐的样子，没有一个执法人员应有的良好形象。外表的形象暂且不说，主要是他在处理这件事情的态度上，表现出专横跋扈，蛮不讲理的样子，惹起了周围人的反感。我在看着的同时，妇人就拼命地从他手里夺秤，后来索性不顾一切，拦腰从背后抱住了他，并用一只手努力地去抢那男人手里牢牢抱着的秤。周围的人越围越多，有一些围观的人看不过去就向那个男人喊道："哎，你就给她吧！"城管人员就是不给，用力甩脱那个女人，嘴里还小声唠叨："我今天就不给你，就要治治你！"妇人一听这话，又扑过去抢秤，也是一步不让，死死抱住那个男人不撒手。她已不顾一切，一点儿都不去顾及体面，就是一心想夺回秤。他们之间的争夺与反争夺越来越激烈，周围的群众议论纷纷。我想离开那个地方。我这个穿制服的要是继续在那里待下去的话，可能会忍不住去制止那个男人的行为，但他分明是在执行公务。因为从私人感情方面，我实在是偏向那位妇人。

我刚走了几步，碰上刘拐拐——一个我认识的瘸腿的人，他告诉我，那个妇人是他同学的老婆，两口子都是下岗职工，为了供两个孩子上大学，她不得已而为之，因为生活实在是太艰难。刘拐拐说，在此之前，他已经从城管人员那里替她索要过一次秤，这次怎么又让逮着了，非罚款不可！哎，不过她也实在是没有别的办法。但凡有点办法，她一个女人家，也不会在大街上丢人现眼。

我终于彻底理解了这位妇人的所作所为，为了挣那几个卖豆腐的钱，可以不顾廉耻和城管人员在大街上众目睽睽之下撕扯到一起去。为了孩子，父母往往什么样的牺牲都愿意去做，哪怕是颜面扫地。

城管人员在人多势众的情况下把那妇人的秤带走，开着他们来时坐的车，一溜烟地走了，留下那妇人跺着脚哭。围观的人们渐渐地散去了，她还站在那里哭，身旁是卖豆腐用的拉拉车。我心里很沉重，只好返回去走到她身边说，你不要哭了，哭不解决问题。你卖豆腐没有问题，问题是卖豆腐的地点不合适、手续不合法，那些城管人员虽然执法手段有点强硬，态度也过于蛮横，但他们也是为了维护城市市容，为了公众的利益啊。

经了解，这位妇女不办理各种合法手续，一是由于怕执法部门门难进，脸难看，事难办，跑不起腿；二是手续繁琐怕花钱。后来，我替这位农村妇女办好了一切手续，她终于成了农贸市场一个合法的个体户，再也不用东躲西藏了。

可是，这件事过去很多天了，我总是忘不了。平常，我是一个当事人、一个执法工作者，我不知道在为纳税人服务的过程中，我的态度有什么问题。那天我以一个旁观者的身份清楚地看出了一些执法人员工作态度上的问题，我为那几个执法人员感到惭愧和脸红。在现实生活和工作中，往往是当局者迷旁观者清，自己在执法的过程中肯定也有很多的不足之处，值得我好好反省和深思，值得我从灵魂深处涤荡自己不自觉流露出来的那种居高临下和盛气凌人的优越感。这种优越感是群众最反感的，也是我们工作最忌讳的。因为权力是人民给的，为人民服务当然就是我们应尽的职责！

我同时也意识到，一个执法工作者，他的工作态度、工作方式方法，无不对整个事件的处理和效果有着极大的影响，而我们作为一个执法工作者，代表国家行使权力的同时，一定要慎重地按照国家的法律法规和程序规程办事。即便我们是正确的，在依法行使自己的职权时，也要以公仆的姿态出现，而不是居高临下地、盛气凌人地盘踞于群众之上，专横跋扈地去完成使命。如若这样，又怎么能体现公仆意识呢？又怎么能达到为公众服务的目的呢？

在枣树林里

三月初的这个早晨，我站在一个枣树林里，掐指算了算，最近已是第三次来到这个枣树林里了。我知道这里有一种潜在的东西深深吸引着我。潮湿润泽的土地踏上去海绵一般的柔软，向上蒸腾起泥土的芬芳，里面稍稍混杂着一股秸秆腐烂的霉味，一起冲撞着我的嗅觉。我抬头看了看这些弯弯曲曲的枣树，树枝青灰发紫，泛着乳晕一般的暗淡光泽，它是一种生命蕴蓄了足够的力量之后的饱满光泽。虽然这些枣树没有发芽，但青灰色的枝桠上已经散放出生命萌发的活力。我向远处眺望，在枣树林的外围，是一条U形的衬砌渠。渠沿上长满了排列整齐的粗大的白杨树，白杨的树干和树枝已经泛绿，但树枝上还没有长出树叶的芽苞。在阳光下昂扬挺拔的白杨树，像一个个静默的哨兵，在习习的风中微微晃动。这些白杨的树梢，几乎够着了蓝天白云，最高的两棵树顶上，有两只乌鸦“呱呱、呱呱”地互相对话，说着一些我听不懂的语言。渠旁边是一条大路，大路的另一边是一个村的居民点。此刻，在那些农舍的宅院门口，有几个小孩玩着打沙包的游戏，孩子的嬉戏声隐约传来。我愣愣地看了一阵，发现这种两小无猜的快乐已经离我很遥远了。于是，我只好收回目光，向枣林深处走去。

枣树长得很密，虽然现在树上没有一片树叶，但我被他们纵横的枝杈挡住了去路，不得不常常弯腰低头，或者迂回曲折地走动，来躲避它们的刺扎到我的脸上。阳光暖暖地照着我，照着这些光秃秃的枣树。我感觉这泛着紫色的枣树枝，此刻都散发出一种看不见的气韵，向我传递着春天的信息。这些尚未发芽的枣树，看上去并不美，甚至它毫无规则、伸展混乱、周围带刺的枝条看上去土气而灰暗，毫不引人注目，但它却显露出坚韧不拔的气质。在这样无遮无拦的土地上，它经历了严冬酷暑的考验，到秋天，这每一棵细小的枝桠上，都结满了红彤彤的小枣。在观察中我还发现一个奇怪的现象，那些看上去曾经生长很茂盛的大枣树的枝杈，按常理，本来应该向四周平缓伸展，可是这些枣树的枝桠杈全部向下伸着枝条，几乎够到了地面。这一看就是秋天小枣结得太多了，小枣的重量把树枝压得越来越接近地面。这些枣树亲近土地的品性多么像这里的农民啊，他们有着一样的品质、一样的气节。

我慢慢地走出了枣树林，站在一个高埂上，手搭凉棚向远处眺望，开阔的田野里稀稀落落有几个农民在耙地，有的地里虽然没有人劳作，但是地已经耙得非常平整，乍一看去，简直不像是人工操作的。还有一些地里此时没有拖拉机也没有人，但从那湿漉漉潮腾腾的泥土上，你仍然能感受到他们刚刚离去时留在这里的脚印和劳作时的气息。那边的两个农民是用手扶拖拉机在操作，这边的一个农民是用牛拉着他的耙子。他把牛吆得很慢，一边把地里的柴柴棍棍捡得很干净，专心致志地精耕细作。我出神地凝视着他的每一个动作，感觉像是在完成一件程序特别严密的工艺制作似的，或者是把这块地当成了他的一个孩子，要备加地呵护才合他的心意。我慢慢向他走去，在离他不远的田埂上站住。他旁若无人地赶着牛拉着耙子从地的这头走向地的那头，又从地的那头拐回地的这头，默不作声地抬头瞅了我一眼，又低下头去干他的活。这是一个五十岁左右的农民，肤色晒得油光黑红，额上的皱纹沟壑一般深陷，脸上的表情很慈祥。他的衣服敞开着，也许已经干了很久的活，累得脸上已经沁出了汗珠。我搭讪了一声："大爷，歇一歇吧，你看上去已经很累了！"大爷回头看了我一眼，咧嘴笑一笑说："不累！庄稼人活干不完，不知道累！"

我只好跟着他在地埂上来回慢慢走动，边走边和他聊。我问他："干吗把这活干得这么精细？"他无声地笑了，我的脸一下红了，觉得自己的问话很幼稚。他温和地说："当农民一辈子了，种好地就是我的本分，就像你们公家人，干好工作是你们的本分一样。"我又问："经常这样下苦

力，累不累？”他不急不缓，稳稳当当地回答：“咳，累是肯定的，不过我们一般不多思谋这些，我们多半思谋的是咋就把事情都干好、干妥帖了。晚上跌过去就睡，睡得踏实酣甜！细细想想，现在生活这么好，也没有多累！”大爷的脸上洋溢着快乐自足的幸福表情，这一切感染着我，使我感到很意外。我愣愣地站在地埂上，不知该说些什么。大爷一直不停地耙着他的地，神情很专注，不再和我说话。有一种东西在我的心里慢慢滋生，伴随着这春天的风、春天的阳光一起赐给我力量！

踩着地埂松软的泥土，我慢慢地往回走，大爷的面容一直浮现在我眼前。我回过头去再看，大爷仍然在一丝不苟地耙地。他那件蓝色的中山装在阳光下看去有点褪色，但他的脚步却是那样稳健，身板是那样硬朗，笑容是那样慈祥幸福！他表现出的健康、乐观、开朗和坚强的韧性，是我不能忘记的。

我又走进了来时的枣树林，看着那些青灰色的枣树，突然觉得，这河西的农民和河西的枣树有着一样的品性，他们看上去不起眼，很平凡，但他们都有一股坚强的韧性，这是他们战胜一切困苦和磨难的原动力。这就是西北的本色！

时光过客的务虚笔记

这些天来除了上班，与纳税人纠缠一些税上的事，就是思考一些做人的道理。也许对一些思想开放、喜欢热闹的人来说，我显得有点道貌岸然，甚至有些学究气十足。我不否认自己有这方面的嫌疑，骨子里也许太保守、太传统、太循规蹈矩，对一些事情的看法过于偏激，不能释然看待，这实在与自己从事的这份严肃的执法工作和多年来嗜好读书有关。我是个过于清醒、过于喜欢反省自己、对很多问题又喜欢深究思考的人，所以这徒然给自己增加了太多的烦恼。我的同事和朋友总是善意地提醒我，不要活得那么认真，有时候逢场作戏和游戏人生是必要的！这样你也许会有许多意想不到的快乐！我心里也承认这一点，可是想改变自己却很难，正所谓“江山易改、本性难移”。

一直以来我就是个喜欢清静的人，喜欢过与世无争的平静生活。这么多年以来，我朋友不多，都是一些很多年来知根知底的至交，不喜欢热闹繁华的生活，对于一些场面上的应酬和纳税人的吃请我很少参加，为此得罪了不少纳税人和朋友们，久而久之，我被列为不喜欢和人打交道的“古董”一类的人，能不参加的活动朋友们也一般不会打搅我，这正暗合了我的心愿。这样可以满足自己对读书的嗜好。其实我读书一开始并无目的，就是喜欢阅读而已，后来逐渐发展到自己动手写一些东西。

十几年来，时断时续地写着一些不像样的豆腐块文字，一直以笔名发表，除了个别朋友知道是我写的，其他很少人知道我在写东西，包括单位的同事。这样做一开始只是出于自保的意识，因为怕有人说自己一天不好好工作，心思没用在工作上。可是时间一长，纸里包不住火，我们本系统的人都知道了。其实我知道自己的半斤八两，这点水平也写不出

多少像样的文字。后来就和文联搭上干系了。去年7月初,文联一个主席找到我说:“怎么我们待在这么小一个城市，人都说有你这么个作者我却从来不认识,为什么你从来没参加过文联的任何活动？”我说:“我本来就不是什么文人,又没什么水平,也写不出什么像样的作品,所以,不参加也罢。”此后,文联有个什么活动就通知我参加。一开始我好高兴,可以认识很多文友。可是,在和文人打交道的过程中,我也了解了文人圈子的复杂。也许我把读书人想得太美好了,可是事情并非我所想的那样。

前不久我接到市文联领导的电话通知，说有一个全市小说作者研讨会,要我去参加。我在电话里想辞却,说最近工作忙,恐怕去不了。这位老领导很善意地说,能来还是来吧！是个学习的机会。殷殷之情尽在不言中,看来对我抱有很大的希望,希望我进步快一些。我挂断电话思虑良久,其实我根本算不上什么小说作者,这点自知之明还是有的,我充其量是一个初学写作的学生而已,去参加这样的会,我的确觉得自惭形秽。但是我又不想拂逆这位老者的好意和希望,于是,我抱着去学习的虔诚心情,向单位请了假,去参加这个会议。在会上,听那些有经验的作家们侃侃而谈自己对写小说的一些看法和经验，我是大气不敢出一口啊,本来坐在他们中间就很赧颜,现在又听他们谈创作体会和个人看法,我更是诚惶诚恐。我倒不是个妄自菲薄的人,只是觉得自己打肿脸充胖子,凑什么热闹！干吗不踏踏实实做人呢？回来后,我好好反省了近一年来自己假充文人,在这个圈子里滥竽充数的行为,不但没有实实在在学到什么真的本事,写作水平也没有什么实质性的提高,倒是搞得心浮气躁,烦恼不断,有时还被一些无聊的诱惑所左右,现在想起来真是惭愧！

昨天和一个文友通电话互致问候,由于都是女人,说话随便一点儿,她问为什么最近老不见我上去,也不参加文坛上的活动,我说:“我本来就不属于文人,水平还够不上,所以以后你们的活动我可能会少参加。再说,我这人头脑简单、思想单纯,文人圈子那么复杂,闹不好卷进哪个是非圈自己还浑然不觉，到头来搞得臭名远扬还不知道是怎么回事呢？”我这个文友是在文人圈里久经沙场、打拼多年的朋友，也是一个活得洒脱干练的女将，她一听我的话就笑了，说：“你真是没经过世面，清者自清，浊者自浊，活动你还是要参加的，我知道你是想出淤泥而不染。你所想的那些问题我清楚，就看你怎么面对了。”我赶紧说：“你可不要这样说，我还没有那么清高，文人朋友们知道了，那不骂死我才怪！谁也不是淤泥谁也不是莲，大家彼此彼此！”话虽这么说，可是我觉得她说的有些话很有道理。

是啊，有些事就看你怎么面对了，可是，我没有面对复杂局面的能力，尤其是自己写作水平还不高，不如还是回到原来与世无争、平平静静、恬适安宁的读书生活中来吧。最近读北岛的散文集《失败之书》，他说他这些年在国外漂泊太孤独，国内又太热闹，文人还是孤独寂寞些好。我很赞同他的观点。文人要想读好书，还是少一些热闹，多一些独处的空间、多一些思考和反省的时间，会好些吧？我们的祖先孔老先生就说：“君子之道，仁者不忧，知者不惑，勇者不惧。”看似简单的三句话，其中却蕴含着大学问、大道理，这需要每个人回归内心去修炼，孔子自己都极谦虚地说“我无能焉”，何况是我们这些凡夫俗子呢？

不过话又说回来，如今是一个多元化的社会，允许个性发展和多重选择，要过什么样的生活，选择什么样的世界观和人生观，都是每个人自己的事情，只要不危害到这个社会的安定团结和公共秩序，别人无权干涉，也无须评头论足。国学大师翟鸿燊就说，看不惯别人是你自己修养不够。在个人修养和内心的修炼方面，我还需要好好的提升。我们没有能力改变别人，却可以先做好自己。我倒是希望我们这个社会的自由民主气氛越来越浓厚，人们能更宽容地面对每一个人的选择，给大家营造一个包容和谐、祥和福瑞的生存环境。

梦境之旅

这几天，阳光明媚，积雪开始慢慢消融，大地似乎也松软了许多，空气温润柔和。我静静地走在清淡的阳光下，走在人来人往的街市上，感受阳光的抚慰，感受空气里流溢的淡淡的泥土的芬芳，感受春天那看不见的影子给大地带来的欣喜和活力。突然心里也弥漫起淡淡的温润、淡淡的喜悦、淡淡的莫名的激动。我不知道这激动因何而来。这是一种似曾相识的感觉。现在终于悟出，生命是一个轮回，是一种不断的反复，是一种不断的取与舍的体验。我抬头眺望远方，青山依旧若隐若现，树木依旧默然而沧桑；蓝天依旧蓝得让人心动，如同心里曾经流淌着的海的影子；白云悠然，依旧矜持而充满诱惑。我独自一人游走在这春天的风里，风虽然还带着冰凉的寒意，但我分明感到了春天的气息，听到了春天姗姗而来的脚步。我欣喜而贪婪地看着远处蓝天白云、山峦叠嶂，近处楼群林立、村社炊烟袅袅，有一种春情萌动的感觉。是的，春天来了！人一生中，很多的时刻是可以轮回的，春天也一样，像一个轻轻狂狂的少年，带着些许的激情与喜悦，带着欣然与浮躁，轻易地又回到了我们的身边，如同我们萌然不觉回到了青春时代那曾经浮动的岁月。

春天来了，纷纭的记忆随之而来。天还没有亮，我从睡梦中醒来，整个房间静谧而温煦，包裹在淡淡的、朦胧的暗影之中，只从窗外遥远的地方透射出一丝细细的光亮。我躺在床上没有动，静静地盯着那缕从窗口溜进来的亮光，心里开始升腾起一些模糊的记忆。那些零碎的记忆，逐渐地拼凑起来，成了一些完整清晰的画面。似乎再次沉入梦境，思维开始变得活跃，记忆里那些遥远的东西开始在我眼前跳动，房间里变得如梦如幻。你就像一缕风，轻轻地来到了我的眼前，那和蔼的笑容，如一股清泉，静静地注入了我的内心。我内心如微风吹过，掀起阵阵涟漪。我想走近你，你却如梦影一般渐渐远了。我有点失望，要退缩，你的气息却离我那么切近。我感觉到了你宽厚手掌握紧我手的温度。这是我们最切近的也是唯一的接触。在那个月明星稀的夜晚，我们走下楼梯，不知你是有意识的还是无意识地拉住了我的手，我就那么随意地把手放在你的手里，觉得很惬意。可惜那段路太短了，当时我没有意识到那一切对我有那么珍贵。没有几分钟我们就分手了。分手时，潜意识里所隐藏的依恋是我所不知道的。也许我们想说的话很多，但什么也没有说。我们都清楚，这世间，有很多话，存在心里是美好的，是正确的，一旦说出来，就会变味，会破坏那份因朦胧而生的美丽。所以那天，和你分手后，我独自一人走在夜色里，默默地想，如果有缘，就等下一个春天的来临吧！那时，我们都是少男少女，有的是下一个春天，你似乎又在向我走来，还是那个翩翩少年。我奔跑着，周围云雾缭绕，云遮雾罩，一脚踩空，从万丈深渊坠落……哦，原来又是那个梦！从少女时代，我就时常在春天里重复着这个梦境，那个翩翩少年是谁？我似乎见过，好像是爱人小时候的模样，却又很陌生，每次都这样拉着我的手走一段路，就不见了踪影。如今，我倏忽之间进入了不惑之年，为什么梦中的人却依然年轻？我无法猜透这个梦境的玄机，或者隐藏着某种宿命，我不知道……

春天好像真的来了，我感受到了春天的温暖，感受到了煦暖的风的抚摸，感受到了流云和天空的多情，这一切都裹挟着春天的影子，来到了我的身边、我的心里。我伸出手，风从指尖掠过，从发丝、面颊掠过，我感觉到了春天的抚慰。我伸出双手，以热切的姿态来迎接春天的拥抱。

今夜，在这个月明星稀的夜晚，我独自一人走在这条郊外的小路上，那些在月光下默默伫立在路旁的树木，像是我多年来的老友一直这样不近不远地陪伴着我，一如在远方的你、梦中的你、未曾相识的你，虽然我们未曾相逢，但如果当你从梦中离开之后，一切的记忆反而更加清晰，一切的思念反而更加美好，一切相聚时被忽略的细节反而都被一一想起，并在心里一次一次地重新来过的话，那么你所带来的美就有了一层更深的含义，那些在我们周遭的景物和月色，突然就更增加了一层光辉，我的翘首期盼有什么值得遗憾的呢？这是对美、对春天的期待……

哦，春天来了！

守望秋天

当秋天的阳光暖暖地透过窗户射进来，如轻柔的手掌，抚摸在身体的边缘时，我正怀抱书本，沉浸在醇香而绵长的久远世界里。这个秋天，我走进了雨果的悲惨世界、乔治·桑的法国市井世界、意大利女作家黛莱达的撒丁岛，也走进了俄国作家列夫·托尔斯泰的地主灵魂复活的世界……一个又一个陌生而精彩的世界随着书页的翻动，逐渐地在我眼前展开，我长久地徜徉在这些不同的作家的精神世界里，乐此不疲。这个秋天的日子，就这样在秋阳和书本的陪伴下走过，或是在缠绵淅沥的雨中漫步，看着大沙河的树木如何由葱绿茂盛，变成如今暗涌着红色和黄色的光波和海洋，眼瞅着田野里的庄稼如何由农民一茬茬地收割完毕，我的秋天的日子也在这种清新恬淡、静谧安逸的神思中一天天滑过。

外面的噪音和喧闹不时传来。我常常独立于窗口向外眺望，远方那座正在修建的楼房好像永远没有停止的时候，起重机、搅拌机等机器和各种车辆发出隐约的、持续不断的声响，戴着工作帽的施工人员，不停地在那幢绷着墨绿色屏障的楼房框架之间劳作，我在看书的间隙里，就这样凝神专注地站在阳台向他们张望。这是最富有生命力的一幅动感画面。站在阳台上，我还可以俯瞰这个城市最大的农贸市场，从旭日东升到夕阳隐匿，看人们如何在那里讨价还价。它让我想到人类的起源、构建与毁灭，想到生命的创造、延续与死亡，想到人类历史的摸爬滚打、战争和杀戮。夜幕降临，天空像块幕布覆盖在大地的头顶，夜晚收走了所有的光明，大地浸入了沉寂的迷梦，这时候我喜欢关了所有房间的灯，站在阳台向外瞭望，这时的世界在沉寂中涌动着神秘的暗影。远处

楼房的窗口一个个亮起灯来，灯光在远方闪烁不定，像是很多双眼睛辉映着很多愿望。我耳朵里灌满了各种奇妙的声音，有远方工厂里机器的隆隆声，有路上车辆不断驶过的鸣笛声，有夜鸟的叫声，狗吠声，猫儿的叫春声等等，不绝于耳；不时还传来谁家的孩子顽皮的笑声，谁家的女儿向母亲撒娇的声音，或者不远处的哪个酒场传来的兴奋的划拳声和激烈的喧哗声。有时我又被飒飒的秋风声、沙沙的小雨声，或者噼噼啪啪滂沱大雨拍打窗子的声音所迷惑和陶醉。我会沉浸在这个丰富的世界里流连忘返，完全忘记了我所处的世俗世界。

在这个秋天，我沉浸在一种宁静淡泊、恬静惬意的内心世界。当秋天的阳光斜斜地悬挂在书房的墙上，或者秋雨如注、缠绵不断地从窗玻璃上淋漓而下的时候，周围温情浪漫的气息渗透在空气里，我安静地阅读，深刻地体会到阅读的愉悦。突然觉得世界如此美好，生活如此幸福，此刻的自己又是多么丰满富足。宁静的内心，宁静的生活，原来是如此弥足珍贵。平日里忙于应酬、忙于接待检查、忙于盛情难却的宴请……现在都推得远远地；平日里放不下的情感游戏、让人难以理清的利害关系、念念不忘的友谊和怨恨，此刻突然都变得无足轻重，内心一下豁达、宽阔，宽容和慈爱慢慢向灵魂深处蔓延，心里亮堂了许多。嘲笑自己平常过多地去关注那些也许根本无须关注的人和事，过多地在意那些并非很有意义的东西，也许内心丰富才是最重要的。这让我想起《论语》中孔子关于对学习的境界所阐述的观点，认为修身养性、寻求内心的宁静应是学习的终极目的。

这宁静得像水一样流过的日子，并不是“两耳不闻窗外事”，而是在丰富自己、关注外界中从从容容度过的。我关心国家的经济建设，也关注国计民生，在单位努力工作，在家里做一个好女儿、好媳妇、好母亲，努力尽好每一份职责时，这样就体会到一种发自内心深处的踏实感，一种自身价值的体现和一种被需要的幸福感。我意识到，一个不去刻意经营爱情、一个努力去丰富自己内心和精神世界的女子，是一个自信富足而又不受外界干扰的女子。在这个秋天，在淡泊宁静的氛围里，我在秋风秋雨中阅读世界、阅读人生、阅读自己家乡的美丽。在大沙河边漫步，秋阳似乎格外温暖，照在大沙河河床上、沿岸的树枝上、流动着的河水上、远方工厂的厂房上，还有遥远的民居、近处的田野，所有的一切都沐浴在秋阳的抚慰和气韵里。秋天的树叶已慢慢泛黄，不同的树木显示出不同的姿容，胡杨的沧桑、红柳的放纵、垂柳的温柔、槐树的绰约、梧桐的浪漫和诗意、杨树的坚强与挺拔……秋天夕阳下的大沙河，过往的行人驻足而立，或流连忘返或脚步匆匆，一切都在安详和谐的氛围中弥漫、升华。

独处的世界

又送走了纷纷扰扰的一天，时间就这样悄无声息地划过了。当苍茫的暮色渐渐在天边浮起时，我看着远方已然变得模糊的山影，长嘘一口气，有一种如释重负的轻松。我在忙碌中送走了同学的一家，送走了一些在外地工作利用春节回故乡探亲的久违多年的朋友们，觉得了却了一桩大事。曾经非常要好的一位同学十几年没有见面了，今天他携妻子全家突然来访，真的让我喜出望外。我们全家热情接待了他们，为了更热闹、更有气氛，打电话把外地回故乡探亲的同学都叫了过来，聚会了整整一天。叙旧之余，我们感慨万端，不觉我们已是三十好几的人了。时光流逝真快，世事沧桑，青春不再，大家都喝得有点醉了，互相搀扶着一次又一次地向我感谢道别。

朋友们走后，我带着一些疲惫和纷乱的思绪走回自己的书房，关上房门，把一切的嘈杂、烦扰和喧嚣都关在了门外。坐在书桌前，静静地靠在那把带扶手的黑色转椅上，凝神静听，我知道，这个房间里的天地已是属于我的世界，我回到了自己宁静、平和、安详而丰富的精神世界里。我暂时没有开灯。天渐渐地暗了下来，房间里的一切笼罩上一层朦胧的暗影。从窗户向外看去，楼房高低不平、错落有致，静默地矗立在暮色中。树木在微风中摇曳不定，远处广场中央的圆形盘灯已次第亮起来，发出橘黄色的光。从远远近近的地方传来沉闷的或脆亮的鞭炮声、孩子们嬉闹的笑声，间或有车轮的嘟嘟声或鸣笛声。我侧耳聆听周围传来的各种声音，看着远远近近、影影绰绰的一切暗影在黑暗中流动着的气韵，觉得神秘而魅惑。是的，我喜欢这种感觉，喜欢这动感的丰富多彩的世界给我的诱惑，也喜欢这份幽静和自由。我可以倾听、感受这个世界传递的任何信息，或者享受一种孤独寂寞的心境，体会一种超世俗的欲望无法企及时的惆怅和失落，或者领略一种高深莫测的冥思苦想，探究一些与己无关的宇宙之外的玄机和秘密。我可以自由地呼吸，思考，看书或写作，做任何一件我所喜欢的事情。这时候，我是轻松的、愉悦的、自由的，不需要任何伪饰和做作。在这个空间里我可以面对很多高尚的人，平常他们只隐藏在书中，是静止的、无生命的，而当打开那些书，掺和进我的思想感情，当我想和书中的任何一个人对话的时候，他们是鲜活的、动感的、有血有肉的。他们和我做思想上的交流，感情上的沟通，理智上的对抗。有时，我被他们所左右；有时，我为他们而哭泣、震撼；有时，我和他们达到了精神上的共鸣，我的灵魂找到了超凡脱俗的归依感。这时候，一种为人类、为世间万物而骄傲、自豪的敬畏感使我深切地体会到：作为一个人来这世上走一遭是多么幸运和幸福。这世间有探索不尽的奥秘，而我们又生活在一个快节奏的嘈杂纷繁的世界，物欲驱使我们“活得匆忙，来不及感受”（普希金语），有时候我们忘了给自己一点儿独处的空间，忘了反省自己，这实在是一种损失、一种堕落。也许，我们每个人都需要给自己一个足够的独处空间，才对得起别人、对得起自己吧。

父爱如山

1.爸爸的眼泪

元旦是爸爸的生日,我们家六个孩子的六个家庭的所有成员,和爸爸妈妈欢聚一堂,三世同堂,一起来庆祝爸爸的生日,实在是格外地热闹而喜庆。

我常常暗自庆幸,我是幸福的,我们的姊妹们也都是幸福的。在家排行老三,如今已近四十岁的我,父母双亲都还安康健在,常常陪伴在我身边,给我一些精神的依托和心灵的慰藉,生活的鼓励和人生的指导,这样的幸福,不是我这个年龄的人,人人都能够得到的啊!为此,我常感谢上苍对我的厚爱。

爸爸今年七十八岁了,由于腰椎间盘突出压迫神经,腿痛已经两年多了。去年夏天他的腿痛加剧,几乎不能走路,但他咬紧牙关,每天都要出来到广场活动。他常常面带笑容,安详而自足,充分地享受着他的晚年。他是抗美援朝的战士,经历过硝烟弥漫的战场,经历过 60 年代的挨饿时期,所以腿痛在他看来根本不算什么。可是近来,他的腿痛得好像失去了知觉,右腿总感觉冰凉,老是在用暖水袋焐。昨晚,我们都去给他祝寿,他便从紧挨暖气片的那张小床上起来,穿戴整齐端坐在沙发上首。我们按顺序先由儿子媳妇行礼,然后是我们女儿女婿行礼,其次是孙子孙女行礼。我们行礼时,爸爸忍不住眼泪往下流。每年拜寿行礼时,他总是老泪纵横。有一次,妈妈说他,你流啥眼泪,应该高兴才是!可是每一次他都忍不住泪流满面,刚开始我们都有点尴尬,觉得经历了硝烟战场和淋漓鲜血的爸爸,居然如此脆弱,真是不可思议。

现在我们已经习惯了爸爸的眼泪，可谁都没有正面问过他，为什么流泪，在这样的场面，是高兴还是委屈？我觉得爸爸是百感交集才会流泪，之所以没有正面去询问其中的原委，一个是照顾爸的面子，装没看见，男儿有泪不轻弹嘛；另外更主要是不愿触及他内心最深处的情感之弦吧。我只是隐隐感觉到，他不想离开这个世界，他热爱生活，有着强烈的生存欲望，他前半辈子吃尽了苦头，尝够了辛酸，含辛茹苦走过了人生的沟沟坎坎，现在他苦尽甘来，子女们都成家立业，他已子孙满堂，没有什么负担，他要放开心胸尽情地享受生活了，他却老了，走不动了，病也来了。前两年他不服老，谁要说他老，他就跟谁急，可是如今，他不得不服老，病痛折磨得他寝食难安，心里的酸楚又说不出，他还想好好活个十几、二十年的，可是他腿痛，他难受。为此有时他脾气暴躁。可是，在今年的这个生日会上，我发现他的锐气几乎没有了，连发脾气的力气都消失殆尽，只有衰弱和疲惫。但他强打着精神，强装着笑容，尽管那笑容里有掩藏不住的酸楚和无奈。是啊，人生有时很尴尬，在青春年少时，在健康而充满活力时，你不懂得人生的珍贵，而等真正悟透了禅机，懂得了人生之真谛，知道了生命之宝贵，生活之美好时，上苍留给你的时日已经不多了，难道不该好好珍惜我们现在所拥有的一切吗？我懂得了爸爸的眼泪。

爸呀，希望在新的一年里您能健康平安！

2.在爸爸的病房里

今天是腊月二十三了，过年的气氛洋溢在每一个角落的空气里，鞭炮声此起彼伏，喜庆的节日已提前来到了我们的身边。我趴在爸爸的病床前，看着从窗外溜进来的一角阳光静静地倾泻在地板上，那抹温暖的阳光的另一角照在爸爸的脸上。我凝视着那阳光，心想，都说有阳光的地方就有生命生长的活力，这个病房里是有阳光的，为什么它不能使我爸爸的生命多一些活力呢？为什么他却在走向生命的边缘呢？不知不觉两颗泪珠静静地从我眼中滑落，滴在我的手上、滴在洁白的被单上。爸爸微闭着眼睛,不时发出低沉的呻吟。我久久地凝视着那张枯槁的脸,以及那脸上棕色的老年斑。

我神思有点恍惚,向窗外无边的天际看去,没看见任何东西,因为我的目光空洞无物,我的思绪游离在很远的地方,我在慢慢地接受这个现实:爸爸的癌细胞已经扩散,这就意味着,我年迈的爸爸将不久于人世。泪水不断地从我眼中涌出,滴落在洁白的被单上,浸湿了一大片。病房里静悄悄的,我也忍着不发出一点儿声息,以免让爸爸发现任何痕迹。是啊,因为我的两次北京之行回来,他总是问东问西,好不羡慕,所以我曾许诺在今年的公休假期带他去北京看天安门、游故宫博物院、游颐和园、游八达岭长城,当时他听了,脸红扑扑地,高兴得像个孩子似的忘乎所以了。对于我的承诺,爸爸丝毫不作任何怀疑,我也想好一定要在他有生之年能让他去这些地方,可是,没想到他的病发展得这么快。

在六个孩子当中爸爸最信任我,也许是因为我是最像爸爸的一个,老实、懦弱、缺心眼、不会为人处世、心地过于善良、处处吃亏而不自知。小时候,或许是因为我总是被人欺负的缘故吧,爸爸特别偏爱我,我记忆里听得最多的一句话就是:“哎呀,你们不要老惹她行不行?”直到现在我也没有学会如何去防范别人,保护自己,也不想刻意地去学,因为爸爸就是个一辈子吃亏的人,可是他很有福气,我相信“吃亏是福”这句话,也相信好人毕竟是大多数,这是爸爸教会我的。

我有时在外面受了委屈,会对爸妈说,妈会很慈祥地告诉我:“孩子,放宽心吧,那不算什么,人生来就是为吃苦而来的,你要像你爸爸一样,什么样的风浪没有经过呢,可他不是活得好好的吗?”

是的,爸爸的一生什么风浪没有经过呢?十一岁那年,他从狼口脱险,就是一次奇特的经历。那时生活条件极其艰苦,全家四五口人,只有一条裤子,谁出门谁穿,其余人全窝在家里哪儿也去不了,那年庄稼歉收,人饿得心里发慌、眼冒金星,没地方去觅食。人尚且如此更不要说狼了。夜晚经常有狼在村中出没。那是个月亮特别亮的晚上,大概是午夜三点多钟,十一岁的爸爸披着一件破棉袄去小解,上厕所的地方要出了院子的街门，在旁边的一个土圈里。在白亮亮的月光下，小解的爸爸突然感觉后面有呼呼的气息声，一转头，汗毛都吓得竖起来了，背后是一只饥饿难耐的狼，正虎视眈眈地看着，向他张开了血盆大口。爸爸急中生智，把披在身上的破棉袄顺势送入狼的口中。以为找到了美食的狼叼着破棉袄就逃。狼跑了以后，吓瘫的爸爸坐在地上起不来。后来爷爷在圈里找到瘫坐在那里的爸爸时，他已经由于过度惊吓不会说话了。后来经过了一段时间的恢复，虽然会说话了，却留下了口吃的后遗症。这个后遗症后来在抗美援朝的部队上，慢慢地得到了纠正，几乎不留痕迹，而且在此期间，爸爸还取得了快速扫盲培训班的冠军，当时的家乡收到了来自战场的喜报，在家的爷爷喜极而泣。妈妈曾不止一次地向我描述过这些事。

后来爸爸参加了解放战争，曾是许世友队伍中的一员，走过很多地方，打过很多胜仗，但他给我们讲得最多的是参加抗美援朝战争的经历。讲起这些经历时，他红光满面，眉飞色舞，这一切是他最值得骄傲的经历。据妈说，爸的军功章多达三十多个，在“文化大革命”时期，全被打砸抢分子搜去了。他讲的很多故事我都忘记了，唯一记得的就是，他说朝鲜的女性特别美，当时二十几岁的他还被朝鲜妇女抢去过。后来，是他部队的领导出面把他给领回来了，否则，他就成了朝鲜妇女的丈夫了。由于战争，朝鲜的男丁大部分在战场上战死了，只有极少数的老人、儿童和妇女。中国的战士中，很多都有被抢的经历，也有一部分人，最终扎根在了朝鲜。爸爸说，现在朝鲜有一部分人是中国人的后裔。由于有了这些经历，爸爸在朝鲜的战争生活，不再是一种苦难，而变成了一种美好的回忆。他一生当中不知给多少人讲过这些经历。据爸爸说，战争结束以后，由于朝鲜国内男女比例严重失调，金日成主席曾向毛泽东主席提出要留下他们这支部队。但是，考虑到国际舆论和战士们归心似箭、爱国热情高涨的情绪，中方没有答应朝方的要求。

爸爸由于军人出身，回国复员到地方，历任了武装部长、商业局局长、人民公社书记、供销社主任等职务，官越当越小，后来成了一般干部。爸爸是一个坚定的共产主义者，在他的心目中，共产党崇高伟大，任何政党都无法与之相比。爸爸是一个和蔼可亲、从不发脾气的人，可是那几年，共产党里有个别人腐败、堕落，我们姐妹们回家议论，他一下子和我们翻脸了，他认为我们有诋毁他所爱戴的共产党的嫌疑。我们申辩所说的都是事实，有一些腐败分子就在我们身边。爸爸恼怒地制止我们：那都是共产党的败类，不能代表共产党。从此以后，谁都不敢在爸爸面前说党一个“不”字。我们都嘲笑爸爸迂，说爸爸有恋党情结。直到现在，不管我们怎样嘲笑他，他都坚定不移地信任党。他认为，是党救了他的命，把他从水深火热的旧社会、旧家庭的贫困潦倒中解救出来的。他发自内心地认为，没有共产党，就没有他的一切。由于爸对党有很深的感情，人又老实厚道，工作太过认真，党性太强，导致了他与周围环境的一些不协调，官职越来越小，后来他曾经的秘书当县委书记时，爸爸已经是一般干部了。

“文化大革命”期间，当老师的妈妈被下放到农村劳动，全家六个孩子包括爸妈八口人的生活重担，全靠爸爸一个月 63 元工资过活，生活十分艰难。日子过不下去，我被送往乡下舅舅家长达一年，后又送到姑姑家和姨妈家长达三年，就是这四年寄人篱下的生活，让我养成了胆小懦弱、敏感而沉郁的性格，也是从那时起，我的身体逐渐变得羸弱，体质很差。前几年，我身体出了点问题，妈妈流着泪说：“孩子，都是我们亏待了你，生活过不下去，就把你送到人家去抚养。你爸是个死倔头，那时本来生活不至于差到那个地步，他当时正是商业局局长，也有人送粮、送物给我们，可以接济生活，可是他一点儿都不接受，到现在我都不明白他怕的是啥？”我笑着安慰妈说：“妈，这一切都不怪你，也不怪爸。爸不接受别人的馈赠是爸的做人原则，爸怕接受了那些馈赠会辱没了党的清明。”妈对爸说：“可是现在哪有你这么傻的人呢，穷得连孩子都养不起，居然还要保持党的清明，到头来官却越做越小，混得人人都说你迂腐。”爸笑一笑说：“谁说的，你难道看不见我都退休了，组织上还每年来慰问我吗？这就够了，你还想要啥？”是的，爸爸很满足，虽然退休在家，党组织的关怀、慰问、哪怕是去叫他开个列席党会，他都会兴奋大半天。党的不弃、不忘，这就是他所追求的。

如今，他老得已经动不了，神思恍惚，念念不忘的事，竟然是党费交了没有。不知为什么，想到如今贪官污吏甚多，浮躁而世风日下的社会环境，想到世态炎凉、人情淡漠、物欲驱动之下丑态百出的众生相，又想到垂暮之年的爸爸对党近乎迂腐的忠诚，我的泪就止不住地往下流。在别人看来，爸爸这样的人一定是极其可笑的。可是，这就是我的一辈子忠心耿耿、任劳任怨、老实憨厚的爸爸，他一点儿都不觉得自己可笑。

我慢慢地把目光从爸爸的脸上移到床头柜上一个精致的花篮上，花篮里各色的鲜花正在静静地开放，散发着馥郁的清香。此刻爸爸的表情很安详，对他来说，此生两袖清风，一身正气，堂堂正正地做人至今，应该是无憾了吧？他也许对即将降临的死亡，做好了准备，因为生命的衰亡是一种自然的规律，而我，也不应该沉浸于无止境的痛苦之中，而应以微笑的面容，来护卫他余下的时光吧！

这时，妈妈走进病房，来换我的班。

我走出医院，年的气息扑面而来，令我为之一振，对呀，今天是腊月二十三，是传统意义上的小年，我为什么要让自己沉郁的心境持续下去呢？我应该给孩子以欢乐，给丈夫以温暖，给所有的人以祝福，来迎接这个即将来临的年啊！

3.不一样的年

二姐一家十几年来第一次聚到我们这个小城过年，不言而喻，是为了和爸爸过这个年。爸爸的癌细胞已经扩散，这可能是他的最后一个年。所有的人都心知肚明，唯独爸爸不知道。

初二，所有的女儿女婿，还有弟弟一家，全都聚到了爸妈家，热闹自不必说，尤其是孩子们，追逐打闹、笑语欢天，一会儿全部出门下楼去了，在院子里放鞭炮，吵闹嬉戏；一会儿又全部跑上来，一个追一个，从这个房间闯到那个房间，大人们的呵斥声也制止不了他们。整个家里充斥着笑声、闹声、叫声、哭声，可是从爸爸的脸上看不出一点儿烦躁的情绪，他很安详地躺在床上，似乎回荡在房间里的笑闹声对他来说是一种享受，我们几次过去问他："爸你烦不烦？"他很自足地说："不烦！"家庭成员中的男同志们都坐在沙发上边喝酒边寒暄；由于爸爸的病，妈妈已经乱了方寸，往年由妈来做的一切，全落在了弟媳妇和女儿们的肩上。弟媳是个英语老师，通情达理，贤惠能干，为了爸爸，今年过年没回娘家。十几年来，今年是家庭成员最齐的一年，一个都没有少，所有的人都想好好陪着爸爸过好这个年。

每个人脸上都有笑容，每个人心里都有忧伤。尤其是妈妈，她眼里盛满了伤感，一谈起爸爸的病，她就哽咽得说不出话，眼泪止不住地流下来，以前从来不在我们面前说的话题，她现在也会突然说起来，她老是说："你爸爸这一辈子吃尽了苦头啊！小时候，由于他太老实，又有点口吃，你大伯就老欺负他，寒冬腊月，他们俩到很远的地方去抬水，你大伯又高又大，却总是把水桶放在紧挨你爸爸身体的地方，水桶的重量全部集中到你爸的肩上，赶回到家里，你爸的后背和裤腿全变成了冰棍，打着哆嗦向奶奶告状，半天口吃得说不出来：他给自个儿这么长……一截，只给我这……么长一截。"不知妈妈为什么要对我们说这些，说的同时她就泪流满面。近来妈妈一定把爸爸一生的很多细节像过电影一样不知过了多少遍。她老是翻看爸爸年轻时候的照片，把一部分早年的旧照拿出来放大挂在床头，我真的难以想象妈妈心中的酸楚，爸爸和她相扶相持，风风雨雨一辈子，快到生离死别的时刻了，妈妈心里的感触，岂是千言万语能说得清的。

吃完饭，我们几个姐妹聚在另一间屋子，悄悄地说起了爸爸的病情。从医的二姐说，从细胞的盛衰期来看，爸爸最多维持三四个月。她为了掩饰自己的感情，又说："妈她居然说，还能不能维持两年，唉，妈怎么还抱着幻想！"我笑着说："爸看上去脸色还很红润。"说着眼泪怎么就不听话地流了下来，其他人竭力地掩饰自己，装作若无其事地说些不相干的话，可是眼泪也都下来了。我心里的难受啊，怎能用语言表达。我泣不成声，转身一个人跑进了卫生间。虽然说要慢慢接受这个现实，实际上，心里怎么能够接受得了呢？但不管怎么样，现在是过年，是喜庆的节日，我们要笑容满面，高高兴兴地陪爸爸度过这个春节。有谁知道，明年的春节会是怎样的场景呢？哪怕是黯然神伤，也该是独自一人的时候啊！于是，我调整自己的情绪，洗一把脸，高高兴兴又来到了爸爸面前，问他想吃点什么。他笑笑说："不想吃，你想吃啥就去吃吧！"

晚上回来，一个人把自己关在书房里默默地流泪，伤心至极。这样的痛苦只能一个人独自承受，不想对任何人提一个字，哪怕是丈夫、哪怕是女儿，我不想让他们知道我在这个春节里伤心欲绝。我泣不成声，趴在桌子上哭了很久，努力地压抑住自己的声音，不让家人听到。有些幸福是需要和大家分享的，有些痛苦，却只能独自承受。

不知过了多久，我觉得伤痛好像慢慢过去了，可是接踵而至的是头痛。头痛欲裂。我把自己关在黑暗之中，咬着牙忍受着这一切。我抬起朦胧的泪眼，透过窗户，看见远处广场里那圆柱上的灯光，放射出耀眼的光芒，那光晕一圈一圈往外渗透，像我心里渗出的血。我有点发晕，从出生到现在，没有经历过最亲的人离开我的痛苦，看来，这考验终于来了。我自以为是个坚强的人，是个通情达理的人，可是此刻，我为什么如此脆弱，如此想不明白呢？我明知道这是不能更改的现实，但为什么还这样伤心呢？作家张洁说，人的一生就是不断地失去你所爱的人的过程，这是每个人必经的最大伤痛。可是，这伤痛我难以承受……

多么热闹又伤心的年啊！以前不曾有，以后也不会有吧？生命是如此宝贵，希望我们都珍惜这来之不易的一切吧！

4.爸爸走了

去年的今天，也就是 2007 年的元旦，我们全家喜气洋洋地围坐在爸爸的周围，给他老人家过生日，当时他看到我们子孙排着整齐的队列给他行礼时，激动得老泪纵横，我当时也百感交集，回来还写了一篇日志叫《爸爸的眼泪》。今天，我的爸爸已永远地离开了我们，我时常泪流满面地坐在书桌前，觉得一切都不是真的，有时觉得如在梦里，有时觉得一切犹在眼前，历历在目；有时又觉得送走爸爸的场景恍如隔世，是噩梦一场。我好像怎么也不能相信爸爸已离我们而去，但这一切却是真的，那一天的情景我记得清清楚楚，我不能欺骗自己。

一切都好像只是昨天的事。12 月 1 日，星期六，下午我到医院去看爸爸，四妹在陪着妈妈，爸爸处于昏迷状态，不吃饭已有好几天了。我坐在爸爸床前，仔细地端详爸爸的容颜，发现他从未有过的憔悴和枯槁，微弱的气息几乎无法感觉到，我俯下脸，把自己的脸贴在爸爸的脸上。他脸上冰凉冰凉的感觉让我心里有点隐忧，而且他似乎对我的贴近毫无知觉，我只好像往常一样努力地握住他的手。他感觉到了我的手，虽然两眼紧闭，似在昏迷，却紧紧地攥住了我的手。我心里有点难过，我感觉到了爸爸对我的安慰，我没有流泪，因为妈妈也需要安慰。我和四妹在病房里待到太阳落山时，妈妈说："快回家去给孩子做饭吧，今天下午不用给我送饭，我自己想办法凑合一顿，你们也都操好自己的心！"走时，我们看了看昏迷之中表情极其痛苦的爸爸，心里没有过多在意。我们每天都是这样走掉又来的，每次来了爸爸都平安无事，虽然他是多么痛苦地在和病魔作斗争，但他活着，能握我的手，能睁开眼睛看我，会含糊不清地和我说几句话。那天下午，我们就这样不经意地、漫不经心地走了。我怎么能想到，这就是我和爸爸的永别！

晚饭后，按往常我总是要去医院的，但那天是星期六，下午去过了，晚上就找了很多偷懒的理由：好不容易有点空闲，抓紧时间看点书，提高一下自己，再写一点东西吧。于是，放弃了去医院的念头，也没打电话。看了一阵子书，上了一阵博客，还给一位朋友发了手机短信，人家没理我，我觉得很无聊，很早就心安理得地进入了梦乡。

星期天早晨，也就是 12 月 2 日，我该吃过早饭就去医院，可是我又上了博客，被博客上一些朋友们的来与往吸引住了，被一些无聊的情绪所左右，耽搁了很久。我还没有从博客上下来，手机响了，是四妹打来的。我以为她有什么漫不经心的事儿要告诉我，接起电话，四妹哭泣的声音从电话那头传来，她说："三姐，爸爸不在了，你赶紧来呀！"听了这话，我一时间没有反应过来，我说："你说什么？爸爸到哪去了？他不是不能走路吗？"四妹说："你不要问了，你快来医院呀！"挂断电话，我意识到了四妹所说的话是什么意思。我的心开始狂跳，呼吸一下变得困难。我来不及关电脑，手忙脚乱地找不到外套，我的泪往外涌，嘴里不由自主地喊："爸爸，我的爸爸……"我提着外套来不及穿，身上一阵阵地发凉，上气不接下气地往楼下跑。

风吹着我冰凉的泪水，我拼命往前奔跑着，目无一切地向着医院的方向。爸爸住院快一年了，我从来没觉得家里到医院的路有那么漫长，那么遥远，怎么也跑不到啊。由于跑得太急，我开始剧烈地咳嗽，只好慢下来，可是我心里像油煎着，恨不能一步飞到爸爸的床前。当我推开病房的门时，大姐他们已经在给爸爸穿老衣了。我惊叫一声扑过去，声声唤我的爸爸，可是爸爸已经永远地听不见了。我拼命扳爸爸的脸，觉得能唤醒他——一如往常，他总会吃力地睁开眼睛看我一眼，总会无言地握住我的手，于是，我和爸爸就达到了心灵的沟通。可是此刻，这一切成了痴心妄想。大姐把我推开说："不要把眼泪掉到爸爸身上，离开些！"我被推开了，绝望地流着泪，六神无主地在病房里转来转去，病房门口已围了好些看热闹的人。我突然意识到，应该把这消息告诉给爱人，于是打电话给他。不久，他赶来了，叫我不要太伤心。在这种情况下，我根本就帮不了什么忙，心里只有悲伤，一切事都有爱人他们来筹划。

在哀痛中办完了丧事，送走了爸爸。

我独自一人坐在空落落的房间里，我终于变成了一个没有爸爸的孩子了，现在才知道，有爸爸的日子是多么幸福！这样度过了一两天，我的心失去了平衡，情绪恶劣至极，为了一些小小的事和爱人吵，爱人默默忍受了我的坏脾气，安慰我不要太伤心，说爸爸不希望我这样。后来，我冷静下来想，的确，爸爸是很安详地走的，我何必这么想不开，让活着的人不开心呢？这不是爸爸所愿意的。之后，我的情绪终于平静下来了。

爸爸走后整整一个月了，我突然变得无事可干，有了难得的闲暇和空余时间。在爸爸生前，我总是抓紧一切时间写一点儿东西或看一阵书，私下里还觉得陪爸爸太浪费时间。可是如今，以前所有陪爸爸的时间，都成了我的珍贵回忆。爸爸生前的一些事，一幕幕地在我脑海里闪现。爸爸生前最高兴的事，就是我们子女取得成绩，我如果再无休止地这样下去，岂不是违背了爸爸的意愿，让他在九泉之下不得安宁。

想清楚这一切，我慢慢地从悲伤中挣脱了出来，对生活、对事业，我都将一如既往地努力去做，才不辜负爸爸的心愿，才对得起九泉之下的他。

5.冬日雪后

自从过了冬至，雪就沸沸扬扬，一直下个不停。停了两天，前几天的雪还没有融化，从昨天傍晚，又开始稀稀落落地飘零，持续不断地下了一夜。今天早晨起来，站在阳台上向外一望，啊，一个白得晃眼的世界！一切都披上了绒毯似的洁白外衣，向下俯瞰，满眼都是清冷纯净的世界。平日里来去匆忙，穿行在城市钢筋水泥的丛林之中，看够了城市的污浊腐臭和纷争嘈杂，领略了世事的艰辛和人情的冷暖，心里或多或少地沾染了污浊的尘埃，突然在一个清静的早晨看到雪后一尘不染的洁净世界，内心也如清洗净化了一般，感到无比的舒畅。我于是按捺不住地想要奔赴这个雪的世界。

冬日的凌晨是寒冷的。在早晨清淡的阳光下，晃眼的雪光反射在我的脸上，让我觉得刺目而眩晕。冰凉的空气扑面而来，抚摸我裸露在外的每一寸肌肤。我走在厚厚的积雪上，听着脚下踩出的有节奏的咯吱声，心里弥漫起一层淡淡的沉郁。我想起去年这个时候，也是大雪之后，我去给一个纳税人送一份公文，走在广场的那条路上，漫不经心地欣赏倾听脚下踩在积雪上发出的如音乐般的节奏声时，一抬头，只见广场的另一头，蹒跚地走过一个拄着拐杖的老人。我慢下来仔细一看，那正是我的年迈的父亲，他正艰难地一步一步挪着脚。我赶紧跑过去搀扶住他说："爸爸，这么冷的天你干吗出来胡跑呢？"爸爸不让我搀扶，说："我想出来活动活动，你去办你的事，不要管我。"在他一再坚持下，我不放心地走了。当初的一幕，恍惚间就在眼前。我定了定神，知道这一切都是幻觉。

白得让人心疼的雪，依旧泛着刺目的寒光，迎面走来一些包裹严实、行走匆忙的人们，我知道他们是去上班的，这些人终日辛苦劳碌，双休日也不休息，对他们来说，一年四季是没有节假日的，在很多休息的日子里，我总能看见他们行色匆匆的身影。这就是我家乡的人们，他们对生活从不抱怨，从不懒惰颓废，哪怕一年四季含辛茹苦，依旧积极快乐，以健康的心态迎接生活赐予的磨难。我向远处眺望，大沙河已经封冻，冰层上覆盖了厚厚的雪。沿岸那些落光了叶子的树枝，现在全变成了白绒绒的冰雕艺术品，那一支支纤细的枝桠上挂着的雪坠，犹如冬天里盛开的白梅。向远处眺望，河流、山川、树木、房屋，在淡淡的阳光下泛着五彩的寒光，静谧而苍茫。我茫无目的地漫步在厚厚的积雪中，静静地倾听山川河流之中那若隐若现的簌簌的落雪声，不禁感叹造物主的神奇。天地万物、自然宇宙，有生命的和无生命的，都充满了玄机与秘密；人也一样，在这个世界上，每一分钟都有人在降临，有人在离去，这是多么神奇而残酷的现实啊！有一些事实，比如生命的衰退与死亡，哪怕你是多么抗拒，觉得多么不可思议，它都是铁定的事实，哪怕你总觉得是一场梦，总想沉浸在梦中不愿醒来，你依然无法唤醒那个沉睡的灵魂！他离开了你，永远不会回来。这是多么大的悲哀啊！走在这个清冷的阳光下的早晨，我听到了时间的脚步在大地上飞驰而过的声音，我想到了不久前逝去的父亲冥冥之中渐行渐远的身影，突然泪如泉涌。在这个下雪的早晨，爸爸，躺在九泉之下的您觉得冷不冷？我感觉耳边，甚至周围的世界里都回荡着那首歌曲的旋律："你那里下雪了吗？面对寒冷你怕不怕，可有炉火温暖你的手，可有微笑填满你的家……你那里下雪

了吗？面对孤独你怕不怕，想不想听我说句贴心话，要不要我为你留下一片雪花……”这旋律久久地回荡在我的耳边，回荡在这个冬日雪后的大沙河上空，回荡在白雪皑皑的天地之间。我轻轻地伸手接住一团从空中打着旋儿翻飞而下的雪团，顷刻间它在我的掌心融化后，变成了一滴晶莹剔透的水珠，我久久地凝视着它，轻轻地问，爸爸，你那里下雪了吗？

母爱如海

1

中午下班的路上，我漫不经心欣赏着风景，看路上行人如织，车辆鱼贯而行。春天的阳光已经变得很暖和，在家捂了一冬的老人也走出了家门，在广场上溜达。我突然发现不远处一个戴着口罩的老人，身影那么熟悉。尽管包得很严实，我还是一眼就认出，那是我的母亲。我赶紧走到她跟前。她摘掉口罩，脸上是我熟悉的慈祥的笑容，尽管这笑容背后有努力挣扎的艰难和疲惫。我说："妈，你要累，就在家休息，干吗出来呀？"她说："天气好，我出来活动活动。我没事，你回去吧！"她努力地宽慰我，要我回去，不必为她担心。我知道，母亲是怕给我添麻烦，怕影响我中午休息，怕影响我下午上班。

母亲老了，似乎转瞬之间，就老得让我认不出了。她走起路来喘得很厉害，走一阵还要站下来歇一阵，脸变得青紫，咳嗽一声接一声，然后是小便失禁，气息微弱。我去看她，她像个孩子一样叙说着她的难受和不安、焦虑和担忧，说总有一口痰堵着上不来气。我说："你使劲咳，咳出来就不难受了！"旁边的贾姨说："孩子，你妈老了，不能使劲咳，心脏受不了。"我才知道，我多么不懂事，根本没有从母亲的角度为她考虑过。

记得那天，我在广场碰到她，老远就看着母亲像茅草一样在风中飞扬的白发，看着母亲像榆树皮一样皱巴的脸，心里忍不住的酸涩向鼻子袭来。没想到，在不经意间，母亲也老得离不开我们了，她像个小孩一样，怕寂寞、怕独处、怕没人去看她，怕我们不把她放在心上。她思绪过多，想法也变得狭窄了，使小性子，常发脾气。有一段时间，我们一天忙得抽不开身，好不容易遇到周末，自己的事儿又太多，有时就忘了去看母亲。好多次写东西，或看书，没顾上去看母亲，心里隐隐觉得不安，之后，又把这不安也忘记了。结果，有一天晚上，母亲打电话来，开始语气中流露着不满，之后听说我是因为感冒，怕传染，没去看她，语气缓和了许多。她哽咽着半天说："你听说了没有，附近楼上那个吕姨跳楼自杀了，孩子们不管她……"说着突然泣不成声。我说："妈，你不要想那么多，那是别人的事，你把心情放高兴一些，我明天去看你！"挂了电话，心情沉重，一夜不安，深悔平日对母亲关心太少。

什么时候，我们眼里那个坚强勇敢的母亲，突然变得如此脆弱不堪了呢？

家里六个孩子，靠父亲一个人的工资过日子。母亲没有工作，却心强好胜。父亲工作忙，生活的担子全落在母亲一个人身上，而且父亲是个心里不搁事的人，凡事能想得开。每月他工资一发，全部交到母亲的手里，别的事他就不再过问了。实际上，那些钱根本不够一家人一个月的生活费。父亲工作太忙，母亲就抱怨他心里不搁事，没压力。其实父亲不是心里不搁事，而是乐观豁达，为官清廉，很多事不往坏处想，或是忙得顾不上想自己孩子的事，他的心思全在工作上。六个孩子的上学问题、全家的生活问题全由母亲一个人承担。那时的生活真是艰难，总觉得肚子饿。母亲变着法让我们吃饱。有很多时候，母亲手里端着半碗饭，总是看着我们吃。所有的孩子如果都吃饱了，她就会吃顿饱饭；如果锅里的饭都吃完了，还有孩子没吃好，她就会把仅有的半碗饭给没吃饱的孩子，她自己饿着肚子，总说自己已经吃饱了。有多少次是母亲饿着肚子的，我们谁都不知道，幼小的我们也从来没有想过这些事。而且，这些事过去之后，我们压根就不再记得还有这回事。自己不做母亲，可能永远不会理解做母亲的心，也不能体会母爱有多深、母爱有多伟大！

后来自己有了孩子，我才知道，自己不吃，省给自己的孩子吃，对一个母亲来说，是多么自然、又多么幸福的事！哪怕是为了孩子舍弃自己的生命，又有什么可迟疑的呢？我后来不止一次想起母亲艰难度日、拉扯我们六个孩子的情景，就忍不住泪满眼眶。我问母亲，她曾经很瘦，是不是经常挨饿的缘故？母亲淡淡一笑，说，那时候生活太困难，只能先紧着孩子吃，虽然经常挨饿，但是心里快活。

那时候的母亲多么坚强啊！生活那么艰苦，她硬是咬着牙挺过来了。她对我们说得最多的话就是：人穷志不穷，要争气，要努力学习，才能改变这种穷得抬不起头来的日子！现在很多年轻父母，外出打工、交际应酬、吃饭会朋友，自己的事情哪一件都很重要，而把孩子撇在家里不管，抽不出时间来陪孩子，不多和孩子交流。久而久之，孩子学习成绩下降，性格内向，有的甚至迷上网络游戏，有的心理变态，走上犯罪的道路。而我的母亲，一个多么负责任的母亲！她所有的时间几乎都是为我们付出。我们放学回家就能吃到可口的饭菜。她从生理和心理方面，悉心地呵护我们，努力在各方面培养我们的综合素质。

每天，我们五六个孩子趴在小桌子上，就着微弱的灯光写作业，她始终寸步不离地陪着我们，她让我们知道，好好学习是我们唯一的出路！那种苦熬，那种几十年如一日的艰辛岁月，我们每个孩子憋着一口气，一定要扎扎实实地学习，勤勤恳恳地做人，相信通过努力一定会取得成果。这种生活培养了我们的学习习惯，也培养了我们不认输、不弄虚作假、实事求是、踏实做人的人生态度。小时候和那些当官人家的孩子和有钱人家的孩子打交道，我们学会不卑不亢、不巴结逢迎，努力在学习上和能力上战胜他们。如今，在人生的道路上，我们每个人都性格耿直、踏实工作、诚实做人、不曲意逢迎，既不巴结权贵，也不轻视远离下层人民，在工作上实事求是，不说阿谀奉承的话，不做弄虚作假的事。虽然现在的社会崇尚金钱、崇尚权力，有时难免有不适应社会、受挤兑的现象，有时苦闷，但母亲总是开导我们，看开些，这只是暂时的，让我们懂得塞翁失马、焉知非福的道理！

2

母亲的坚强在父亲去世前的那几年,表现得淋漓尽致。

记得父亲一旦有了病,母亲总是一鼓作气,积极地找医生治疗,需要住院时,总是积极筹钱,马上住院,从不耽搁。有一天她陪父亲去医院看病,父亲被诊断患了大肠癌,母亲不信,也没告诉我们任何人,而是陪着父亲去金昌。二姐在金昌市职工医院上班,在那里作了全面检查,确诊是大肠癌,她仍然没有告诉父亲真实病情,而是轻描淡写地说,父亲得了肠息肉,必须手术。在手术前,医生说,父亲如果不手术,最多活半年,如果手术,可能彻底治好这个病,但是有风险,因为父亲当时已经七十三岁,有可能经不起手术的打击,甚至有可能下不了手术台,要母亲选择做不做手术。母亲毫不犹豫地说,任何事都有风险,手术一定要做,她相信父亲能够战胜手术的风险和打击。也许是吉人自有天相,也许是老天不辜负母亲的苦心,父亲果然很勇敢,尽管手术后的化疗让他受尽了折磨,可是父亲确实好了。母亲足足为父亲延长了六七年的生命啊!

当五年后父亲再次查出患骨癌的时候,母亲几乎惊呆了。她仍然没有告诉父亲真实的病情,而是说患了腰椎间盘突出,还不断地鼓励父亲要坚强。父亲在去世前的一年里,之所以能在医院里苦苦支撑那么久,在生命弥留之际,还念念不忘回家,还在憧憬病好后与母亲在家过生日的一些事,就是因为有母亲的爱和精心呵护。直到生命的最后一刻,他都没有放弃对生的希望,他是那么热爱生命,热爱生活,他与癌症苦苦抗争,不甘心、不服输。这一切,与母亲的爱有着紧密的联系。整整一年多,母亲伺候得精疲力竭,但一直努力地坚持。她时常鼓励爸爸,一定会好起来,一定要好起来。然而,命运残酷,父亲还是溘然长逝。

从那一刻起,母亲的天塌了,她在父亲去世后的一年里,一直病得很严重。我们突然觉得她变了一个人,脸色蜡黄、虚弱不堪。我们以为她会慢慢好起来,几年了,她却越来越脆弱。她时常对我们念叨父亲,说起他生前的一些生活片断或轶事。那时,我发现母亲眼里闪着孩子般幸福的光芒。

以前，母亲是个急性子，而父亲却遇事不急不火，母亲总是由于父亲的慢条斯理而劈头盖脸地把父亲数落一顿，有些言辞之激烈，让我们无法承受。父亲却没事人一样，总是好脾气地笑一笑，那时，我们以为母亲不爱父亲，现在才知道，父亲和母亲之间的感情之深厚，是我们这代人无法理解的。那种相濡以沫，那种经历了苦难之后的幸福感受，那种历经世事沧桑的经历，让他们懂得人生的伴侣意味着什么、懂得真爱的含义是什么！他们这代人对爱的认同，就是互相扶持、长相厮守，他们的包容心和宽容、忍让，是现在的我们无法做到的。他们不能理解现在的年轻人为什么动辄离婚。

3

母亲老了，我再次深刻地意识到这一点，让我有一种寒风凌厉的感觉。生命终将走向终点，这是必然的规律，但我为此想到母亲的时候，有些胆寒和颤抖。如果一旦母亲在这个世界上消失，会是什么滋味，我不敢想下去，在这个世界上，谁对我的爱能胜过母亲？谁能让我有母亲般可靠而贴心的温暖，而且这种温暖经久不息，无私而宽阔？曾经和父母的一些生活画面，再次清晰出现在脑海。

父亲去世几年了，但想起慈父的眼神和微笑，我心里仍然暖暖的。似乎父亲的在天之灵总是默默地注视着我，鼓励着我，让我走过人生中艰难的岁月。记得去年农历七月十五，我正踽踽独行，孑然一身游荡在北京的街头。那天，我心绪格外坏。走在北京右安门热闹的大街上，茫然不知所措，既无方向，也无目的。举目无亲、也无朋友和相识，心里的悲凉无以言表。想起世事的悲凉、现实的冷漠，以及那些逼迫我离开的事情和环境，让人窒息的压迫感再次袭击了我，让我陷入崩溃的边缘。

大街上人潮拥挤，车辆风驰电掣般从耳边驶过，热浪涌裹得人心里发慌，我恍恍惚惚，不知该做些什么，眼泪不断地往外涌。看到路边有一个网吧，漫无目的地进去，掏钱、出示身份证，我以为就可以上网了。没想到吧台上的服务员要给我拍照。在那个阔大的网吧，网管居高临下地为我拍照，说是为防止和杜绝网络犯罪。戒备森严的管理，搞得我惊悚不安。一个小时的时间，我几乎什么也没干，一会儿跳出对话框提示我要我如何操作，一会儿又提示我不要如何操作，都是防止别人利用我的身份代码进行网络犯罪。我不断地受到提示和警告。虽然是网络世界，我意识到在我的身边，在这个大千世界，还有比我个人的恩恩怨怨大得多的罪恶和陷阱，我所受的委屈和不平待遇算得了什么。那天我并不知道是什么日子，可是我突然莫名其妙想起父亲，而且觉得格外亲切，对父亲的思念也格外强烈，我觉得很奇怪。我走出网吧，脑子清醒了很多，也轻松愉快了很多。在我返回宾馆的路上，接到母亲的电话，她别的什么也没说，只问我："孩子，你在北京还好吗？"在北京右安门熙熙攘攘的大街上，我听到母亲的声音，竟哽咽得一句话也说不出来。泪流满面的我终于问了一句："妈，这段时间你还好吧？"母亲轻松地说："我好着呢，没啥疼的，你在外面注意安全，好好散心，安全回来！"母亲挂了电话，我终于忍不住汹涌的泪水，一边流泪一边微笑。这时，右安门大街上阳光明媚，护城河边人来人往，树木葱茏茂盛，天地之间云开雾散，一股清爽的感觉源自内心流遍全身。原来，我一时之间被悲哀和压抑的心事蒙蔽了心扉，遮挡了视线，我只看见了阴暗的一面，忘记了我在这个世上幸福和快乐的源泉——我的父母、我的亲人！

下午给家里打电话，爱人说："你在外面好好散心，不要惦念家里，今天给爸上坟，我跟他说了，你在北京回不来，我替你向他老人家烧了纸钱，送了问候，不要惦念这些事，家里一切都好！"我才知道，那天是农历七月十五。我总觉得，是父亲在天之灵暗示我，让我好好保重自己！母亲也担心在外的我，更明确地替父亲和她自己，表达了这层意思，才使我茅塞顿开。否则，我真不知道自己会在北京的大街上流浪多久。

4

接到母亲的电话，整个晚上，我有点坐立不安，很想去看望母亲，但夜已深，怕打扰了母亲的休息。第二天给她打电话，似乎情绪好了很多。我说我晚上过去陪她住，母亲听了喜出望外，下午很早就在家等着我，我提着要看的书和本子进去，母亲正无所事事地在屋里打转，见我去，高兴地说："我正念叨呢，咋还不来呢，才说就来了。"我突然觉得内疚和惭愧。我们在繁忙的生活和事务中，淡忘了母亲的存在。母亲是多么孤单和寂寞啊！

我的到来似乎成了母亲的节日，她的心情一下子好了许多，赶紧替我铺好床，拾掇好台灯，知道我要看书写字，把她平常使的缝纫机头放进机箱，把缝纫机收拾成写字台的模样，告诉我那是我这些天的写字台。然后她赶紧出去，说有什么事可以随时叫她。看见我打开台灯看书，她心满意足地走了。我看到了自己的自私，放下书本陪母亲聊天，母亲略显不安，生怕浪费了我的时间，我说："没事，陪你本来应该是我最重要的事儿，我却用来看书了。"母亲听了非常高兴。我发现天下母亲是最容易满足的。这让我想起一句话：这个世界上最爱我的人是母亲，我最爱的人是孩子。是啊，我们如果把对孩子的爱分一点儿给自己的母亲，就足以使母亲心满意足。

每天早晨，母亲很早起床。我还在床上躺着，她就为我做好了早餐，她宁可跑前跑后为我做任何事，也不愿意我们忽略她，忘记她，她是多么孤单寂寞啊，只要我们来了，哪怕她是劳累的，也觉得幸福和快乐。

人生中有几件事儿不能等，其中一件就是孝敬父母不能等。子欲养亲不待啊，母亲老了，需要我们精心呵护的时候到了，我们对她的回报，连她给予我们的三分之一都没有，她对我们要求得那么少，而我们给予和满足了多少呢？母亲的爱如大海般深沉，一直滋养哺育着我们，几十年了，我们在这种无止境的索取中失去了感知这种爱的能力，认为一切似乎都是理所当然的，这是做子女的悲哀，也是我们不孝的表现。这是值得警醒的事啊！

令人忧虑的中国教育问题

在《南方周末》上看了一篇报道《“致命”的晚自习》，说江苏省盐城一中高一学生宋锁在2009年3月26日跳楼自杀了，自杀的原因是班主任和学校连续42天没让宋锁和另一个孩子上晚自习。看完这篇报道，心里很沉重，很沮丧，甚至有一种无法言表的疼痛。一个家庭、一对父母16年辛辛苦苦的培养和教育，未来的希望和努力顷刻间化为乌有。也许同样因为自己是一个孩子母亲的缘故，我特别能体会作为父母，养育孩子的辛苦和失去孩子的痛苦心情。

多年以来，我对中小学教育，尤其是初高中学生的教育问题格外关注。也许，不关注倒罢，一旦关注，就等于把自己陷在了无端的烂泥潭无力自拔，时常被那种沉重的心理氛围所笼罩。我常常因为这些事搞得内心非常难过、沮丧，甚至是那种钻心的疼痛，类如宋锁事件，类如我所在的城市，一高三女孩卧轨自杀事件等等。有几个贴心的朋友就很不解地说：“你的孩子出类拔萃，这就够了，你何必关心那么多不相干的事呢？”初听这些话，心里实在有说不出的滋味，甚至几次就和朋友急：“怎么能是不相干的问题呢？这是普遍的社会问题！每一个有良知的人都应该关注、思考、倡导改良。”真的，这些问题是我们每一个家长和老师有可能碰到的问题，是一个严峻的社会问题，值得引起全社会关注和重视。的确，孩子是我们国家的未来，一个民族的振兴和崛起，全在未来孩子们的身上。可是教育中存在的一些问题，使很多正值青春年华的孩子们付出了生命的代价。我们应该怎样做，才能更好地呵护青少年的身心健康，更好地使他们健康快乐地成长？这是我们全社会都应该郑重思考的问题。

青春发育期的孩子们，心理和身体发育尚未健全，心理承受能力差，心理素质脆弱，经历的人生波折少，抗打击能力弱，对一些问题的看法不够全面，对生命的认识不够深刻。可是他们又有了成人的一些思想和被尊重、被重视的欲望。往往在我们成人看来算不了什么的问题，在他们来说就是天大的问题。他们希望时时处处被作为一个平等的人来尊重和重视。他们的自尊心极强，稍不留神或者一点点的疏忽大意，就会给他们的心理造成严重的挫伤，使他们产生思想问题，开导不及时，就很容易想不开；而这个年龄的孩子，又特别容易把自己的内心世界封闭起来，心里话不与外人道，很容易使他们在想不开时走向极端。比如这个宋锬，他以优异的中考成绩考进了这所“四星级省重点”高中盐城一中，可是仅仅因为和同桌的一些小动作被值周老师撞见，被赶出了晚自习课堂，自此班主任不让他上晚自习长达42天。也许在老师看来，不让他在学校上晚自习，他在家照样上、照样学，应该不是什么大问题。可恰恰，青春期的孩子不这么想，他觉得没有受到和其他孩子一样的待遇，他的人格受到了侮辱，自尊心受到了严重伤害。在这42天里，他处在水深火热的煎熬之中，去上晚自习成了他最关心的问题。由于精力的分散，学习成绩的下降，再加上多次和老师商谈未果，他觉得心力憔悴，在“连睡觉都累”的情况下，他想干掉老师寻求报复。但善良的孩子，最终没对老师下手，却让自己走上了不归路。孩子把不能上晚自习看成了一种灾难，并把这种灾难数十倍地扩大了。这也许是个个案，但把自尊看得高于一切的心理特征，又具有这个年龄孩子们心理特征的普遍性。按说宋锬的心理表现很符合这个年龄孩子的一些心理特征。可是，我们的老师、学校，作为教育这个年龄孩子的导师们，应该知道，这个年龄阶段的孩子们有着怎样的心理特征，他们偏偏忽略了这一点。试想一下，如果在孩子家长和老师第一次去协商回去上晚自习时，老师和学校能给予适时的原谅，这个悲剧也就不会发生。当然，现在说这些已无法挽回宋锬的生命，但是，我们希望永远不要再出现第二个、第三个“宋锬”……据说，江苏盐城一中是以“制度严苛”出名，被人戏称为“盐城第一集中营”。这所学校也是当地教学质量最好的学校，升学率极高，令普通中学望尘莫及。可是，就是在这样一所中学里，记者在采访时老师反映，严苛的制度到了不近情理的地步，下一步，跳楼自杀的有可能就是老师。这里面反映了一个什么问题呢？抹杀孩子的天性，忽略了孩子品德和心理健康等诸多因素的教育，一味追求高升学率是造成这一切的罪魁祸首。以上的资料和信息都是从那篇报道中看到的，笔者并不具有针对性，对一些细节也没做详细考证，我之所以在这里引用这些，只是想倡导大家从这些事，让我们对教育体制中存在的某些问题，做一些深入思考，这是笔者写作本文的初衷，希望全社会都来关注教育问题。

为了追求高的升学率，现在的孩子，从小学开始，就要承受巨大的学习压力和思想负担。

我的一个朋友，她的孩子今年小学三年级，上一周对我说，孩子没考好，中午哭得不吃饭，晚上又睡不着觉，怎么办？孩子本来在班上的成绩就有点落后，再加上老师多次指责施加压力，如今孩子一考试，就感到不安，生怕考不好，自己在同学面前抬不起头来，老师又要批评。久而久之，这孩子就有了心理障碍，导致考试前晚上睡不着觉。

我有一个朋友是一个建筑业的老板，腰缠万贯，条件非常不错。两口子长年累月忙于生意，孩子教育方面就顾及不够，有所欠缺。好在前几年他们的孩子上初中时，学习非常出色，以优异的成绩，考到了县重点高中的奥赛班。可是到高中不到一年，这孩子出问题了，她干什么都行，就是不能参加考试，一考试她就精神有点不正常，而且成绩一落千丈。她不是不会做，平常她比谁都做得好，就是考试时脑子一片空白。前一段时间，他们带孩子到北京、上海各大医院都做了检查，没有查出任何毛病。回来以后，一切照旧。他们只好给孩子办了休学手续，孩子现在休学在家，整天就玩网络游戏，或者上网聊天，而且脾气变得乖戾、暴躁。这一下，他们又开始发愁，要是孩子迷上网络游戏，有了网瘾怎么办？前几天听说又把孩子送到了兰州的一所学校去上学。他们说，再也不过分地要求孩子的学习成绩了，他们觉得孩子成为现在这样，与他们过分追求孩子的分数有关,久而久之,孩子自己也把成绩当成了比命还重要的东西,最终导致了现在的悲剧。他说,现在什么都不求了,只求孩子健康、快乐。

我的孩子初中上学时,总是不喝水。我想尽了办法,也不能让她改掉这个坏习惯。有一次我问,你为什么不喝水?她的回答令我吃惊,她说,为了不上厕所。我说,为什么你不爱上厕所?她说,不是不爱,而是不能。她说老师总是拖堂,下课只有几分钟的时间,往往前一科的老师还没走,下一科的老师已经站在了教室门外,而她们的厕所离教室又特别远,来去得很长时间。我的孩子爱面子,胆子又特别小,有一次在前一科老师走了之后,就已经快上课了,她从下一科老师的身边挤过去上厕所,老师严肃地问:干什么去?她说去上厕所。老师说:“你真麻烦,快去!”本来这句话听起来也没什么,可是孩子就觉得了不得,从此就不多喝水。我了解了一下,大部分孩子都和我的孩子一样,在早晨去学校之前不吃东西,而是带个饼子或者面包吃。那时学校里没有喝水的条件。中午,我们总会吃米饭或拉面一类的干饭,这就需要孩子补充大量水分。可是,据家长反映,很多孩子都和我的孩子碰到同样的问题,所以也不喝水。喝水不足,成为初、高中孩子们存在的普遍问题。至于由此带来的一切后果,譬如影响孩子身体健康的问题,我在此不想赘述。

现在的孩子们之间,竞争相当激烈,稍不留神成绩就会下滑。这一些细细小小的东西,对脆弱而敏感的孩子的情绪,影响非常大。他们会放大痛苦,专注于他们的世界。再加上如果有一些其他方面的影响,譬如情感方面、生理方面或自尊心受到伤害,他们的心理波动非常大。如果不能细心呵护,耐心指导,精心爱护,我们的孩子很容易走向极端。

为了我们的孩子能够身心健康地快乐成长,让我们一起来关注教育问题。

愿天下所有的孩子都能健康成长。救救孩子们吧!

流年碎影

1.早春暮色

这几日俗事牵绊，心结千千，颇不宁静。下午饭后，走出家门，想起了往日常去的公园路，在这早春的暮色里，总该有一番不同的景致吧。

踏着夕阳的余晖，我走上了这条通往人工湖的路。路的左边是大沙河，开阔的河床，裸露在夕阳的余晖里，苍茫而干涸，风霜中不失沉静，像一位鹤发童颜的老者。河床中央有一条水流冲刷而成的河流，只有五六米宽，里面有细细的水流，高出河流边缘的河床里，长满了密密麻麻的红柳和弯弯曲曲的西北柳。红柳细密而饱满，像一个个馒头；西北柳树枝弯弯树干挺拔，稠密的树枝像丝一般向下垂落。所有的树枝都尚未发芽，树的颜色却显示出一种奇特的美，从底部向上逐渐呈淡黄、淡红、深红，近至树梢就是泛着红韵的浅绿色了，这一切的色调含蓄而不失庄重，如大师笔下的国画。这些树，紧挨着一棵接一棵，无规则地相互伸展枝杈，渗透其中，像是玩耍中嬉闹的孩子一样，不受约束，恣意地伸展枝柯。有规则的当然是路两边的树，右边的是园林工人精心栽培的松树，它们造型优美，墨绿中透着蓬勃的生命力，一个个如十七八岁的英俊少年；左边是大棵的西北杨柳，每一棵柳树旁都有一棵挺拔的白杨，我突然就觉得他们是一对一对恩爱的夫妻，肃穆地矗立在这早春的暮色里。走在这条路上，如走在古朴而苍凉的国画中。尚未发芽的树枝，透着淡淡的光晕，远处绵延不断的树木颜色，呈现出缓缓过渡的色彩，好像丹青师精心描绘的图景。我不禁惊叹于这早春的暮色了。我不敢相信未曾发芽的树木会呈现出如此美丽、如此不同凡响的色彩，而且如此奇妙的

几种不同颜色，会同时出现在一棵树上。我疑心那些呈红黄色下垂的柳枝，是不是因为没有经受住严冬的酷寒，已经干枯，才显出这样的颜色，于是伸手去摘一枝，可是，它像绳子一样，坚强而柔韧，无法折断它们，只能欣赏。

太阳渐渐沉入西山，远处炊烟袅袅，近处，树木被笼罩在淡淡的暗影中，呈现出一种含蓄而静默的美，宛如一位中年妇女，流动着神韵，流动着饱经风霜之后的恬淡和沉静之美。我突然觉得走在这早春的暮色里，心情也变得宁和平静了许多，因为一切都在孕育着希望，一切都在酝酿着力量，迎接着这个生机盎然的春天！

2.春天的广场

闲暇时最喜欢去的地方莫过于中心广场了。而广场恰恰是春天里最活跃、最快乐、最具有生命力的地方。

在这个春日的下午，我漫步在广场外围的小路上，微带寒意的风吹拂着面颊。阳光暖暖地照着大地，照着孩子们的笑脸，照着老人蹒跚的背影，照着年轻父母甜美的笑容。世界沐浴在温暖的春风里。路旁的柳树、迎春花树都已发芽，嫩绿色的叶苞张开了小嘴，飘拂在风中的柳枝泛着淡淡的鲜绿色的光，就等着春雨一来，这些花蕾般的叶苞，都将蓬蓬勃勃地生长。

从广场里不时传来阵阵孩子们的笑声，这银铃般的笑闹声，吸引着人们的视线。在广场中央，圆形灯柱下阔大平整的水泥台阶上，十几个孩子穿着旱冰鞋，把这里当成了天然的旱冰场，在滑旱冰呢。这一队旱冰健将，前后左右，排列整齐，以逆时针方向，有序地滑行。有两个技艺精湛的孩子，作出飞燕般的动作，敏捷迅速地滑行在最前面，笨拙一点的孩子跟在后面。有调皮的想抢在最前面，可是他大鹏展翅的动作幅度太大，差点被旁边的两个孩子给撞翻，幸好这两个手疾眼快，上前架住了想抢路的孩子，没让他摔倒，保持了滑行队伍的顺利进行。

最吸引人眼球的，还是广场上空飞翔的风筝。在这样一个煦暖的春日下午,风习习地吹着、阳光明媚地照着、空气清凉而洁净,天空蔚蓝而高远,正是放风筝的最好时刻。年轻的父母带着孩子,带着愉悦的心情,带着各样的风筝,齐聚到广场,来享受亲情与快乐相伴的时刻。你看那个爸爸,手里拉的风筝已经在天上变得很远很渺小,是个雁队的方阵,雁由大到小排列着向前飞。爸爸边跑边笑,还在向上放着风筝线,儿子在后边追,又叫又笑,爸爸就是不让儿子追上,儿子又执意想追上爸爸。看着这感人的一幕,我仿佛回到了自己的童年,仿佛觉得自己也是在这种追逐爸爸妈妈的笑闹声中,变成了现在的模样;而眼前那一对父子,仿佛也在时光中渐渐长大,你看他们,好像已经忘记了时空的存在。这边,是一个小男孩和一个小女孩在比赛放风筝,男孩拿的是个绿色蜻蜓,女孩拿的是个红色蝴蝶。地上两小无猜的孩子手拉手、肩并肩,边跑边看着对方笑,天上蜻蜓和蝴蝶也并驾齐驱,悠悠飞翔。这是多么美好、多么烂漫的童年啊!

抬起头,蔚蓝的天空里飘满了各式各样的彩色精灵。包括南极的企鹅,北极的北极熊,居然都飞上了天,精灵们在天上飞,孩子们在地上笑。看着孩子们抬起小脸,眯起小眼睛无限神往的样子,我想,他们定然是插上了想象的翅膀。这些风筝代表了他们稚嫩心灵的梦想,也许,他们人生的梦想,就从这一刻开始播种。春天是希望的季节。春天播种了希望,秋天才会有硕果累累的收获啊!

3.夏日漫步

夏天是一个经典的故事,我看到了它的尾声。此刻,漫步在这条幽僻的小路上,空气里弥漫着浓郁的花草的香味,有一种甜腻的感觉冲撞进我的嗅觉。路旁的花圃里,各种五颜六色的花正开得明艳动人,一片一片呈现出不同的造型。抬眼望去,路旁的槐树长得强壮茂盛、生机盎然。淡黄的槐花如云朵样一朵一朵地披散盛开在夏日的夕阳之下,槐花的叶子已星星点点地飘零在路面,飘零在傍晚的微风中。悠闲自在的人们正款款地踏在这米黄的落英之上,踩在这夏天的使者馈赠给大地的礼物之上,一点也没感觉到,夏天的帷幕正徐徐落下。我漫步在这浓荫密集的槐树下,芬芳馥郁的暗香扑面而来,在温热潮湿的空气里回荡,使我有点眩晕。我突然想起那句“暖风熏得游人醉,直把杭州作汴州”的诗句来。我自嘲地笑了笑,告诉自己,热情似火、浓情蜜意的夏季即将过去,不管是如何经典的故事都有落幕的一刻,正如这路旁的鲜花、树上的槐花,盛极一时,总有衰败的时候,这是生命的律动,也是自然的规律。

我拐过小路,走上通往广场的大路。这条路上人声鼎沸、市声嘈杂。这时,从一个工地上鸟兽般涌出大量骑摩托车和自行车的农民工。在我们已吃过下午饭,悠闲地在街上溜达散步时,他们才姗姗地带着疲惫和期盼,匆匆忙忙收工往家里赶。他们的愿望简单而纯朴、严肃而实在,就是打工挣钱、养家糊口。酷热的夏天,男人戴着帽子、女人包着头巾,灰头土脸,严峻的神情执著而木然,摩托的引擎开得很大,发出响亮的声音,旁若无人地飘荡在这座城市的上空。他们目不斜视,周围热闹繁华的景象、劲爆时尚的音乐、川流不息的人群,他们都视而不见、听而不闻。他们的目光只盯着一个方向,那就是他们的家。此刻,对他们来说,最重要的事就是回家。他们知道,“高高兴兴上班去,平平安安回家来”是家人对他们最大的期盼和祝福。望着这些很快就消失在路尽头的农民工的背影,我沉郁的情绪有所缓解。在繁华安逸的都市生活中,我们反而迷失了自己,活得还不如那些含辛茹苦的农民工充实,我们被很多自我的、狭隘的、甚至是卑劣的欲望所控制,彷徨在梦想与现实的冲突里,纠缠在一些虚浮的得失之间,如陷入泥沼一样不能自拔,而时光就在这种不经意间悄悄地溜走了。

走进广场,我发现这是一个夏天的缩影。我慢慢地游走在喧嚣满天的人海里。在广场外围的路边摆满了琳琅满目的水果,新鲜的和陈旧的水果,被它主人热情卖力的兜售声所淹没。广场内摆满了啤酒摊,大大的阳伞稠密地排列在这些啤酒摊子周围, 如一个个白色的水莲花盛开在这夕光之下的广场上。啤酒摊前坐满了人,年轻人居多,他们穿着浪

漫、休闲，坐在那里有一搭没一搭地闲聊着，周围的一切并不影响他们的情绪。在他们对面几十米的广场另一端，是下午才搭建起来的一个舞台，在这里，即将举行广场周末文艺演出，但这一切他们并不很在意，他们多半沉浸在自我的世界里或自己的小圈子里。

真正关注广场文艺演出的，多半是中老年朋友，这些老姐妹老弟兄呼朋唤友携着孙子、孙女的手，带着小板凳，悠悠地向文艺演出的舞台走去；还有年轻的夫妻、热恋中的情人，一对对、一双双，漫步在广场上，悠然自得，喁喁私语。在这个夏日的黄昏，有点沉郁的我出神地望着这一幕幕景象，不禁惊诧于自己平日的匆忙无心和保守自闭了。原来，我所生活的这个小城如此美丽，人们的生活是如此丰富多彩。而我的整个夏天，被父亲病危、苦苦挣扎在生命边缘的残酷事实和生活感情等方面遇到的一些难以预料的变故，搞得颓废而苦闷，心如飘零在风中的落叶，无所依托，煎熬难耐。我只被一些琐碎无趣的小事纠缠着，却忽略了生活的真正内涵。原来，生活还是原来的生活，改变了的只是我的心情，夏天依旧是美丽的！

我默默地穿行在人群中，抬起手轻轻地捋了捋我的长发，好像要以此来拂去心头的一些尘埃，我觉得自己终于汇入了这热火朝天的人群。我想，即使美丽的夏天就要过去，丰硕的秋天也即将要来临，我会以新的心情、新的姿态走入未来的岁月。

相识一个农家女

美国作家雷蒙德·卡佛说：文学能让我们意识到自己的匮乏，还有生活中那些已经削弱我们并正在让我们气喘吁吁的东西。文学能让我们明白，像一个人一样活着并非易事。

你做好了忍饥挨饿十年的准备了吗，而且在十年当中，干各种做牛做马的工作，忍受各种回绝、遗弃和挫折？如果这样过了十年你还在写作，你有可能成为一个作家。

——题记

第一次见到她，是2011年6月26日参加张掖市作家协会第二次代表大会那天。在会后的聚餐会上，和我一张桌子的朋友介绍说，这是刘亚春，也是临泽的。我当时很意外。这么多年了，我很难碰到一个真正的文学知音，尤其是在一个地方的。我握手和她问候，她略显迟疑，似乎有一些谨小慎微。在聚餐期间，我断断续续和她聊了几句。她说自己二十多年来一直苦苦追求文学，写了一本书，一直在改，希望以后有机会出版。当时我们彼此留下了电话号码。

我交朋友向来不分高低贵贱，尤其是不趋炎附势，而是看真性情，看缘分。如果他是个一贫如洗的农民，只要投缘，我一样会和他成为真正的朋友。对于刘亚春，我倒没有多想，只是觉得，都是文友，如果有机会，她需要什么帮助，我很乐意帮助她。她看上去似乎生活得很不容易，从她饱经风霜的脸上和含辛茹苦的笑容里，我看到了艰难的影子。

有一天，我翻到了她的电话号码，给她打电话，问她忙不忙，最近还好吗。接到我的电话，她似乎很意外，“哦”了一声，说自己很忙，等有时间了要来看我。我答应了，但并没有抱太大希望，倒是希望哪天有机会，还是我跑到乡下去看看她吧。

但是工作一忙，就把这个心愿搁到了一边。

有一天早晨，我接到她的电话，她说她正在等班车，打算来看我。我听了非常高兴。那天我正好休息，做好了迎接她的准备。到十点钟，仍不见她打电话，我有一点急不可待，打电话给她，问到哪了，她说已经下车，不知要到哪里找我。我赶紧下去迎她。当时路上行人、车辆很多，来来往往，嘈杂喧闹。我穿过很多车辆，在来往的人流中怎么也找不到她，我打电话，却怎么也不接，我站在一个路口耐心地等。只见对面过来一个农村妇女，在胸前抱了大大一个酒箱，不知里面装着什么东西，看上去沉甸甸的，手里还拎着一个塑料袋，里面装着几个桃子和一挎子香蕉。我看着像她，老远看她蹒跚地走得很艰难，又不敢相认，走近才看出，就是她。赶紧上前接东西。她说：“你把那个塑料袋提上，这个箱子太重了，你抱不动。”我说：“你抱的这是啥？”“是番茄，我带着给你吃。”我说：“这么远的路，你还拿东西干吗？”她边走边吃力地说：“我没啥拿的，就给你拿了些番茄。”我要接过来抱，她怎么也不愿意，只说我抱不动，自己一直抱着上了楼，已经累得上气不接下气。我有一点过意不去，她说，农民嘛，就这些蔬菜，都是自己种的，不打农药，带些来让你们吃。我突然觉得那一箱沉甸甸的番茄，每一颗都包含着沉甸甸的友情，我有点感动，一时无语。

文学把我们联系在一起，那就聊聊文学吧。说起文学，她果然很兴奋，话突然就多起来了。说这二十年来，她写了两本诗歌，一部长篇小说。一直都在反复地改。这些年她除了忙农活，还利用闲暇时间打工，把自己两个儿子都供养到大学毕业，到现在都有了一份正式的工作，为大儿子在城里买了楼房，小儿子也有了女朋友，赶今年底，她要为二儿子也买一套楼房，准备让他们尽快结婚。等把两个儿子的媳妇都给娶进门,她就没有什么负担了,准备攒点钱,出版她那本长篇小说。现在她最大的问题是学会用电脑。她买了台电脑,还不是很会打字,要我今天教会她打字。

不巧的是,那天电力局维修电路,我们这一带正好断电,家里的电脑用不了。她打电话给自己的儿子,问单位有没有电脑,让我在电脑上给她看看她的诗。最后我们终于在她儿子单位找到了一台合适的电脑。我先教了她电脑的一些使用常识,然后,开始看她写的诗。第一首就把我吸引住了;

假如我是太阳　我会把光洒在最寒冷的地方
假如我是月亮　我会把光洒在最黑暗的角落
假如我是星星　我会把白色的银河洒向人间
假如我是大海　我将所有的海水送入小溪
假如我是鲜花　我将人间的激情燃烧得火一样万紫千红
假如我是上帝　我将所有的幸福送给人间,将所有的痛苦留给自己
……

诗很多,有厚厚的两本,先不说这些诗是不是成熟、是不是完美,就其中浸染的汗水,包含的艰辛,让我非常感动,我为自己,也为和我一样有梦想、并为这梦想而不懈努力、奋斗的人们感动和流泪。她让我想起美国作家雷蒙德·卡佛说过的一句话:“文学能让我们意识到自己的匮乏,还有生活中那些已经削弱我们并正在让我们气喘吁吁的东西。文学能够让我们明白,像一个人一样活着并非易事。”看到她的辛苦、看到她的不易、看着她含辛茹苦的皱纹,有泪盈满眼眶。我默默地为她改了几首诗,似乎有一种说不出的东西充塞在我的胸间,给我力量和温暖。我想,在文学如此边缘化的今天,在商品经济的浪潮中人们追求最大利益的今天,在农村,在田间,在打工的施工现场,你难以相

信一个包着头巾、汗流浃背干着苦力的四十八岁的农村妇女，她心里仍然怀揣梦想，在夜晚昏暗的灯光下，苦苦追寻着她的梦！这就是一个普通平凡的农家妇女！

第贰辑

他乡，梦境的家园

当歌曲和传说缄默的时候，建筑还在说话。

丽江，梦想的家园

踏上丽江古城，看见那架古老的水车，在阳光的照射下，吱吱呀呀地慢慢扭动，奏出一曲古老而沧桑的歌谣，就会知道，自己走进了一个历史底蕴厚重的古城。它的别致和风情让人难以想象，扑面而来的诗意和古老的历史气息，让人恍惚如梦。走在青石铺就的小路上，一条河流引领着，缓步向前，就仿佛置身在一个历史的画卷中。河内水草鲜美、水流清澈透亮，一览见底。古老的苍天大树围绕着这条河流，在河流的两边，极具少数民族风格的木质小楼排列有序，耳边回响着悠扬的葫芦丝，眼里看到的是穿戴着少数民族服饰的人们，在悠闲地兜售着本民族的特色产品。

路上行人如织，络绎不绝。抬头看，天空变成了一条窄窄的蓝色带子，喧闹和清凉同时在周身围绕，古老的历史风情和强烈的现代气息交织在一起，让人觉得置身在千年以前的历史文明之中，又仿佛处在一个极具现代色彩的梦境里。多么古老别致的城市啊，很多东西浓缩在不起眼的暗处，需要细细地品味。

丽江古城最有特色的地方，是所有的房屋都是木质雕花的古楼，这些木楼据说很多建于元末明初，现在的一楼多用来做商铺，敞亮豁达。这里银器店、少数民族服装店、玉器店、古玩字画店居多，还有茶叶、烟叶、牦牛肉等独具风味的特色产品。导游告诉我们，从楼房的外观一些标志性的建筑——门楣上方雕刻的龙凤呈祥图，就可以看出，在这个家庭里，是男人当家还是女人当家。如果龙在上，说明男人当家做主；如果凤在上，说明女人当家做主。在云南，很多少数民族崇尚女性，有女尊男卑的历史渊源，女性的地位至高无上，女人承担着所有的重体力活、承担着养家糊口的重任，女主外男主内。男人在家，琴棋书画、带孩子、干家务，享受着轻松浪漫的消闲时光。导游戏谑地告诉我们，在家里，女人吃饭，男人不能上桌，女人说话，男人不能插嘴……其实这都是旧社会时的习俗，现在男女平等，实际上云南一些少数民族妇女，非常尊重和爱护自己的丈夫，把吃苦受累的事儿都留给自己，把清闲和享福留给自己的爱人，这是女性最善良、最仁慈的美德。走在街上，看着大致相似的雕花木质楼，很容易迷路，很容易没入其中走不出来，似乎走三天三夜，也走不出这个让人迷失、让人流连、让人沉醉的氛围。

相比一楼，这些木质楼的二楼，就显得神秘幽闭了。我无法窥见其中的布局和陈设、颜色和格调，也无法捕捉到这些纳西族人民日常生活的点点滴滴。摩梭人是纳西族的支系之一，是纳西民族最独特的一个族群。这紧紧关闭着的门户，使我们对摩梭人的生活和习俗充满了好奇和神秘感。据资料考证，摩梭人居住在泸沽湖畔的永宁坝子，人口有四万余人，至今保留着母系家庭社会的传统，子女从母居，血统按母系计算，男不娶、女不嫁，只缔结“阿夏”(情侣)关系，家庭的未来属于女孩。因而被誉为“东方女儿国”，“人类母系氏族的活化石”，属于最后的母系氏族部落。我们作为观光游客，只看到她们最表象的一些东西，比如商业的、文化的、历史的东西。走在这些美丽的姑娘身旁，看着她们纯真的笑脸，我突然被这个至情至爱的摩梭人骨子里的东西所感动。在如今这个追求利益最大化的商业时代，居然还有着这样一个纯情的民族存在。她们居然还特立独行地保持着自己的生活习俗，真是难能可贵。

在这里的商客中，有当地少数民族，也有外来客商，都有着雄厚而殷实的经济基础，这里每天宾客云集、游人如织。

丽江古城的另一个特色就是它具有浓烈的生活气息，是一个诗意浪漫的地方，是一个非常适宜的休闲家园。在这里，到处可以看到来自世界各地的人们，迈着悠闲的脚步，走在那溜光圆滑的石板路上。他们或是初来乍到，在探究、在好奇，或是故地重游，在找寻、在回忆。他们要记住那目不暇接的异彩光影，那斑驳陆离的情景画面。我心里默默祝福，但愿丽江的美，丽江的文化，不要受到人类或自然的破坏。

夜晚是丽江最有诱惑力、最迷人、最神秘的时刻。2003年春天，我来丽江的时候，丽江并没有现在这么热闹，但比现在更有魅力、更具有文化气息。那时的丽江给我留下了终生难忘的印象。我看到很多外国游客在夕阳西下的小楼前，悠闲地享受着中国的各种美食，他们神态悠闲、舒适、惬意、陶醉，似乎把这里当成了梦中的伊甸园。我忍不住地赞叹，看看这些外国朋友，多么会享受生活！这样的场景在当时几乎随处可见。那种慵懒的醉意、沉迷在生活当中流连忘返、乐不思蜀的感觉，是很多游客表现最突出的特点。可是这次来，我略微有一些失望，因为现在的丽江，过于喧闹、过于灯红酒绿、过于奢靡、过于商业化了，浓烈的商业气息淹没了丽江的深沉、清雅、含蓄、素淡和厚重的文化底蕴，而过去我所看到的丽江最珍贵的东西在隐退，在让位。我一路走来，总有一种缺憾的感觉：丽江的文化在让位，丽江的优雅在隐退，代之而起的是喧闹和商业化的元素更加强烈。

夜晚的丽江灯火明灭，笼罩在喧闹、激荡、神秘的氛围之中。夜总会、酒吧、歌厅、迪厅比比皆是，劲歌曼舞、激荡的旋律从河流的两边喷涌而来，那音乐、那热浪真的像海浪一样卷压过来，让人有淹没在海水中的窒息感，节奏强烈的伴奏让人有震耳欲聋的感觉。对面的两个量贩酒吧遥相呼应，隔河相望，所有的包厢和窗户都是敞开着的，所以会有嘈杂干扰的声音，实际上，这只是我们游客们的感觉，那些置身其中的座上宾，个个都沉醉在那个极乐的世界。有几个夜总会的音乐表演和舞蹈表演，能让我们在路上，透过敞开着的窗户，依稀看见，那里充满了火爆的诱惑，火辣辣的激情煽动着我们，让我们忍不住停下脚步……我的一个伙伴就不断地念叨，她要到一米阳光里，去喝个小酒，体会体会那个氛围、感受感受那个心情，做一回真正的丽江人。不过，由于勾留于那些商品店铺的时间过长，最终没能实现这个愿望。这个愿望，只能等下次来丽江再去实现了。到底还有没有这样的机会呢？

一个夏天的行走

1.在城市，独自行走的脚步

那个夏天，为抵制一种巨大的压迫，为着叛逆和反抗，也为释放自己火山般压抑着的情绪，挽救自己于水深火热之中，我选择了独自流放。

车渐渐地进入城市，拥挤和喧嚣的城市气息进入视线，我看着高楼林立的店铺，浓密的树木之下，车水马龙的街道和人们匆匆忙忙的脚步，我再次跌入孤独的深渊。我一遍遍地问自己，这是要去哪儿？到底去干什么？车到站，我随蜂拥的人群走出车站，举目四望，车辆人流，没一个是我熟悉的。在钢筋水泥的丛林里，我看着那一扇扇窗户，像是城市里一个个窥探者的眼睛，没一个是我熟悉的，没一个是我能够靠近的。我提着重重的行李箱，独自漫不经心地走着，想起了几个朋友，想起她们的面孔和笑容，以及往日相聚的片段。此刻，我并不想打搅她们。我只想做一个过客。我想起徐志摩的诗："轻轻地我走了，正如我轻轻地来，我挥一挥衣袖，不带走一片云彩！"我想，我是在如此的困境中离开的，职场的煎熬是难以言说的，还是让我悄悄地把自己放逐。

我走进一家不起眼的餐馆，要了最具有家乡特色的面食，我知道，此刻吃这些是具有特殊意义的。我在异乡依旧念念不忘家乡的一些东西，那些东西深深地镌刻在我的灵魂里，哪怕身在他乡，这些东西也如影随形，没有一刻远离我。

在这个饭馆里，我看似漫不经心，慢条斯理地吃饭，其实内心深处翻江倒海，波涛汹涌。正是午饭时间，看着不断涌进来的吃饭的人们，男多女少，多是些外出办事或打工者的形象，有几个五大三粗、大大咧咧的人，进得饭馆来大声吆喝，四仰八叉伸开腿，靠墙坐了，舒一口气，很舒坦、很踏实的感觉，那样子像是回到了自己的家。老板赶紧上前招呼。这一桌坐了六个男人，那个领头的或是请客的人，口气霸道，似乎他来吃饭，给老板带来了多大实惠。一看就是常客，老板很给他面子，很买他的账，对他殷勤毕致、谦恭有加，快速为他们打理好了一切，开始上菜。很一般的饭菜，这些人却吃得啧啧有声、津津有味，满足感和幸福感溢于言表。我突然很感动。这是一群社会底层的普通劳动者，活得简单快乐。

常说物质越丰富，人们的内心越迷茫，人们淡漠了对幸福的感知能力。难道不是这样吗？在这个饭馆吃饭的人群中，也有公务员和其他上班族，就没有这种纯粹的快乐，他们显得相对落寞，困扰和孤独都写在脸上。有一位年轻女子，要了饭菜，坐在桌前，显得呆愣愣，眼神盯在一个地方一动不动，一片空茫，对周围的一切视而不见。我疑心她是受了情感挫折。现代人的情感困扰、思想困扰越来越多。

突然从最底层的劳动人民这里得到了启示。我平了平心气，安慰自己，一切自有定数，正义和邪恶，光明和阴暗，永远都是同时存在的，并在斗争中一步步前进。

我很快吃完饭，发现那位年轻失落的女子默默地、无滋无味地吃完离开了，我随即也收拾好行囊，快速走出了那家饭馆。

我提着行李走在大街上，人流如织，正午的太阳猛烈地泼洒着光芒，热浪不断地袭击着城市的一切。路旁的国槐和梧桐树，蔫不拉叽，无精打采，油绿的叶子在阳光下打着卷，像恹恹欲睡的眼神。路上车辆不断，喇叭声声，从四面八方来，又朝不同的方向去。人流和车辆是这个城市极具动感的组成元素。来往的人们，走在树荫下，或者是暴露在阳光里，她们脸孔清晰、明朗，或者模糊、阴郁，各怀心事，脚步匆匆。我是他们中的一员。

2.敞棚候车室

我坐车到达火车站，候车室的门却被竹板和很多建筑材料挡得严严实实。灰土和炎热的空地上,到处是砖瓦水泥。在这个汗流浃背的酷暑天,一个妇女包着头巾顶着烈日兜售水果,我走过去问候车室在什么地方？她操着浓重的方言告诉我,朝里走,往里拐,再朝里走,就看见候车室了。

朝着妇女手指的方向，顺着一个尘土巷道往里走，看到拥挤的人群。那些男人光着膀子、女人们穿着吊带,坐在地上或行李包上。湿热的空气中弥漫着汗味和体臭。顺着这条路再往右拐,就是临时搭建的敞棚候车室。十几米宽的走道两边,蓝色的靠背椅上坐满了人。中间的走道里也站满了人,脚下都放着形形色色的行李包,拥挤、闷热。我艰难地往前走着,希望找一个能立足的地方。

终于在几个硕大的行李包之间,找到了一个能够落脚的地方。

我开始打量周围的环境。这虽然是一个敞棚候车室,天气炎热,没有一丝风,哪怕两边敞开的棚顶之间,蓝天白云看得清清楚楚,仍然如同身处蒸笼,汗水顺着那些光着的膀子流下来,落在灰土的地板上。人们不停地扇着手里的东西,焦躁不安地等待着列车到站。

时间在一分一秒地挨过去,人们抬头看着天花板,希望从敞开的棚顶上进来一丝风。这实在是一种奢望。外面碧绿的树叶从敞篷缝隙间钻进来，似乎是为了躲避炙热的阳光暴晒。人们希望看见树叶微微地摇晃,哪怕只是一秒钟,也能让人们欣喜若狂。然而,人们不停地挥手擦着额头的汗,也看不见有一丝的风带来希望。持续的高温,突然使风这个使者,变成了一个稀罕的天使。人们盼望着风和雨的到来,盼望甘甜清凉的雨水,为人们驱赶无法忍受的炎热和焦躁。

人群拥挤,推搡,甚至互相埋怨着,又相互包容、谦让着,让每一个在这里的人都有一个落脚的地方。两边座位上的人们,可能是候车的时间要相对长一些,有的歪斜在一边睡着了;有的神情疲惫,菜色深重,木然四处张望；有的在玩手机，看得津津有味，或笑眯眯漾出幸福的笑容；多半人漫不经心，淡定或冷漠地打量着周围的人。形形色色的人们，长相、高矮、胖瘦、年龄、阶层、经历、举止、神态都迥异。这里充满了奇特和神秘，充斥着高尚的思想和低级的趣味。这是一个社会的缩影。构成了世界的丰富和多样性，在这里能看到美丽和丑陋，抗争和奋斗，艰辛和不易。人们从这里，走向祖国的四面八方。

我观察了周围所有的人，发现他们几乎都有随行伙伴，唯独我是孑然一身。我想了想，发现这是我此生唯一一次独自出门。在此之前，每一次出远门，都有亲人相伴。这让我多了几分谨慎和隐忧。

我站在人群中，不敢稍有些微的懈怠和马虎。孤独再次强烈地袭击了我。我突然深刻体会到，亲人和朋友在一个人的一生中有多么重要。终于悟到，一个人之所以快乐幸福，是因为有你的亲人和朋友陪伴，由于他们的存在，使我们体会到幸福和快乐的滋味。哪怕良辰美景，哪怕春宵一刻，哪怕外出旅游放松身心，没有了心中的精神依托，我们还有什么幸福、快乐、充实可言？

3.在火车上

经过长久的等待、张望，终于开始检票。候车室里立即骚动起来。乘务员用喇叭喊话，维持着秩序。在拥挤和热浪中，终于到了站台，清凉扑面而来。车已经停在那里，等候人们上车。在长长的月台上奔跑，跑向自己的车厢。整个月台上回荡着奔跑声，喊叫声，火车汽笛声，紧张、激动、努力地向前，提着重重的行李，在拥挤不堪的推搡中终于上车，找到自己的座位。终于坐定，心稍稍地安定了些，不停地向窗外张望，默默告别：再见了，我的家乡！再见了，我的亲人们！

终于在座位上坐定了，是硬座。在如此拥挤和仓促的时间里出行，也只能买到硬座，好在靠窗。心一下安定下来，有一种踏实和轻松。我透过车窗向外张望，月台上只剩下稀稀落落的几个人了。火车开始慢慢启动，人们如流动的气息，向各处散去。家乡的车站、村庄、原野、树木，一

切的一切都开始远去，我心牵挂的一切，被时空无情地抛在了身后。疾驰的火车像风一样在窗外的景物中飘动、激荡着，越来越远离了家乡。我突然觉得这次的出行更像是一场逃离和放逐。分明是为了躲避那压得我喘不过气来的无形的东西。

心开始慢慢地放松下来，我知道我正以一个苟且偷安的嫌疑分子，以逃遁的方式来获得那暂时的苟延残喘，之后，我仍然得回去面对我的现实。

车厢里，人潮涌动，不断有来的、又有去的人们。更多的人站定一个地方，似乎找到了自己的属地。拥挤、潮湿、嘈杂、喧闹，热浪在每一个角落栖息，如同这无处不在的拥挤。那些脸孔，那些喧闹的和沉默的、幸福的和落寞的、快乐的和忧伤的、神气的和疲惫的，明亮的和暗淡的，各种的脸孔在这车厢的每一个角落晃动。如此迥异的脸孔下面，到底都隐藏了怎样的故事和经历、怎样的伤痛和满足，我不知道。我只知道，这世界上没有相同的两片树叶，一个人就有一个精彩纷呈的世界，有着截然不同的心路历程，有着迥异的际遇。多么奇妙的造物主啊！就说我，我有着怎样的经历和心境、机缘和巧合，为什么坐在此刻的火车上，我来自何方，去往何处？这是我的秘密，除了我还有谁了解呢？同样，他们的世界，他们的秘密，我又知道多少呢？我们所有人的目的，最终极的目标，就是一种抵达，身体和心灵的抵达，肉体和灵魂的抵达，一旦抵达了目的地，人生就将告一段落，结束的同时，新的生活又将开始。这就是我们匆忙而短促的人生。在很多时候，我们不知道自己到底想要什么，梦境和理想，似乎都逃得远远的，变得无关紧要。我们在迷茫和奔波中，上下沉浮，到底在寻求什么？如此颓废、伤感的我，到底在追寻什么呢？

在每个不同的脸孔下面，我看到的是幽深和奇特、顾盼与留恋、期待和向往，看到的是私密的空间和遮蔽的暗流，涌动的潮汐和爱恨的愁绪。每个人的人生和精力，都是时间暗道里的一条河流，在这条河流里，水流的清浊，奔涌的顺畅，多半时间只有我们自己知道。

在人声鼎沸的车厢里，置身在陌生的脸孔之间，我一言不发，沉郁而忧伤。坐在我旁边的一个二十岁左右的男孩，和他旁边一个二十八九岁的姑娘，都是和我在张掖上的车。在相互的问候和他们俩的聊天中，我大致了解到，这农村男的是到北京中关村某汽车销售公司打工，而这位二十八九岁的女子，在张掖南关小学上班，尚未成家，这次是到北京旅游的。

男孩子从上车起，情绪就一直很高，对任何人都很热情，看上去是个人际交往的老手，和周围的人一见如故。他不断地给一个女孩发短信，还打电话给对方报告自己现在到哪了，到北京以后会经常给她打电话的，语气很温柔很体贴。他刚挂了电话，一个电话就打进来了，问他到底在跟谁说话，怎么这么久打不进电话？一听就是另一个女孩打来的电话，似乎有点吃醋，对方虽然小心翼翼，这男孩却有点不耐烦回答，而电话那头紧追不舍，不断地问各种问题，生怕男孩挂了电话。作为一个旁观者，我能明显感觉出电话那边的女孩对这男孩用情很深。可是，这男孩不领情，他显然喜欢刚才打电话的那一个。他直截了当地说："我不和你说了，快没电话费了。"对方说："电话费我来掏，行了吧？"这男孩一下火了："你是个舍得给我掏电话费的人吗？我要挂了！"说着就挂断了电话。过了几分钟，对方又打过来，男孩不接。他的电话铃声是王菲唱的《传奇》："只是因为在人群中多看了你一眼，再也没能忘掉你容颜，梦想着能有一天和你再相见，从此我开始孤单思念……"我们一遍又一遍地听着这首歌，感受到歌者对爱情的无限深情和现实中男孩的冷漠和无情。过了半小时，电话又打过来，男孩接起，又是刚才那女孩，她告诉他，她刚才为他交了50元话费，他却只淡淡地说了句："谢谢！没事我要挂了！"然后挂断了电话。我是那个年龄过来的人，能真切地感受到一颗受伤的心灵滴血的滋味。

这男孩却毫不在意，一直和旁边那位女子聊天，挺热乎、挺投入。说她是女子而不说女孩，是因为她已明显进入成人行列，她的脸上有着曾经情感受挫留下的痕迹，也有着成熟女子的娴静、温柔和稳重。我想她一定有很丰富的阅历和坎坷经历吧？看得出，她是贤淑的，又是精明和尖刻的。后来她和我聊天时，我知道她今年二十八岁，尚未结婚，谈了一个男朋友，感觉不如意，断也不好，不断也不好，在两难的境地里她索性出门，没有告诉他自己去哪。能够感觉出她内心有一种无法言说的痛。某种东西困扰着她，而她，却无力改变这一切。

火车在无际的原野上奔驰，原野时而荒凉、时而茂盛。空旷而博大的地域，让人觉得心胸开阔，辽远和陌生的村庄和城市，又让人觉得孤独而寂寥。

旋转的田野、向后飞驰的树木、山涧、雪峰、溪流、蓝天和白云，都在一瞬间一闪而过。

车到宁夏中卫站时，上来了不少人，其中有一个子不高，圆脸、穿黑色纯棉立领衬衫的二十岁左右的男孩。他提着硕大的拉杆箱和一个精致的铁皮箱，走到我们座位的中间停下了。他很热情地主动和我们每个人都打招呼，操着一口标准纯正的普通话。还没说上几句话，你就能明显感觉到，他是一个善于表达、口齿伶俐的人。我猜他一定是位靠嘴谋生的人。或许是性格使然，他的话非常多。我们很快了解到，他是一位演反串角色的演员。他脸上虽然稚气未脱，但那纯熟而老道的人际交往能力，以及滴水不漏又风趣幽默的谈吐让我吃惊。很快他就由站着变成坐着，大家主动挤一挤给他让座。他告诉我们，他的行李箱里拉着他的戏装，那个精致的铁皮箱是化妆箱，说着还打开那小箱向我们展示那种类繁多、式样丰富、据他说很昂贵的化妆材料。自从坐在我们旁边，他就成了这里的主角，天南地北、地理天文无所不晓地神侃。他说他十几岁就开始走南闯北。他很快就和每个人都融洽无间。笑容始终洋溢在他的脸上，周围的人似乎都喜欢他。由于他的到来，我们座位之间的空间变得很拥挤、逼仄。他的行李箱没处放，随着跟我们熟悉程度的递进，他的行李箱也呈递进式地慢慢进入了我们对面两个座位之间伸脚放腿的地方。由于它占据了很大的空间，我们的腿脚无法伸开，只能蜷着。长时间地保持一种固定姿势，时间一长，我们腿脚麻木，双脚浮肿得像个馒头。但他的热情洋溢、亲密如一家人的态度，让我们都不好意思说出这一点。我的脚肿了，也只能默默地强忍着。他说他是陕西人，可是到咸阳和西安，甚至渭南一带他没有下车。一直到山西他才下车。快到站时，他迅速收拾好自己的行李，收起他曾热情地让给大家吃，大家谁也没好意思动一下的卤鸡，重新装回他的包里。他收起了脸上那份真诚快乐的笑容，连一声招呼都没打，拉着行李就向车厢连接处的门口走去。大家眼巴巴地望着他离去，突然觉得哪里不对劲。旁边那女的捅捅我说："哎呀，你说这人多会来事啊！昨晚把我难受坏了，就因为他的行李！临走了居然连个招呼都不打。"我笑一笑，没说什么，把目光转向了窗外。

窗外，一望无际的原野、树木、河流、山川，不断向后退去。我想，这个人多聪明、多现实啊，这是他生存和处事的一种方法，也是他保护自己的法宝，而我缺的恰恰就是这些。

4.深陷的北京

快到北京的时候，我收到了侄女的短信，她说她已经在北京站等我了。其时正是傍晚七点钟，车窗外夜幕深深，在五光十色的灯光映照下，北京城显得神秘、庞大、深不可测、美丽迷人。楼房林立，似乎接近天穹。层层的天桥，纵横的道路，让人觉得火车这个庞大的巨龙驰骋在远离地面的梦境之中。那些交错的公路上灯光通明，不断旋转的车辆，像鱼一样在眼前消失。海一样深的北京夜色，美丽得让人心动，无奈得让人悲哀。这里有太多太深的东西，我无法看清，那是一种掺杂着刻骨铭心爱的东西，一种无奈的疼痛，就如同面对一个你深爱的人，即便你爱得无法自拔，却不能确切保证让他爱你，永远无法掌控他的感情一样，北京就是一个令你发狂的情人。那种奇异魅力，让你无法抵御，又无法企及，在面对它时，你无法转移视线、也无法移情别恋，这些东西最终给你带来的就是无法克服的失落和惆怅，以及更深刻、更浓烈的爱！

走出北京站，侄女的笑脸如暗夜里的花朵，让我顿时有了安全感和亲切感。她拉着我的行李，带我走过拥挤的人流，向公交车站走去。北京的街道，在每一个角落里弥漫着繁华、热闹。白昼一样的灯光，不断闪烁的霓虹,水一样流动的车辆,海浪般汹涌的人群,应接不暇的场景、天空、大地、树木,一切的一切,都不是我所能预料和想象的,强烈的梦境之感让我恍惚,让我沉醉。在拥挤的公交车里,我打量着这些表情漠然的脸孔,它们形形色色,淡定从容。在热浪拥挤的地铁里,那变幻莫测的明星广告和光影照片,让我应接不暇,虽然半年多以前才刚刚从北京离开。此次故地重游,我所看到和感受到的,是不同的,都如初见一般新鲜。

在一家考究而雅致的餐厅里,可口的饭菜给了我温暖和力量。我觉得旅途的劳累消失了,再次征服我的仍然是北京的繁华与活力,浓厚的文化氛围和大气的都市气息。走在大街上,到处都有一句极其显眼的话:“学习是一种信仰。”我非常欣赏这句话。如果每个人都把学习当做一种信仰来崇尚的话,我们的民族有谁能敌?我们的国家,又怎能不富强、繁荣、昌盛呢?

房间是侄女早就预定好的,是日租房。我跟着她走进一个楼群密集的住宅小区,曲里拐弯,不断地向里走,在小区浓烈的油烟和饭菜的香味里迷失的时候,她带我走进了一个没有灯光的窄窄的楼梯,在黑暗的楼梯中,我拾级而上,来到了七楼,到达楼梯的尽头,侄女说“到了”,然后敲门,同时给房东打电话。开门的是另一个租房者。我们走进房间,我发现里面共有三间房,两边各一间,都住一男一女,中间是我的房间,客厅、卫生间是共用的。随后房东从外面赶来,为我开了房间。我进去,是一张双人床,向外有一个敞开的窗户。有空调、电视。但我对房间不甚满意,又不好说什么,侄女说,两个隔壁都住一对情侣。

侄女走后,我进去锁了房门待在里面,莫名的陌生感、恐惧感不由自主地袭来。躺在北京这叫不上名字的、也不知在什么地方的陌生房间,我打开所有的灯光,仍然驱不走那种惊悸的感觉。翻来覆去睡不着。隔壁不停地折腾,似乎翻江倒海,呻吟和喘息不断传来……我只好关了灯。对面的窗外不断传来蛐蛐的叫声。月光朦胧,暗蓝的天际星星闪耀。我看着这月光,这夜色,心想,一样的月光、一样的月色,我的心境却是如此的不同。在家乡，我坦然、惬意，一切都那么熟悉，我就是那一切的主人。如今我客居他乡，在北京这陌生的房间，新奇、紧张、略微恐惧和担忧。我想亲近这里的一切，它却不属于我，包括这月光、这夜色、这房间。我只是匆匆的过客。

早晨很早起床，窗外的蛐蛐一声高似一声，像是集体的合唱，又像是乐队的奏乐，旋律优美动听，却给这北京城增添了无尽的喧闹。窗外有几棵巨大的法国梧桐树，至少有百年的历史了，看去苍劲沧桑，浓密的枝叶靠近窗口，遮蔽了窗外强烈的光线。我向窗外看出去，下面是几幢楼房的背后，显得有些凌乱，高低不平的各种小平房摆满了空间，从上面俯视，有一种强烈的阔达之感。窗户稠密地摆放在对面的楼房上，像无数只眼睛。我穿好衣服，迅速走出房间，隔壁的两对情侣都已起床，坐在客厅沙发上聊天，看相貌，他们的岁数都已过了四十，经历了生活和人生的磨难，脸上写满了奔波的艰辛和岁月的沧桑，正如窗外那几棵法国梧桐。我礼貌地向他们点头致意，去卫生间，却已经有人在里面。我快速地洗漱完毕，带着东西离开了房间。

草原之旅

1.出　发

天还没亮，就听到楼道里有热闹的、抑制不住的吵闹声，互相叫着、吆喝着、蹦跳着下楼了。我知道是那些准备出行的孩子们和他们的家长，已经急不可耐地到集合地点去了。时间尚早，但别人都去了集合点，我也不能落在最后，让别人等我。于是匆匆地背起早已收拾好的行囊，欣悦地走出家门。楼道里暗暗的、静悄悄的，很多人还在酣甜的睡梦里，而我们已经收拾行囊，要远行了。我的脚步轻快了许多，心情如一只雀跃的小鸟般欢乐。每次远行，都觉得要走未知的路，领略陌生的世界，哪怕要去的地方不是第一次去，也觉得是新鲜的，不一样的，所以会格外兴奋和好奇。诗情和浪漫涌上心头，年轻的活力和梦想慢慢萌生，那是探索新生活和探险未知世界的人才会有的奇妙幸福之感。

来到集合地点，几乎所有的人都到齐，等在那里，那些跟着父母要远行的孩子们，此刻最不安分了，他们上蹿下跳，调皮的话语和嬉闹的笑声，在这寂静的凌晨，像一串串清脆的铜铃声，传得很远。他们玩起了捉迷藏的游戏。此刻唯有旅行社的人还没有到。在幕布一般暗淡的树影下，人们时不时拿出手机看下时间，念叨着，唉，怎么还不来呢，不是说六点吗，现在已经快六点了呀？对呀！别人附和着，等得有些不耐烦。孩子们情绪高涨。欢天喜地的嬉闹声，在这个夏日清晨的空气里，显得格外响亮。

车来了，人们一拥而上，大包小包提上去，依次而坐。导游点人头，出发，于是这个夏日梦想之旅的中巴旅游团正式出发了。车内立即响起了导游小姐甜美的声音……

2.少数民族风情

我们的目的地是四川的九寨沟，从张掖出发，经过山丹地界，天气越来越凉爽。快到中午的时候，到了广河一带，我们已明显感觉到，这里的空气有一些清凉。人们普遍穿着外衣，有些少数民族朋友，穿着本民族的服装，诸如藏袍或穆斯林的民族服饰，妇女们包着白色或黑色的头巾，只露出一张脸，有的妇女甚至罩着面纱，只能看见两只明亮的眼睛。她们大多也都穿着黑色的袍服，手里拿着簸箕或者什么家什，匆匆地走在阳光明媚的广河大街上。大街上行人并不稠密，各自忙着各自的事情，看上去生活平静安逸，虽然并不富裕，但有一种安居乐业的淡泊和宁静。开着清真饭馆或商铺的回民，也许是当时没有生意的缘故，他们悠闲地坐在自家门前的小板凳上向我们张望，也许觉得在这么寒凉的天气下，穿着半袖T恤衫的我们是一道奇异的风景。我们停下来临时休息。我走进一个零售门市部买个小东西，看见一个回民妇女，带着三个小孩在一个旁侧的里间屋里。我不知道她们是在吃早饭还是午饭，她已经熬好了奶茶，分到三个孩子的碗里。那个年龄最小的大眼睛男孩急切地凑到了母亲的跟前，所以他最先得到了美食，他的两个小姐姐还没有开始吃，他就已经大口大口地狼吞虎咽。那奶茶很浓稠，比糯米粥还要黏稠，泛着鲜亮的乳黄的光泽，让人垂涎三尺。那小男孩胃口极好，食欲也很旺，几口就把他妈妈舀给他的奶茶喝得所剩无几了，由于太稠的缘故，那奶茶在小男孩的嘴周围糊成了一个白圈，他伸出舌头，很熟练地打扫净他的嘴周围，然后开始舔手里的碗。他专注的动作，还有那幸福满足的表情，让我觉得他此刻是这世界上最幸福的人。我觉得吃东西能吃到这境界，真是一种无比快乐的享受。而且这情景有趣极了，那孩子也可爱极了，让我忍俊不禁。

看见我进去，这位包着头饰的回民妇女出来迎接我。我笑着说，你这孩子太可爱了，看他吃得多香啊！你们一日三餐都吃这些吗？妇女点点头说:“我们还有别的吃食,但这是我们的主要食物。”我问:“他每次吃饭都会这样把碗舔干净吗?”妇女点点头:“每次都这样。我们从小教他节约,不要浪费。”等我买好东西出门时,那小男孩已将自己的碗舔得跟洗过的一样,他那双黑珍珠一样的大眼睛,怔怔地看着我。我忍不住生出怜爱之情,问,“你吃饱了吗?”他点点头。我对他妈妈说:“好像他没吃饱。”她说:“好了,我们的饭营养太丰富,给多了他会发胖!”

在车子经过和政和临夏时,我发现人们穿的衣服越来越厚,很多藏族群众都穿着厚厚的棉袍,看来这里的早晚温差是很大的。夏天也远没有我们家乡的气温高。在临夏停留的时候,我们穿着半袖的T恤走在大街上,感觉清凉的空气像水一样漫过了身体。穿着棉衣、棉袍和羽绒服外套的人们,仍然像看外星人一样看着我们,想知道我们是从哪里来的。城市的繁华和热闹,街道的整齐和气派,比起一些大城市来明显略逊一筹,但这里浓郁的少数民族风情和触目可见的少数民族服饰,不断地提醒我们,这里是独特的,别具一格的,它具有我们家乡所没有的景致和魅力!我们进入了真正的藏族聚居区了!

3.草原啊草原,我的家

我以前所见的草原,实在都不是真正的草原。过了合作,进入碌曲,才算是进入了真正的草原。那一望无垠的绿色地毯啊,一直延伸到了天的尽头。由于平面空间的无限扩大,一下子显得天地之间的距离好像也近了许多。眼界变得前所未有的开阔,偌大的世界一览无余,心也随着视野开阔了许多。公路像一条白色的带子,一直向前方伸去。车不停地疾驰,可是,在庞大得没有了尽头的草原上行驶,似乎车移动的速度太慢了。在开阔的草原的胸怀里,一切都显得渺小了。路上行驶的车辆以及骑着摩托车的人,在我们的视野里一下子缩小了很多倍,唯一不变的,是广阔碧绿的草原,纯净碧蓝的天空,洁白飘荡的云彩,还有草原上星星点点的牦牛和羊群。导游小姐告诉我们,我们的旅行团目前已进入真正的藏族聚居区,这里生活着很多少数民族同胞,他们的生活习惯和汉族同胞有很大的不同。接着，导游小姐开始给我们讲解藏族同胞的几种殡葬方式，其中有天葬、火葬、土葬、水葬等。接下来，我们的视野里出现了天葬台和经幡，以及大批的牛羊和帐篷。那黑白相间的牛羊，那大小不一的帐篷，在绿色草原的衬托下，就像是精心编织的彩色织锦。那些牛羊，不断地变幻出不同的图案，那牧羊的小伙和姑娘，身着少数民族服饰，骑在壮硕的牦牛或精悍的马背上，来回驰骋。我入迷地看着，觉得这才是真正的人间天堂，她们这种自由奔放、无拘无束的生活，才是真正的没有受到任何污染的世外桃源生活。多么浪漫、多么富有诗情画意啊！看出了我们眼神中渴慕的光，导游小姐给我们讲述了藏族的“走婚”习俗。导游指着车窗外不远处一片大小不等的帐篷，对我们说，你们看见那个离帐篷群稍远的一个纯白色小小的尖顶帐篷了吗？那是藏家的还没有出嫁的女儿所住的帐篷。指着那个帐篷，导游小姐绘声绘色地为我们讲述了藏家“走婚”的习俗到底是怎么一回事。车里的男同胞听了“走婚”习俗，顷刻间都像是服了兴奋剂，一下子情绪高涨。眼瞅着车窗外不断闪现的白色尖顶小帐篷，不断地说，那里又是一个尖顶的小白帐篷！在这个藏族聚居区的天地里，车一直疾驰前行，可是车里的激情越燃越旺，人们戏谑地调侃那个垂涎欲滴的英俊小伙子，让他现在下车去，今晚就实现和藏家女儿“走婚”的梦想。车内一片喧哗笑闹，把人们带入无限的遐想和憧憬之中，人们开始向往美好的爱情。

等人们笑够了，闹累了，车内响起了容中尔甲、向东等民歌手高亢、深情、悠扬的歌声。人们和着节拍，唱起了《美丽的草原我的家》、《我和草原有个约会》、《姑娘姑娘我爱你》……

那摄人魂魄的水

从九寨沟归来已经很久了，我一直想为它写一点文字，但每次坐到电脑前，便感觉到一种压力，一种自不量力的感觉，一直困扰我，让我一时无从下笔。我终于感受到为什么有人说九寨沟的神韵是“诗画所不能尽述的”。我知道，要想表述童话世界九寨沟的美，这的确不是件容易的事。随着它在我脑海里沉淀得越久，我就越感受到一种神秘莫测，扑朔迷离的美，这种美来自它原始自然却又妖冶天成的自然景观。我越来越感受到，它是自然界赐给人类的一个女神，它美轮美奂、自然天成。这女神有一种安静、神秘、纯洁无瑕的气质，让你在心灵深处不敢有丝毫的懈怠，生怕稍不留神，就亵渎了它神圣的美丽。这么些天来，我一直在想九寨沟的美，它让我想起俄国作家列夫·托尔斯泰在《安娜·卡列尼娜》这本名著里所描写的安娜·卡列尼娜的美。在大师的笔下，从不同的侧面、不同的角度展示了安娜的美。她的美在每一个人的眼里是不同的，在卡列宁、渥伦斯基、列文以及每一个出场的人物眼里都有着惟妙惟肖、穿透灵魂的美。九寨沟的美正是这样一种让人震撼、让人难忘的美，你从任何一个不同的侧面、不同的角度来看，它都有着让你惊叹、让你灵魂战栗却又无法言说的美丽。你无法不为它惊艳的魅力所折服！

“天下山水聚蜀中，蜀之圣景凝九寨”，这话一点不假，九寨沟以其神妙、奇幻、美艳绝伦的神奇魅力而成为世界鲜见、中国唯一的拥有“世界自然遗产”和“世界生物圈保护区”两项国际桂冠的游览胜地。在这里，我不说九寨沟 2000 余公顷的天然林树种中蕴藏着怎样的云杉、冷杉、红松、红桦等上百种珍贵林木和珍稀树种；也不说孑遗植物独叶草和星叶草如何的根脉缠绕、枝蔓相连；更不说茂密的森林，参天的古树，斑驳如锦的草甸，五颜六色的藻类如何造就、如何呈现九寨沟峰峦叠嶂、翠林掩映、奇湖错落、蓝浸绿染的绮丽风光，我只想说，九寨沟水域的色彩、神韵、幽谧的美！

九寨沟最摄人魂魄的莫过于它艳丽幽静的水域，那些不断呈现出不同形状、不同色彩、不同神韵的海子，像是镶嵌在九寨沟覆面上的一颗颗珍珠，让人流连忘返，久久不忍离去。那海水清澈澄明，海子又蓝得让人心醉。那色彩的过渡也是如此丰富，由浅蓝到湛蓝，再到深蓝。而且水的颜色是随着地上附着物的颜色而不断变化。树的颜色从浅绿、翠绿、到墨绿，水的颜色就会依次呈现出浅绿、深绿、墨绿的色彩。在这里，有五颜六色的物种存在，就有五颜六色的水，我们无法不被这色彩斑斓、又神情凝重的水的魅力所震慑。我想，最高明的丹青手也无法临摹这里最本真、最自然的神韵。据说，这些不同形状、不同色彩风格的海子，大大小小共有118个，星罗棋布地点缀在九寨沟的各个层面，造就了九寨沟璀璨夺目的光彩。传说这些彩色湖泊是由很久以前一位痴情的山神“仙达”为取悦这里的一位女神“沃诺色嫫”而精心磨造的一面镜子，可是后来被这位女神不小心摔破而成118片，散落在这片神奇的沟谷之中，形成了现在的118个海子。凄美的爱情故事让人回味，让人想象，我们更被那奇特的摄人魂魄的美所震撼。我们走在箭竹海、珍珠海的周围时，无法相信自然的造化竟有如此神奇。尤其是山绕水，水偎山，树在水里长，水在林中流，“鸟在水底飞，鱼在天上游”的神奇景观，让人真如置身童话之中。在这样的仙境里，你怎能不憧憬人类最美好的爱情呢？

山水相映，林水相亲，树上松果累累，林中满布地衣，倒入湖中的树枝、藤蔓、日久天长，已被钙化成一件件类似牙雕的艺术珍品，构成了一个个奇特美妙、自然天成的水下艺术展厅。我们一时间无法看够那太多的景致，就问工作人员，我们如何才能看得够多，够细，够全面？我们能不能不出去，今天就在这里住下来？工作人员笑笑说，以前就是这样管理，可是时间一久，人为的活动对九寨沟的破坏很大，现在不允许了，要看，下次再来吧！看着渐渐暗下来的天空，我们只好恋恋不舍地走出了九寨沟的园林大门。我们在门外彷徨了很久，不知何时还能回来。

北京的风尘

这几年，多次去北京，对北京很多地方有了进一步的认识。有一些地方，去过一次，就被它深深地吸引，并牢牢地记住了。那不凡的神韵、气度，那独特的景致、风范，是你所无法抗拒、却又无法靠近的，只能在记忆里默默地回味。

1.胡　同

北京的胡同到底有多深，谁也说不清。随便走进一个小胡同，一不留神，就以为是走进了哪个小城市的家属区或农村的深巷子里。一家一家旧的平房、院落，那年久失修、被风雨常年侵蚀过的痕迹斑斑的街门，还有那破旧的门板，多像是我小时候住过的家属区的平房院落。春节期间我们在北京度过。那段时间里，几乎每天我们都要穿过一条胡同。我们走过那条小胡同时，看到在这些老旧的四合院门上，都贴着簇新的春联和年画。从街门里望进去，是很深很深的走道，那走道通向每一个住在这里的人最深邃最私密的个人天地。这条狭窄幽深的走道，神秘而让人感到好奇。这令我不由自主地想象，这是一个怎样的家？里面又住着一户怎样的人？在这狭长的走道两边，放着各种杂物，尤其是有的人家会靠墙放着一个锈迹斑斑的自行车，那自行车虽破旧不堪，却擦拭得干净，几乎没有灰尘，一看就知道前不久还有人骑过它。和自行车形成鲜明对比的是，一些四合院门前停放的崭新的小轿车，这看似两个时代的交通工具，却往往同时停放在一个四合院门前。小轿车当然是年轻人的工具，多半是儿子儿媳或自家女儿的，自行车却是老年人或小孩子的。

那胡同的路面并不宽敞，也不平坦，多是土路，或者路中间是用已经使用过的灰砖或者红砖铺就的。路面显得坑坑洼洼，凹凸不平，这是曾经大雨泥泞时人们的脚印或是车辙造就的结果。走在这胡同巷子里，你时不时会碰见一辆开得慢悠悠的警车通过。那是片警们在行使自己的职责。这胡同不管怎样的曲折或不平坦，路面却总是打扫得干干净净。有一些胡同口或者四合院门前，也有堆放杂物或小煤球炉的，看上去有些杂乱，但四合院勃勃的生气却无处不在，路上行人络绎不绝，远近会有小猫小狗走动，有孩子的嬉闹、老人的欢笑，还会有唱京剧堂会的或者吊嗓子练声的京剧声传入你的耳际。在清晨的胡同小路上或者在人潮涌动的下班高峰，胡同里是最热闹，人、车最多的时候。那些穿着考究的学者或者神情凝重的知识分子模样的人逐渐多了起来；或者穿戴随便、提着沉甸甸的购物袋的年轻人或老年人急匆匆地往家赶；还有开着如蜗牛般缓缓前行的小轿车的老板们，在拥挤的胡同小路上，他们是行走最慢的。行人或者自行车会从一些小小的夹缝之间穿行而过，超过这些最先进的现代交通工具，快速消失在浓密的晨雾或者夕阳西下的黄昏。等到入夜八、九点钟的时候，再走上这条胡同，就会发现，那些像蜗牛一样慢慢往前爬的小轿车，此刻都已各归其位，停在了自家主人的门前。几乎是每隔十几米或二十来米，就有一辆高档小轿车停在暮霭沉沉的胡同巷道里，远远望去，像是两道车的海洋。

走过四合院门前时，你一定不要被它通向里面的那条狭窄的通道所蒙蔽，以为四合院里面也一定是狭窄的，其实不然。它里面的宽阔和曲折，以及格局的别致、房屋构造的奇特，是你始料不及的。现在北京城里所剩不多的那些四合院，早已不是当年老舍时代的四合院了，它经过了后辈人很多的改造，多半已变成了二层楼房。走进去之后才会发现，里面院落很大，别有洞天。里面每一家房屋的构造格局也各不相同，早已不是当年的模样了。房间的主人们自己很委屈地蜗居在一些极狭小的空间里，而把大部分房间改造成宾馆，对外出租营业。不过这些所谓的宾馆，都没有正规宾馆的规模，大多是家庭式的小旅馆，价格也比较低廉。

春节期间，北京胡同里的鞭炮声是最惊天动地的，大约每天下午七点左右会此起彼伏地响起，到晚上十点钟就会停止，一天中其他时间你听不到鞭炮声。那绚丽多彩的焰火，如同北京市民七彩绚烂的生活，每晚都会把整个天空映照得美不胜收。

2.长安街

黄昏或者夜晚，走在灯火通明的长安街上，我会有一种恍惚迷离的感觉，强烈的梦境之感使我一不留神，就觉得飘飘然恍若隔世。那些飞驰的、川流不息的车辆，如一条永没有尽头的游龙。那车辆的疾驰声，如这巨龙永不停歇的喘息，不绝于耳。夜晚的灯光比白昼更加明亮，人海、车辆、树木，一切运动的或静止的物体都变得渺小了，只有那金光灿灿的天安门城楼，明亮而伟大。远远近近，一种看不见但可感的气势和灵动气息，在空气里面涌动，那种神圣的庄严和无形的活力，让我对这里的一切都肃然起敬，我体会到一些让人灵魂撼动的伟大东西、一些人力似乎无法左右的力量。它们是不朽的，正如这千年古道长安街，多少年它一直横卧在这里，承载着历史，承载着一代又一代的华夏儿女。多少历史的沧桑巨变，多少代人子嗣更迭，多少政治风云变幻，都在这里升腾溅落。它无限的包容性，显示了它的宽阔胸怀和坦荡气魄。夜晚走在这条仿佛永远也走不到头的长安街，耳边是呼呼的风声，车辆变得稀稀落落，它们的速度明显加快，只一刹那，便消失在迷离的灯火海洋中。透过灯的海洋，天空是神秘的，开阔的沧桑和扑面而来的历史厚重感，让我敬畏。我感觉到了自己个体的渺小。我突然觉得，走在这样开阔、明亮的夜晚，走在千年的历史古道上，我们每个人只是宇宙中的一粒尘埃、一颗沙子，历史长河中的一个分子，暂时的驻足、停留，多么微不足道。长安街却永远这样阔大包容，承载着一代又一代的文明与历史，罪恶与沧桑。从这点来说，我们每一个个体的力量算得了什么呢？可是，人类是伟大的！几千年的风霜雨雪，历史沧桑，哪一个又不是人在运筹帷幄、挥斥方遒呢？这样看来，个体是渺小的，集体的力量和团结的人类是伟大的、不可战胜的。

3.挂 号

大概是凌晨四点钟，我蹑手蹑脚起床，梳洗完毕，悄无声息地带上门，把爱人和孩子均匀的呼吸声关在了身后的房间里，准备出门。楼道里灯光昏暗，那盏小小的吸顶灯散发着微弱的光线，像一个老人惺忪的睡眼。我向很深的楼道尽头望了一眼，那里鬼影幢幢，神秘飘渺。在这个陌生的旅馆里，我对一切都充满了莫名的恐惧感，每走出一步，心里都怵怵的，如履薄冰。但我给自己鼓了下劲，轻轻迈动了脚步，向那个黑咕隆咚的楼门口走去。走下一楼，来到门庭，又是一盏睡眼惺忪的灯盏，我定了定神，向服务台走去，一点声息都没有，我不知服务台的服务员在哪里休息，向四下里瞅瞅，周围都是房间。房门紧闭，服务台后面的一张长条椅上也没有往常躺着的那位老人，我不知到哪里去找服务员。但是，宾馆的大门反锁着，而我，现在必须出去，再迟，恐怕我办的事——挂号，就要泡汤了。昨天凌晨五点钟去，等我赶到那儿，号已经就挂完了。

我想去敲挨近吧台的那个门，走过去，又缩回了手。万一敲开门，住的不是服务员，而是一个客人，这客人又是一个男人，这深更半夜的，我一个女人，敲他的门，他会做何感想呢？我犹豫着，不知如何是好。终于，我怯怯地喊了一声：服务员！我底气不足的喊声在整个宾馆寂静的大厅上空飘荡，显得格外刺耳。没有回声，我又喊了一声，仍然没有回声。我有点生气，好像那宾馆里每一个黯黑的角落都在跟我作对，心里的恐惧越来越重地压得我喘不过气来，我用力喊了一声：服务员！这时，对面的一扇门开了，走出一个五十多岁的老头，戴着深度近视的眼镜，身上披着一件大衣，一边觑着眼睛看我，一边问，怎么了？我说："我要出去，开下门！""哦！"他说着立即从惺忪的睡眠里清醒过来，走向吧台，窸窸窣窣找钥匙，同时，抬起头，很奇怪地打量着我。我赶紧解释："我是到医院给家人挂号的，去迟了恐怕排不上队。"他明白似的"哦"了一声，态度立即变得和蔼起来,他说:“那就得早点去,应该的。”并快速地帮我打开了门,并跟出来说,“走出这条路,就有出租车了,你打个的去。”我谢过大爷,快速地向着胡同深处走去,那里是一眼望不到边的黑暗。我的心又开始陷入恐惧的深渊。我快速地走着,竖起耳朵听着周围的动静。这是北京前门街的一个胡同,偶尔有光线从一家四合院里透出来。我借着那缕光线拼命往前走,心里开始责怪爱人,是他刚到北京时坚持要住四合院,说要领略老北京胡同的风貌,害得我在夜里走这么长的路,才能走到有光线的地方。

我正这样提心吊胆、高一脚低一脚地走着,后面突然来了一辆车,开到我跟前。出租车司机停下来问:“坐车么?”哎呀,真是雪中送炭,我求之不得呀。我感激地点点头,庆幸在这么早、这么黑的胡同里居然有出租车出没。

不到一刻钟,我就到了协和医院挂号大厅,没想到,刚刚四点一刻,那里的人居然已经挤满了整个大厅。这真是出人意料,没在北京看过病的人,怎么会想到这样的场面呢?我赶紧上去排好队,不到几分钟我后面已经有五六个人排上了。快到五点钟的时候,挂号大厅的人已经挤得水泄不通,靠保安来维持秩序了。我眼巴巴地等啊,熬啊,这时间啊,平常它一眨眼的工夫就飞驰而过,可是那天,我觉得从四点多等到七点钟,真是够漫长的,似乎是数着分秒度过的!可是,就那样,我还只挂了个平诊号,专家号已经挂完了。我终于知道,什么叫看病难了。

4.温 暖

我对北京情有独钟,2000 年第一次去过以后,北京就成了我一个永远的梦想,也许这一切不仅仅由于它是中国政治、文化中心,更重要的是它无处不在的浓郁的文化氛围、市民良好的道德修养和社会公德,让我久久难忘。

2004 年夏天,我趁公休假带着女儿又去了北京。

这真是一个迷人的夏天,在一个细雨霏霏的上午,我在北京站下车，又坐公交车到了前门大街。下车以后，各种炫目的色彩、川流不息的车辆、形形色色的人流、喧闹而繁华的街市、高耸入云的建筑，这一切让我一时适应不了，我有点恍惚、有点眩晕。我突然在这个陌生的街市上，感到了自己的卑微、渺小、孤独和无助。我提着重重的行李箱，站在那里细细地打量周围的一切。我发现自己正好站在离天安门广场不远的升旗宾馆门前。我很高兴，带着女儿婷婷进去一问，服务员说，所有的房间已经全部住满了客人。我失望地带着孩子，提着沉重的行李箱，继续找住的地方。

在潮湿而温热的大街上，我们大概又向下走了半个多小时，终于在老舍茶馆的附近，找到了一个干净清洁、价格适中的宾馆。上了二楼，站在环形的楼梯上，我才发现这个宾馆的二楼是中国雷锋研究协会，牌子上烫金的书法字写得遒劲有力。

我回房间梳洗完以后，趴在三楼的楼梯上，仔细地欣赏了对面二楼雷锋研究协会的大门外观，有一种庄严凝重的感觉。那个大门是虚掩着的，从里面传出唱京剧的声音，有吊嗓子的、有练过门的、有配着乐器一股脑唱下去的。声音隐隐地传来，但显得悠扬而清晰。我问接待室的大姐，中国雷锋研究协会，里面怎么会有唱京剧的？大姐告诉我，今天是双休日，一些退了休的京剧爱好者来这里聚会，这是他们双休日固定的聚会娱乐场所，雷锋研究协会在周一至周五正常上班。我听了，先前在大街上产生的空虚感慢慢地消失了，也许是雷锋的名字使我心里渐渐地踏实了很多，后来甚至有了在家的那种安全可靠的感觉。

由于女儿年龄不大，却长得出奇地高，出奇地快，她平常总是喊脊背疼、腿疼。所以此次进京，不仅仅游览观光，还带了一个小小的使命，就是要请专家给她看看有没有什么毛病。

头天下午，天气特别闷热，风扇在不停地运转，送过来的风却是热风，一下午冲了两次澡，仍然不解热。于是我们都换上了最薄的衣服，和女儿商量好明天要起个大早，去北京和平里中日友好医院去挂专家号，让骨科的专家给女儿看病。

凌晨四点钟，我们听见楼道里有客人喊同伙去看升旗仪式的，我们也赶紧起来去看，看完后，天是灰蒙蒙的没有大亮，看不出阴晴来。我拉着女儿，奔波在各个站点查询去和平里要坐的公交车线路。

经过一个多小时的奔波问询，最后请教了警察叔叔，才找到了坐车的站点。当我们终于到达和平里时，已经快八点钟了。走在大街上天开始飘起了零星的小雨，抬头一看天空翻腾着黑云，压得很低，有种黑云压城城欲摧的气势，我们也感到了袭人的凉气扑面而来。麻烦来了，我们穿得太少了。已经顾不了那么多，只能赶紧到医院挂号。

当我走上中日友好医院那宽阔而长长的露天楼梯，站在门诊大楼的门厅里时，淅淅沥沥的小雨已经逐渐变成了滂沱大雨。排队挂号的人们像长龙一样延伸得很远。我无奈地站在队伍的最后面，看着比蜗牛爬行还慢的队伍，只怪自己来得太晚了，只能慢慢地等。这里的每个地方都聚满了人，形形色色、老老少少、带着病态的或者残疾的人。这里的排队绝对是先来后到，按自然的顺序，不管是富贵还是贫穷，在这里都一视同仁，很少看到有人挤队、走后门。到十点多钟，我终于捱到了挂号的窗口，可是轮到我时，里面的工作人员告诉我，今天的号已经挂完了，明天再来。我一听就急了，想起从凌晨五点到现在，和孩子滴水未进，奔波辗转来此，却连个号都没挂上。我央求工作人员说，我们是从甘肃来的，来一次不容易，能不能考虑我们的特殊情况，就多挂一个号。工作人员一听，就欣然同意，给我多挂了一个号。从拥挤的挂号队伍里出来，我知道要见到专家，还得两三个小时，就先领着女儿出来吃饭。

走在大街上，雨线就像斜织的网，遮挡着人的视线。地上积了很多雨水，风驰电掣般的车辆过去，水花被溅得很远。路边的梧桐和银杏树被雨水冲刷得新鲜又嫩绿，从树枝和树叶上不断地淌着水珠。我和婷婷穿的纱质衬衫已经湿透，紧紧地贴在身上，身上也开始向下流水，冷得牙齿上下打颤。我们奔跑着找到了一家东北菜馆。为了给女儿驱寒，我要了女儿爱吃的几个热菜热汤，让她好好吃，自己却愁得吃不下饭。透过落地玻璃窗，我看见雨越来越大，就像从天上向下泼

水，稠密而硕大的雨珠，砸在车上，砸在路人的雨伞上，砸在水中溅起大大的水泡。这么冷的天，我该怎样和女儿回宾馆？

吃完饭，我们顶着暴雨，又来到门诊大楼等候，到下午两点钟的时候，专家终于接待了我们。在我的想象中，专家从早晨八点多给那么多病人看病，一直坚持到现在，一定是又困又饿，早就不耐烦了。可是，这个慈眉善目的老太太很精神，她把我女儿像欣赏艺术品一样，前后左右地欣赏了一番，然后带着赞赏的口吻对她旁边的助手说："哎呀，你看这女孩，多好的条子！"然后转过脸来问我："你女儿是舞蹈学院的学生吗？"我有点吃惊，这哪里是在看病，从她看见我婷婷的那一刻起，她就一直像一个古董鉴定专家一样，目不转睛地在上下打量着她，一点都不像是面对一个病人。而当时的我，已被这艰难的挂号、漫长的等待、望眼欲穿地想见到专家的心，搞得焦急、紧张而疲惫不堪。我急切地说，大夫，我们是来看病的，她不是舞蹈学院的，她今年才 12 岁，上初中。老专家大吃一惊，继而欣喜地说："才 12 岁啊，我还以为她高中都毕业了。长得真高！长得真可人！她有什么毛病吗？"终于切入了正题！我赶紧说，她老说脊背疼、腿疼，可是查不出什么毛病，就是体质差、爱感冒。专家仔细地把了脉，又问了些日常的饮食起居，和蔼地说，孩子没什么病，长得太快了，有点缺钙。腿疼、脊背疼是生长性疼痛，是生长太快的孩子正常的生理性疼痛。平常只要少吃饼干、小吃等方便食品，多加强营养，多补充钙质等微量元素就可以了。对我说完这些话，又怜爱地对婷婷说："孩子，你真是个好苗子！"我一听孩子没什么病很高兴，也因为她真心实意地喜欢婷婷而高兴。我们起身走时，她捏了捏婷婷的脸蛋说："小朋友再见，希望你健康成长！"婷婷早就笑得合不拢嘴，乖巧地招手说："奶奶再见！"

走出医院，仔细回味才发现，整个看病过程，是在一种轻松、愉快、温馨、惬意的氛围中进行的，病人时刻在被鼓励、认可、赞赏和爱护着，享受着滋润心田的温暖情谊。

5.难忘那撑伞的人

在人的一生中，有多少人是你想忘也忘不掉的呢？亲人、爱人、朋友，自不必说，可是有些人，你只邂逅过一次，他却永远地留在了你的记忆中。

那天，走出中日友好医院，已经下午三点多钟，路面上的水已经淹没了脚踝。天冷得我们就像没穿衣服，透骨的寒意让我们不住地打颤。孩子还好，下面还有个背心，最可怜是我，穿得太单薄了，成了一个彻彻底底的落汤鸡。婷婷不停地说，妈妈你冷成这样，该怎么办？我冻得几乎已经不能连贯说话了，但还是安慰女儿："我不要紧，主要是你，不要冻感冒才好。"婷婷哆嗦着说："我不要紧，你穿得太少了。这纱衣的孔隙太大，就跟没穿一样，你的嘴和脸都冻紫了。"我护着女儿，不让过多的雨淋到她的身上，同时，瞅着每一辆经过的出租车，可是所有的出租车里都有人，根本不理会我们，我们只好坐上来时坐过的87路公交车。坐这路车到前门大街，中途是要倒车的。

不幸的是，中途倒车时，我下错了站，迷路了。倾盆大雨不停地下着，我拉着婷婷的手，站在那个露天的站台上，望着茫茫雨雾，真想哭，不知道该坐哪路车，不知道该往哪个方向去，最好最便捷的方法仍然是打的，可是，在这种天气之下的崇文门大街上，哪里有的可打，怎么办？

我焦急地向前方看着，手足无措，无计可施。不知什么时候，我感觉我头顶上空的雨停了，看着远处，雨好像并没有停，而且越来越大，噼噼啪啪的雨声越来越响，溅出的水泡在不停地翻腾。我说："婷婷，我们这儿的雨怎么停了？"婷婷羞赧地看着后面说："妈妈，后面的叔叔一直给我们打着伞，他自己站在雨中。"转过身一看，我惊呆了。身后是一个肤色白皙、面容清俊、颀长而漂亮的青年，大概有二十六七岁，黑而大的眼睛里闪着奕奕的光，他和蔼地微笑着看着我。我很惊异，目不转睛地看着他。他把伞打在我和女儿的头上，他的头发梢在向下流水，洁白的衬衣已经湿透,贴在瘦削的肩头。他站在雨中,伞却撑在我们的头上!猛然之间受到了一个陌生人如此坦诚、如此热切的关怀,我有点不适应。我一时不知道该说什么,于是不停地向后退。也许我们习惯于含蓄隐讳地表达自己的感情,也习惯了接受别人淡漠、委婉的感情表达方式,突然受到如此热忱、如此大胆、如此直白、如此诚挚的关爱,我既不能拒绝,又不能坦然笑纳,下意识地后退着说,我下错了站,又不知现在要坐几路车才能到前门大街。他一直跟着我们,尽量地把伞撑在我的头上,像个熟人一样平静地说,坐41路车吧,但你得等一阵。我们一时沉默了。这把伞一直撑在我和孩子的头上。我发现他的头上在向下淌水,全部流进了颈项。我有机会仔细地打量了和我面对面站着、为我撑伞的这个人,皮肤白净、似乎是个搞研究工作的人,清秀的脸上始终洋溢着和蔼的微笑,眼里流露出怜惜的表情,仿佛他是把我当成了一个落难的人。当时的我的确是个落难的人吧?透心的冷雨、刺骨的寒风拥裹着我和孩子,我看到自己由于冷,正不由自主地把双手往胸前护;冷得不能自持,却又想护着孩子,把孩子往胸前拉,突然又觉得这样也无济于事,突然又想到我面前还有一个替我撑着伞的人。我一抬头,发现他正目不转睛地看着我。我的虚荣心开始作怪,想到了我的落魄、我的狼狈、我的可怜相,想到自己嘴唇发紫、脸色发青、不能自已地打着寒战,我开始不好意思、开始难为情、觉得尴尬、觉得羞愧。我想,要有个老鼠洞我钻进去算了。于是,我想逃逸。但两边都是路,路上接连不断的车辆正在雨幕中风驰电掣。他看出了我的难堪,轻声说:“出门在外,意想不到的事随时可能发生,谁都会有落难的时候,这没什么的。”说着他迎风和我站在了一条线上,替我挡住了迎面吹来的寒风。后来,41路公交车过来了,他说:“你上车吧,可以直接坐到前门大街!”把我和女儿送上车,车门关上,车开走的那一瞬间,我透过玻璃向外看,他正瑟缩地在冷雨中向我们招手。

回到宾馆,走进温暖的房间,我才发现,我忘了问他的姓名,甚至连一声“谢谢”也忘了说。

两年了，天一下雨，我总能记起那个好心的人，他在那个凄风冷雨天里给我的温暖和关怀，总是久久地回荡在我的心间。在平常的日子里，我也会不自觉地去关心那些长辈、小孩以及那些极平凡的小人物，希望能尽量地给予他们关爱，给予他们温暖和幸福……

车厢闻见

车厢内拥挤、闷热、潮湿。不到午夜，人们还没有休息，嘈杂喧闹声不绝于耳，走道里和车厢连接处，甚至每一个座位之间的空隙里都塞满了人。当时没买到卧铺票，我还为此生气，觉得倒霉透顶，不知如何忍受这七八个小时坐硬座车厢的光景。可是现在发现，我此刻是这个车厢最幸运最舒服的人之一，因为我不但有座位，而且还靠窗。那些不久前刚刚挤上火车汗流浃背的农民工，身上背着沉重的行李，放也没地方放。他们背在身上的行李不断地碰到两边座位上的人们，他们带着歉疚谦卑的神色，默默忍受着人们鄙夷不满的眼神。他们十几个人互相帮扶，努力地爬高，把已经挤满了别人东西的行李架仔细地排放整齐，以腾出地方再放上他们的行李。有些人因为自己的东西被他们挪动过，眼神里几乎有了愤怒。农民工谦恭的态度更让一些人有点看不起他们，好像他们的存在是他们的过错一样。经过半小时的倒腾，他们把行李架上所有的行李都放得整齐紧凑，他们的行李也都规整到了一个方便安全的地方。他们黑红的脸上流着汗水，但他们还是笑哈哈地松了口气，站在走道里开始打量周围的人。

车厢里坐的最多的是去上大学的学生，其次是农民工，再就是送孩子的家长。看上去形形色色什么样的人都有。我看出人类为了生存进行的挣扎和抗争，也看到了人们活着的不易和为此而进行的奔波和奋斗。

在颠簸和摇晃的列车上，我渐渐进入梦乡。等我被列车员报站的声音惊醒时，睁开眼，车上的人大部分都在座位上东倒西歪地睡着了，只有少数站在过道和座位缝隙中的人，还神情疲惫地靠在某一个支撑点上站在那里。列车在武威车站停下,上来了三十多个军人,从装束看就知道是新兵,他们被一个军官指挥着,按顺序进入车厢的走道里,车厢里越发拥挤不堪。那些新兵看上去都十八九岁,稚嫩的脸上还带着孩子的天真和调皮,可是他们全副武装,穿着军装,背着沉重的行李,那些笨拙硕大的行李包和他们单薄的身形似乎不甚协调, 比起刚才农民工的行李来,还要多几倍。他们前胸后背都挂着一样的背包,那些背包大得几乎占据了他们整个的身体,双手也提满了东西。穿的、盖的、洗漱用品……吃喝拉撒所有的家当都带在了身上。每一个人身上都有着超负荷的重量,在闷热拥挤的车厢里,他们全都汗流满面。他们的进入,还有那个军官超强、超高、超严厉的指挥和斥责声,唤醒了车厢里每一个沉睡的人们。人们被眼前的景象惊呆了,目不转睛地凝视着身边的每一位年轻战士,被一种庄严、肃穆的情绪所控制。也许前一分钟,人们的内心都被阴暗、灰色的情绪所笼罩,而此刻,人们的内心洒满了阳光,不再觉得这车厢,堵塞、拥挤得不堪忍受,也不觉得自己是这世界上最苦最累最不幸的人,这些稚气未脱的小战士吃苦耐劳的精神让他们肃然起敬。有一种看不见的东西慢慢地潜入了人们的意识, 给他们忍受苦难的毅力和勇气。大学生们忽然都睁大了眼睛,满含敬意地看着这些年轻的战士,觉得自己真是娇生惯养,比起这些战士不知幸运和幸福了多少。很多学生伸手替身边的战士支撑住行李的重量。刚刚松了一口气,那个军官接到了一个电话,说前面有节车厢,没有这边这么拥挤。于是,一声令下:“向后转!”所有的战士提着行李,又向前面那节车厢转移。在一片骚动之后,是一片沉寂。很久之后,车厢恢复了原样,人们又开始东倒西歪地进入梦乡。

火车车厢是社会的缩影,是凝聚的胶片,我在这里看到了爱,看到了博大,看到了抗争、奋斗,看到了艰辛和纯朴,看到了很多细微的东西……

沙湖

“十一”期间，与朋友一起游览了宁夏沙湖的风光，别有一番情趣。

在此之前，我走过很多地方，也曾为宜人的美景流连忘返。每当在月亮格外清朗的晚上、风沙特别大的黄昏，或走过一条山路的拐角、一片开满野花的平原，或者在刚亮起灯来的城市、在火车慢慢驶出的月台上……我确实有过那种心无尘埃、洁净而饱满的感觉。然而，当我坐在快艇中欣赏沙湖美景时，我再次被感动了。沙湖中粗犷与柔美的统一，让你不得不惊诧造化的神秘、人与自然的伟大了。

在去沙湖之前，我只是听朋友说起过沙湖的景象，自己在脑海中又做了很多种设想。但是，看到它之前，我从没想到，一个湖泊，竟然能有那样奇特的面貌。

当我们驾车赶到的时候，已是中午将过，我们欣赏到的是一个午后的沙湖。那时，阳光正好，照在一眼望不到边的湖面上。湖面荡漾出金色耀眼的波光，有一股潮气扑面而来，凉沁沁的，袭人肺腑。那里的工作人员告诉我们，这不是真正的沙湖，所谓沙湖，是有沙有湖，是沙与水的完美结合，要看真正的沙湖，需渡船到对岸。

我们在快艇上向对岸飞驰，湖水的清凉和太阳的温暖包裹着我们，远处的山峦，近处的水草，一晃眼就向后退去，让人来不及欣赏，有朋友急切地举起了相机，想留住瞬间的美丽，可是，我怕他们错过了更美的景致，情不自禁地大喊：“快看哪，多美！”随着这一声呼唤，我的心也在刹那之间，变得饱满、快乐和激情荡漾。

当我们站在高高的沙坡上俯瞰沙湖全景时，大家禁不住惊叹不已！在我们的印象中，有沙的地方就缺少水，可是，沙湖的沙和水却是如此完美地并存，像一对常相厮守的恋人。站在湖边向远处眺望，湖面上有一层水汽，好像山峦都在很远的地方。湖水碧绿清澈，水草的最细微的动态都能很清楚地看到，不知道湖有多深、水有多少、有多少转折，只知道湖的面积是西湖的1.5倍。我低头细看那青荇，更不知道这湖已经历过多少岁月了。

我顺着湖岸走到一排“船屋”(HOUSEBOAT)边，那里停泊了一些快艇和摩托艇。几个小伙子走向我，不断地鼓励我坐他们的游艇去游湖，并描述一些奇特的事情和美妙的感觉来吊我的胃口，我欣然答应坐艇去游一遭。就在我穿救生衣，准备下艇的当儿，湖上起了很大的风，那个为我准备好游艇的小伙子这时却怎么也不肯带我去游湖，说挣钱是小事，游客安全第一，任我怎么央求他都不肯。这时，朋友们也在叫我回去，我只好很不情愿地告别了那个好心的小伙子。

坐在返回的车上，我闭上眼睛，那湖面上吹来的柔风、那水中细碎的竹影、那一丛一丛的芦苇荡还有那小伙子羞怯的笑容，都带给我欢喜，所有的一切都是无价的。有时，幸福就只是一种非常单纯的感觉，此刻，我就有这种感觉。

在旅途·爱的世界

当春天逐渐来临的时候,我却处在荒凉的提心吊胆之中。女儿身体出了点问题,我的不安在加剧,常常在睡梦中惊醒,然后是无边的失眠的黑夜……心急如焚!在半夜里,睁着一双无助的眼睛,想着女儿:“她怎么样了?”经过了十天的煎熬,终于决定请假去青岛看女儿。

当我从局长办公室里出来的时候,突然发现眼前的天,光芒四射。领导的达观和通情达理,让我内心充满温暖和感恩,有无形的力量,顷刻间充盈心田。我立即买了当天的火车票,踏上了前往青岛的列车。

1.车厢里的陌生人

在料峭的春寒中,辞别了家乡,在暮色里,一个人拉着行李箱,黯然搭上东去的列车。

经过了拥挤和奔波,在站台寒凉稀薄的空气里,我势单力薄,拼命奔跑,悬浮的心,在走进车厢的这一刻,有了一种踏实感。找到自己的座位,放好行李,开始打量车厢的一切。我的上中铺似乎还没有旅客,只有对面下铺,一个男子仰躺在那里,四仰八叉,打着小呼噜,睡得很沉,我的到来,并没吵醒他。他脸色黑红、粗糙,身材健壮高猛,一看就是个西北汉子。长相并不英俊,却显出西北男人的粗犷和憨厚。似乎有第六感觉,这男人动了一下,突然睁开眼睛,看到我在打量他,不好意思地坐起来和我打招呼。说:“噢,你刚来?我怎么睡着了!”从略带羞涩的笑容里,倒显得举止斯文,不像是不拘小节的西北汉子。

突然觉得有趣,看上去五大三粗,松松垮垮的一个人,居然有着如此细腻的心理反应。看他端端正正、拘谨矜持的模样，我赶紧装作若无其事的样子说："你继续睡你的吧，我也休息一会儿。"他仍然正襟危坐，我只好先上铺位面对墙躺下。

下午，列车外的天空渐渐暗淡，暮色中苍茫的山影，不断地向后退去。人们开始在列车上吃东西。对面这位仁兄掏出一包酱牛肉、一包酱驴肉、一小瓶青稞酒，自顾自地吃起来。我想这下完了，吃饱喝足之后，就是一晚上的呼噜，我今晚可有好受的！果然，一个小时之后，他的酒劲似乎上来了，开始给家里人打电话，先是父母，后是媳妇和儿子，似乎有说不尽的思念，尤其是对儿子，言辞之中流露出的爱，几乎可以溢出来。

后来，他接到了一个女人的电话，我从他不很流畅的说话和不大自然的表情，判断这是他外面的相好，言辞之中有温柔和关怀，怕我听出什么，他急于挂电话，对方不依不饶，粘着他就要说，搞得他十分尴尬。通完电话，他不好意思地和我搭讪，问我去哪里？我说去青岛看女儿。我们聊了起来，他说自己从小在青海长大，25岁之后调回山东老家，这次是去青海看完朋友，准备回家。并指着桌上的酒肉说，朋友分别很多年，这次相见，感慨万千，这都是朋友老婆，走时硬给带的。沉默良久，他感叹说："西北人，诚实，豪爽，和他们的感情，胜过了亲人……"他似乎有些伤感，不再说话。我看了低头沉默的他，明白他为什么有着西北男人的外貌。后来他又断断续续地告诉我，他是山东临沂人，从青海调回老家，在粮食系统工作。前几年，单位效益不好，工资太低，他就辞了，自己干，开了个家具店，生意很不错，现在，日子过得也很不错。他说："这些年，走南闯北，见识过很多地方的人，也和各地人打过各种交道。和西北人性情最相近的，他认为还是山东人：老实、诚恳、直爽、实在。"

那一晚，我的担心是多余的，他没怎么打呼噜。第二天下车前，他似乎犹豫再三，还问我可不可以留个电话给他。

2.一个人面对

列车在暗淡的夜色中奔跑，透过窗户，只能看见远远近近，闪烁在黑暗中的红点。树木和原野、山峦和建筑，都是模糊一片。随着列车进入济南，很多旅客，提着行李蜂拥下车。车厢里留下了孤零零的两个人，我和一个男人。那男人五十多岁，阴沉着脸，不停地翻看报纸。整个车厢，一下子沉寂起来，只有列车行驶，发出“哐啷，哐啷”沉闷的声响。不知什么时候，我的手机没电，自动关机了。看着空荡荡的车厢、黑黢黢的夜色，一下子，被一种强烈的孤寂和失落感包围。旅行在外，一个人坐在这空空的车厢，在这陌生的地方，我产生了莫名的无助和伤感。一个人久久地站在窗前，望着深不见底的夜色，听耳边沉闷的火车声，突然有了想流泪的冲动。这时，列车的广播里，传来播音员清脆柔和的声音：“亲爱的旅客，我们在人生旅途中，总会有一个人的时候。在某一些时刻、某一个阶段，我们总会碰到需要你一个人面对、或一个人解决问题的时候。我们一定要坚强！我们要相信，我们能够面对！此刻，车厢里的您，也许正一个人，面对着前方的路，我们相信，您是坚强的！为了陪伴您度过这样的时刻，我们特为您点播一首歌曲《一个人面对……》：

也许是因为我们曾经年少的情怀，
所以我们只能为了爱不停地等待。
生命像一阵风，就这样匆匆地经过，
起起落落的人生，留下什么给你我？
不知不觉，经历太多的分别，
又该怎么习惯，一个人面对无悔的岁月……

温暖包裹着车厢，浪漫歌曲一直回响，列车在奔驰。不知什么时候，车厢里上来一个二十多岁的年轻人。他站在车厢尽头的窗前，向外看着。列车员开始打扫卫生。快到青岛了，我得想办法和女儿联系，否则，我们很可能错过。走在那位阴沉着脸的男人面前，我欲言又止。很想借他的手机，但他拒人千里之外的冷漠让我迟疑。他对周围一切都视若罔闻。我问列车员："这里有没有充电的地方？"她说没有。我又把目光投在了前面年轻人身上。凭感觉，他是一个可以信赖的人。说了我的诉求，小伙子很爽快地帮我用手机给女儿发了短信。我感激，回来坐回座位，心里安稳了很多。温暖的旋律一直回响，都是关于一个人面对……

长龙一样的列车，在汹涌的夜色中疾驰，把无尽的黑暗抛在身后，又钻进更深的黑暗。远处，渐渐地闪现出城市的灯光，摇曳着一个陌生遥远的梦境。我正望着那梦境的海洋出神，车厢尽头的年轻人向我走来，说："您发的短信有了回复，您给回个电话吧！"我接过手机，女儿回短信说："妈妈，我在火车站接您，您几点就到青岛了？"我想回个短信，小伙子说："您还是给她回个电话吧，没事，就用我的手机！"我感激地给女儿回了电话，女儿说在东出站口的电梯口等我。

这时，火车已经进入青岛。辉煌的灯火越发耀眼，白昼般照亮纵横的桥梁、高低耸立的建筑。外面车辆汹涌，人潮涌动。车厢里依然只是我们三个人，耳边开始播放《一路有你陪伴》，心里的温暖和感激越来越强烈，我想对播音员、对列车员、对那个年轻人、对不停翻看报纸的冷漠男人，默默地说：谢谢你们，一路有你陪伴！我也想对这长龙一样爬行的列车，以及它所发出的、这喘息一般的疲惫声响、那哐啷声，那深陷的黑如梦境中的黑暗原野般的夜色，以及那周围不可见的尘埃和飞沫，说声谢谢！一路有你陪伴……

3.建筑在说话

天蓝得让人心醉，在青岛寒凉潮湿的海风吹拂下，我时常忘了自己是谁。有时沉醉，有时兴奋，更多的时候，像一个漂泊无依的风筝，疲惫而悬浮的心，始终没有一个附着点。我和女儿奔波在学校、公交和拥挤的人流当中。春天的风，带着阴冷和锐利穿透我的衣服，进入我的肺腑和骨髓。我时常被城市的喧嚣、不断变换的色彩、快速更迭的画面搞得眩晕。惊慌地躲避着疾驰而过的车辆,或者长久地等在那里、为飞驰而过的车辆让路,女儿埋怨我的无能和迟钝。而我,总觉得灵魂悬浮在空中,心始终紧紧缩作一团,没有松快的时候。无奈地看着来来往往的行人,那些美而冷艳的青岛本地女子,旁若无人地从我身边经过。我也会耽误时日，长久地去欣赏走过的那些体面的或龌龊的，愉悦的或愁苦的,明亮的或黯淡的面孔。我惊诧于这世界的精彩和无奈,而多数时间,我沉浸在对新奇环境的温暖和幸福之中。时常和女儿在傍晚,漫步在大海边,被大海出其不意的场景和画面惊呆。我想,除了大海,青岛给人印象最深刻的,要算建筑了。它和大海有着同样摄人心魄的美和力量。

青岛的建筑,给人第一印像是坚固结实。很多的建筑都是大理石堆砌的。那种沉默的坚硬,似乎铜墙铁壁,坚不可摧。女儿说,这些建筑都是德国人修建的,而德国素来以严谨著称于世。第二个特点是,很多久远的建筑都有拱圆形的门,尖顶的塔式顶端高耸入云,进入蓝天白云之中。在建筑的中心顶端,总会有一个巨大的时刻表。看着那一个又一个大小不等的圆拱门,总会勾起人们对建筑内部结构的极端好奇心,同时对里面的世界,充满了无限的神秘感。

历史悠久的古典式建筑,给青岛增添了更多的诗意和浪漫、神秘和沧桑。这些建筑是青岛被列强们巧取豪夺血泪史的历史见证。似乎德国的炮火硝烟依然还在,日本的血腥屠杀犹在眼前。

走在青岛的大街上,你总会忍不住地与建筑对视,那些别样的、独一无二的建筑,勾起人无限的遐思。教堂、旧时的银行,还有富商巨贾们曾经的豪宅……每一幢建筑,都让我无限神往,想了解它的过去,也想探究它的现在和未来;它曾经历了怎样的辉煌与落寞历史变迁。在青岛的日子,闲暇时长久地盯着那些建筑,傻傻地看,直看得眼睛发酸,还是看不够。脑海里回响着果戈理的那句名言:“当歌曲和传说缄默的时候,建筑还在说话。”我想,当我长久地与那些建筑对视的时候,它们在对我说话,说着人类历史的巨变,世事的沧桑,说着美,说着战争、掠夺和杀戮,还有无法抹去的罪恶……

女儿时常笑我痴，说我对那些建筑，有着对人一样痴迷的感情。我想，我是被它的美震撼了，那些建筑师在设计完成这些作品时，注入了他们自己的思想，又赋予了它们非凡的美、超凡脱俗的想象力。

每一次和女儿走在青岛的大街上，我总是忍不住赞叹。女儿说："青岛很多新的建筑，都秉承了德国人的优良传统。把事儿做到最好，一直是德国人的美德，而从善如流、积极地吸纳别人的优点，是我们中国人的美德。所以，青岛后来新建的建筑物，很多技术和设计方面，都超过了以前德国人的建造水平。"

青岛人在设计和修建方面，充分地利用了青岛的地理位置和地形特征。我想，这样别具一格的建筑只有在青岛才能看见，譬如，我在山东科技大学的教职工宿舍楼附近，看到新修建的几栋楼拔地而起，远远望去，他们全是倾斜于地面的，似乎比意大利的比萨斜塔还要倾斜；在青岛市立医院，你从地面进门诊大楼的一楼通道，一直向住院部走，穿过十几米通道到住院部时，已经是住院部的四楼。这种高度和空间上的猛然变化，总令人有开阔想象力之感。

写于 2012 年 6 月 26 日

第叁辑

生活，内心的风暴

当秋天的阳光暖暖地透过窗户射进来，如轻柔的手掌，抚摸在身体的边缘时，我正怀抱书本，沉浸在醇香而绵长的久远世界里。这个秋天，我走进了雨果的悲惨世界、乔治·桑的法国市井世界、意大利女作家黛莱达的撒丁岛、俄国作家列夫·托尔斯泰的地主灵魂复活的世界……

心灵的节日

在这个五光十色的时代，我总是试图逃开那喧嚣的世事，寻找一片属于自己的宁静天空，寻找心灵停靠的港湾。在沧桑的岁月和世事的磨砺中，领略这个时代无与伦比的大美与大爱的同时，也总是能窥见现世的荒凉，看到了其中太多的虚饰、伪善和功利的东西，长久地处在疲于应对的人际交往中，我感到了来自内心深处的疲惫和无奈。在长久的无奈和压抑中，有一种窒息的崩溃感，常常困扰得我坐卧不宁，于是，不知从哪一天起，喜欢上自己独处的时光。常常在独处时，让梦想遁入那隐秘的内心世界。

一般是在双休日的早晨或者黄昏，在安静的家里，我沉醉于阅读或者遐想之中，思维总是很密集、很活跃，在这样的时候，我知道我必须放下缠身的琐事，去做些什么。去阅读、听音乐或者是写字，我把这样的时刻称作是心灵的节日！

阅读于我，如同享受美味佳肴。那种感觉，非沉醉于此的人是不能感受其中的愉悦的。我的阅读范围相对宽泛，并不局限于那些文学艺术类的引人入胜的作品——当然，这是我阅读的主要内容；也会阅读一些评论或科普类的作品，譬如蕾切尔·卡逊的《寂静的春天》、歌德的《文学艺术论》等非常经典的作品都是我反复阅读过的。可以想象一下，在一个暮霭沉沉的清晨或夕阳隐去的黄昏，你手捧着诸如张爱玲的《传奇》、林语堂的《京华烟云》、张恨水的《啼笑因缘》……或者诸如莫泊桑的《漂亮朋友》、雷蒙德·卡佛的《大教堂》、屠格涅夫的《阿霞》、《初恋》之类的书，那时，你被一种幸福的或欣喜的、怀旧的或感伤的情绪所笼罩，你的心随着书中的故事或情节浮浮沉沉，你的情绪随着人物的命运或喜或悲，你跟随着那些古今中外伟人们娓娓的叙述进入一个又一个神奇而陌生的世界，体会或仰视着此生你个人可能永远无法企及的思想境界，你是何等的幸福和快乐！你沉思，或者思维随着书中的文字行走，那时的你，宁静、淡泊、舒适、安逸！所有的烦恼和忧愁烟消云散。平日里悬在心头的名和利、得与失，顷刻间突然就轻飘得像过眼云烟，变得无足轻重。当看完一本好书时，你急于让人分享你的快乐，欢欣雀跃地给你的一位女友打电话，告诉她这是一本如何如何好的书，不去读简直是人生一大憾事。你喜形于色地告诉她你如何徜徉在文字中忘记了时间、忘记了给孩子打电话、忘记了给老公做饭、忘记了一次重要的约会等等。被老公不止一次地骂作神经病，你依然乐此不疲，毫不在意！

到底都有些什么东西能让人达到这种忘我的境界呢？在我看来，除了文学和音乐，我真的不知道还有什么。

是的，音乐于我，也是一个神奇的东西，它的魔力来自于人们灵魂深处的情感共鸣。我常常会在夜幕降临的时候，把自己关在家里，在黑暗中聆听理查德·克莱德曼或者别的钢琴家演奏那些世界名曲。最喜欢的，当然是贝多芬、舒曼和柴可夫斯基的作品，尤其是贝多芬的《命运交响曲》、《英雄交响曲》和《月光奏鸣曲》等。在高山流水的音乐中，你似乎体会到了贝多芬撕裂般的心灵苦难，有时，你又觉得那清澈的溪流、月光之下的朦胧美景有穿透灵魂的魅力，让你震撼、让你唏嘘！

我也耽于思考。这时候，我常常徘徊在自家的阳台上，耳边是来自外界的各种喧嚣，但它打扰不了我的宁静和思考。我眺望着远方的一切，那里是一幅人间的美景——喧闹的农贸市场、林立的楼群和大沙河模糊的远景。我总是长久地凝视这一切，有时觉得那么遥远，有时又觉得它离我如此的近切，我几乎触手可摸。我为自己庆幸，时常怀着感恩的心情，感谢上苍让我降生并生活在这样的地方，常常觉得亲切、感动，似乎体会到母亲给予的温暖一样。

阳台是我俯瞰和眺望世界的窗口，傍晚时分，夜幕给世界笼罩上淡淡的轻纱，我喜欢在这样的时刻俯瞰和倾听外面的世界。比如此刻，暮色笼罩着这个夜晚,有种让人迷醉的美感。我徘徊在阳台上,选择一个最好的视角,欣赏这个迷醉中的小城。在黑暗中,我所关注的世界会变得相对清晰。远处,在灯光的映照下,暗夜并不漆黑,它是朦胧的、神秘的、影影绰绰的,夜的轮廓在我的视线中逐渐明晰。

低下头,就是这个小城最大的农贸市场,无论是白天还是夜晚,我无数次地站在这里凝视过这个农贸市场的喧闹,看菜农肉贩们天不亮就奔波劳作,听他们大声地讨价还价,肆无忌惮地吆喝、嬉戏、打架、调情、追逐、哭笑……我时常想,他们是我们这个城市里劳动人民的代表,承载了城乡人民柴米油盐、生活起居的希望,人们依靠着他们的劳作,四季轮回地生活下去,他们是我们的上帝!而此刻,喧闹消失,夜幕下的市场,空无一人,在灯火的映照下残雪的冰滩反射出五颜六色的光泽。这五颜六色的灯光来自对面的楼群,它们如同这个城市的眼睛,在黑暗的夜幕下闪烁明灭。不远处,霓虹闪烁之下的迪厅,酒吧、茶座里,隐隐约约传来音乐和歌声,空气中流溢着激荡的情怀。

眺望远处的广场,在明亮的灯光下,人们锻炼、行走、三三两两地站在那里聊天,甚至有小商贩和小吃摊主,在兜售着自己的商品。已经是初春了,这个夜晚依旧有着料峭的寒冷,但广场的人们仍然很多,他们模糊的身影,若隐若现,虽然听不到喧闹声,仍然给这个初春的夜晚增添了生气和活力。

我总是试图用文字来描摹这个夜幕下的小城的魅力,探究那些冷峻的表象之下的奥秘和真谛,但却未遂。因为那灵动而变幻莫测的夜晚的神秘,以及那一扇扇或明或暗的窗户里的世界,是你无法预知、也无法揭开的,你看到的只是它的表象、它的一部分。世界的奇特就在这里,生活的丰富也在这里;美在这里,神秘和奥妙也在这里。我禁不住要感谢上苍,让我生在这个世界,让我拥有如此敏感、多思的情怀,感谢上苍给了我一切,包括那些苦难和挫折!

内心的风暴

1.流 逝

房间里闷热，关上所有的窗户，想拒绝外面的热浪不断地袭来，但一切都无济于事。徘徊沉思的同时，从外面持续传来的嘈杂不断地传入耳膜。觉得有很多的事要做，却不知从哪一件开始。时间在流逝，我感觉到这是不可逆转的一点。把手指洗得干干净净倒一杯茶坐下来，我知道，要想做好某件事，我先要静下来。茶杯里的茶叶轻盈地游动，打旋，升起又落下，慢慢地舒展。我静静地看着，时间在我的凝视里快速地溜走。我知道，我可能又要蹉跎一个下午的光阴。现在对很多事儿没有了兴趣，很淡漠，似乎在一种淡泊的心境下预示了一种衰老和漠然，鲁迅说哀莫大于心死。目前所表现出来的百无聊赖的状况，是不是一种悲观甚至绝望后的心死呢？年轻时候的很多事，现在想起来虽然让人脸红，但却充满了活力、充满了激情。

记得一个情人节的早晨，我在外地学习，和几个朋友一起逛街。那时很傻，对婚姻的期望值很高，对感情很执著、很专一，对老公的爱深刻到了偏执的地步。觉得我这样爱你，你也要这样爱我，绝不能有半点的含糊。受不得一点委屈，觉得全世界的人都可以对不起我，唯独你不能。对他有一种蛮横不讲理的霸占欲，在任何事情上对他的要求都超过了常人。可是，事与愿违，现实却总是令人失望。当时，通讯工具还不发达，和老公无法联系，老公也年轻，不会表达爱，所以心里对他颇有怨言。那天和几个女友走在街上，几个人共同的感觉就是，老公都不可理喻，居然在这样的节日里，对我们没有任何的表示。当时年轻，在自已强烈的爱情中,有一种深受伤害的感觉。天气有点冷,我们走在街上,感觉无所事事,空虚和寂寞让我们有一点神经质的表现。可恰恰街上到处都是情侣,女的挽着男士的胳膊,手里拿着玫瑰,好不幸福。王晓君说:“哎,看我们多么可怜,情人节居然连一枝玫瑰都收不到。”这句话说出了我们三四个人的心声,一时大家都很黯然。伤感袭上心头。我说,我们今天做些出格的事情吧,我们下午不去上课,我们去看电影。我的这个提议立即得到了大家的支持,走过电影院门口时,碰到卖玫瑰花的,我慷慨解囊,破天荒地给每人买了一枝玫瑰,还气愤而自嘲地说:“没人送我们玫瑰,我们自己送自己!没情人和我们过情人节,我们就自己过!”几个年轻的傻女人乐得哈哈大笑,然后买电影票,看了电影《真实的谎言》,晚上继续逃课,跑到舞厅跳舞。深夜舞会散场,我们居然手提饮料瓶,在月光下的大街上游荡……这都是年轻时候的荒唐经历。可是那时执著,做事一股脑,一不做二不休,雷厉风行,不考虑后果。现在,为什么做任何事情,都思前想后,举棋不定。这到底是一种成熟还是落后?我们活着的意义到底是什么?我们的价值何在?为什么让人迷惑的事情越来越多?多少时间都是在这种举棋不定的犹豫之中浪费和溜走的?我们的青春哪里去了?

最近在看列夫·托尔斯泰的传记《天地有正义》,想了很多。托尔斯泰一生都在追求真理和正义,我们在追求什么呢?时间在流逝,我不停地徘徊在房间中间,或者斜倚在沙发上看书,我不知道,这些天我想明白了什么事,我做了什么事,没有,什么也没有。我的时间却就这样流逝了,我的青春也不复存在,镜里黄花,容颜不复。流逝,何时是一个尽头?原来我的光阴就是这样溜走的,我碌碌无为的现状就是这样造成的。我悚然一惊。

2.越走越远的岁月

落日的余晖慢慢地在山头浮起,我走出校门,顺着大沙河床里的一条羊肠小道往家走。一路上不断碰上回家的同学,问我考得怎么样,我说不咋地，不想多说，掉头就走。走到家属区的大院里，就听到电视连续剧《红楼梦》的主题曲从各家的院子里传出来。往日，这声音像磁石一样地吸引着我的注意，大人们每天不到时间就早早坐在电视机前开始等待这部连续剧开始，那时我好羡慕他们，可是我得背着书包去上晚自习。我走在大沙河高高的河沟上，那时血红的夕阳正从浓密的沙枣树梢上穿射过来，照在大沙河浅浅的水洼之间，很多孩子穿过农田或村庄向学校走去，这时候，从远处隐隐传来的仍然是穿透人灵魂的《红楼梦》插曲。我走在河塘之间，放慢脚步，如痴如醉地听着，沉浸在久远的思绪之中。《红楼梦》那复杂、庞大、神秘的艺术魅力，让我觉得未来和眼前的世界，都充满了神秘和梦幻的色彩。我走在大沙河河岸上，踏着夕阳暗淡的余晖，想起偷看《红楼梦》时的情景。

那时我还在上小学，我的母亲把我们的学习当成生命中第一要务。坚决禁止我们看课外书。主要原因有两个，一个是怕我们看课外书会影响学习，另一个是课外书里的“毒素”会让我们过早地洞悉成人世界的秘密，怕我们学坏。一开始，我们看课外书的兴趣就受到了阻碍，可是那时候，母亲看书的兴致却很浓。

我们住在家属院里，一家一个小院，平房。走进街门，是一个小菜地，地里种了各种蔬菜，我们自己浇水、自己除草、自己施肥，地中间种着一棵枣树，每年都会结枣。进门有一个长长的走道通往客厅。我们的卧室一间套一间地朝里走，像是穿地道，最里间的那个卧室只有一个高高的小窗透着亮光。那时家里条件很不好，孩子又多，唯一的出路就是好好学习。每天吃过晚饭，我们几个孩子围坐在一个小方桌上，中间放着煤油灯，我们写作业，母亲坐在旁边打毛衣。多半时间母亲手拿着一本书看，她偶尔给我们解疑释惑，其余时间，就神情专注地看她手里拿的那本书。对母亲来说，抓好我们的学习是最重要的事情，但是她也有自己的爱好，那就是看书。为了看到最好的书，母亲经人介绍，到县图书馆，交了 5 块钱的押金，办了一个借书证。母亲看了很多书，比如高尔基的《母亲》、《童年》、《在人间》、《我的大学》以及中国的《铁道游击队》、

《红旗谱》、《东方》等名著，我一开始都是从母亲那里听说的。她有时会给我们讲其中的故事，但多半时间，她会很神秘地和那些跟她年龄差不多的成年人说书中的情节。那些人如痴如醉地听着，频频点头，啧啧称赞，钦佩之情溢于言表。可是在这种时候，母亲不让我们听她们的谈话，如果发现我们有偷听的迹象，她会严厉地马上把我们支使开去。也许正是母亲的神秘和防范，越发增添了我对那些书的好奇，我觉得里面一定有我所不知道的、极其深奥神秘的东西，我隐隐约约觉得这些东西是人性之间的事，但到底是什么，我怎么也想不明白。强烈的好奇心，搞得我整天心事重重。那时我已经能够看懂一些文字。母亲每天都有出去的时间，那时家里静悄悄的，姐妹们都各自有各自的事情，只有我不言不语，对什么都不感兴趣，留在家里。我知道我的兴趣所在，但从来不让人知道。

趁母亲和家人都不在，我偷偷地溜进最里间的那个卧室，卧室一进门，就是一个大大的土炕，这是我们家唯一的炕。母亲看的书就摊开放在炕中央，刚刚母亲还趴在那看呢。我不敢乱翻，怕母亲发现我曾偷看过，我每次就从她看的地方开始看起。我知道那书就是《红楼梦》，我曾不止一次偷听到母亲他们谈到这本书里的人物和故事情节。我断断续续地看着《红楼梦》，如痴如醉，又看得似懂非懂。一听到门外有脚步声，我就赶紧把书放回原处，装作若无其事的样子，像做了贼一样心虚，又像经历了一场惊心动魄的历险那样刺激。这件事私密得只有我自己知道，成为我生活中最快乐、也是唯一的爱好。每天盼着母亲出门，那时我像是等待吃大餐一样的快乐，那些朦朦胧胧、似懂非懂的成人世界，让我觉得深不可测又让我沉醉迷恋。那些女性的命运，始终牵动着我幼小的心灵，第一次尝到了来自灵魂深处的疼痛是一种什么滋味。也许是那种看书的机会来之不易，也许是看书时的体验独特刺激，从此我和书结下了不解之缘。

高考前，正是我们学习紧张、复习如火如荼、日子过得压抑难受的时候，电视里开始首映电视剧《红楼梦》。每天电视开始的时候，家属区和街道上寂静无声，到处回荡的是《枉凝眉》等歌曲的旋律。人们都聚在电视前静悄悄等待电视开始，而我们，却必须去上晚自习。当时对我来说，能坐在电视机前看电视，就是世界上最幸福的事，可惜我不能。到现在我还能清晰地记得心里那种深刻的疼痛和遗憾。艰苦的学习适得其反，我对学习一点都提不起兴趣，对高考前的复习有一种本能的反感，对越来越近的高考有了极度的仇视。在这样的一种状态下，已经决定了我必然失败的高考结局，也注定了我悲剧命运的开始。高考前最深刻的记忆，却是王平作的那些穿透灵魂的《红楼梦》插曲。

3.初夏的困惑

外面不远处装修门面的电锯声，总是持续不断地传来，尖锐、刺耳，由大到小，又由小到大。这声音像一股强势的、不可阻挡的洪水淹没了我，它蛮不讲理地冲入我的耳朵，刺激着我的神经，搅扰着我平静的生活，更打乱了我独自沉思的状态。我不得不时常地抬起头来向窗外张望。今天的天气很好，阳光明媚，空气洁净，似乎是一个清新宜人的好天气，夏天的热浪正由淡到浓地逼近我的内心。一抹阳光正从窗户的一角悄悄地向我的写字台移过来，我准备写一篇与初夏有关的小说，思维却无法附着在某一点上，不断地写下一些开头，或者是一些结局，又不断地撕扯、揉碎，举棋不定。我想，有一些情节是虚构的，有一些情节我之所以不让它发生，这不是主人公的错，而是我的问题，我总想保住做人的底线和尊严，结果，故事无法进行下去，只好由此中断。这实在是我的错。不过我想，哪怕是虚构的角色，其言语和行为也是有尊严的，不能打破底线，哪怕是小说流产了，哪怕从此一切都烟消云散了，这也没什么。我不断地想到一些情节，还想到与春天有关的故事。我发现，我在刚刚过去的这个春天，一直处于游移的、内心漂浮不定的状态。到底是为了什么事，其实已经变得无足轻重了，春天如云烟般消失了，只留下那些记忆。白天里恶劣的天气，无法在外面自由地行走，只好多半时间把自已窝在家里。可是，徒立四壁，却满是回忆，那些曾经的人影、曾经的事，在场的感觉，都一幕幕在脑海中回映，失眠、梦魇、失魂落魄，情绪大喜大悲，一觉惊醒，梦去人散，只有空洞的黑暗。我感到很困惑，不知道这是小说人物的命运，还是自己的宿命。

最近，炎热的夏天已经来临。天气变幻莫测，酷暑不断地逼近，一种炙烤的煎熬时常袭来。在蔚蓝的天空下，我的思绪依然飘浮在久远的往事中，那些幸福和痛苦，依然不断淹没我，我独自微笑，独自流泪。虽有困惑，虽有无奈，也还觉得有无尽的幸福。笛卡尔说："我思故我在。"生命在运动，这是一个旅程，它的结束，就是新的旅程的开始。

4.虚　无

心里空空荡荡，无着无落。正好有朋友请吃饭，不想去，又觉得不去对方会见怪，于是硬着头皮去。去了发现只有我和同事的老婆是女性，其余全是男性，心里就有点后悔了。坐在那么些不熟悉的面孔中间，而且多半是异性，很不自在，人也杂，有工商局的，有税务局的，有公安局的，再就是几位老板。这是我最不喜欢参加的一种聚会。我来得最晚，看样子所有人都在等我，进门之前我看见他们正在兴奋地高谈阔论些什么，我的进入打乱了其中的秩序不说，还改变了其中的气氛，这些男人们顿时变得拘谨起来。我只好笑着说，你们继续聊！可是自己却怎么也融不进去，打不起精神，只好装腔作势地微笑，似乎很喜欢听的样子。唉，向来就不喜欢这样的酒宴场面，总觉得无尽的宝贵时间打发在害人不浅的烟酒和无关痛痒的喧哗上，实在是极大的浪费，然而很多时候身不由己就置身在其中。就像今天这样，简直比受刑还难受。菜上到一半，他们就开始喝酒，我想走，却无法退场，知道这样是极不礼貌的，只好忍耐。

正好在菜快上完的时候，同事的老婆带的孙女不愿待了，闹着回家，我趁机说，愿意护送她们回家。在我执意要求下，终于得到允许，幸运逃出了酒场。同事的老婆带着孩子骑车走了，我独自一人，慢悠悠地走在小康路上。夕阳的余晖收走了最后一抹亮光，乡村、原野、果园、树木，还有那袅袅的炊烟，逐渐在我眼里变得模糊起来。我站在公路边看了一阵，不觉愣愣地发呆，远的近的新的旧的熟悉的陌生的，一切都集中在一点。不觉有点伤感，在人生很多时候，我不是精明的，也是不善言辞的，过于实在的性格，在很多时候，有很多自己认为很好、很欣赏的朋友，都在我的不善交际和不善沟通中，慢慢的与我擦肩而过，实际上，我们本可以成为知心的、知情知性的朋友，然而，都因为外界的误会或不公正的评价，使我们擦肩而过。在遗憾的同时，觉得没有处在对等的位置，也没有得到透明而坦诚的友谊，也许都是自己的不对，一时间自责委屈，不觉泪流满面，继而泪水汹涌而下，如决堤之江河，无端伤痛之极，似乎五脏六腑都要碎裂。一路上，走在城市的边缘，街头两边红红绿绿霓虹闪烁，商店铺面琳琅满目，马路上各种车辆疾驰而过，一些秋天的落叶在脚下索索地碎响。我觉出一些虚无的东西，正如刀子，在我的泪光中闪烁。

下午吃饭之前刚准备要给老公打电话说自己下午不回家吃饭，没想到他也发来了短信："亲爱的老婆，我下午不吃饭！有饭局。"一路稠密的思绪回到家里，寂静安逸的氛围包裹在周围。

一个人坐在沙发上，觉得自己快近不惑的人，反而惑得不醒，实在是一种不识时务的表现，可是，有些东西是身不由己的，为什么有一些人就可以活得潇洒自如，不以物喜，不以己悲，而我却永远做不到？不觉泪水又浮上眼睛，看着窗外已渐渐黯淡的夜空，心里一片茫然……后来，在晶莹的泪光中，突然觉得，人生如同剥葱，总有一片会让我们流泪，但是悲喜苦甜，酸甜苦辣，伤痛和幸福，其实都是人生路上的珍珠，若干年后在记忆的暗道里搜寻，必还闪烁着璀璨的光彩，必还散发着馥郁的芬芳，必能温暖迟暮的记忆，这就够了，足以让我们在寒冷的时候取暖……

5.秋　寒

深秋了，阳光依然温暖，依然璀璨夺目。树木和楼房矗立在城市上空，如同一个个静默的智者，在秋天的阳光下显得格外沉稳。来来往往的人们，形形色色，神态各异，漫不经心地穿梭在这城市的每一个角落。我站在城市的一个岔道口，看城市在秋阳的照耀下，像一个浓缩的胶片，有时又觉得如放大的特写，一时搞不清哪一个是真实的，哪一个是臆想的。车辆不断地从身边疾驰而过，不同款式、不同型号的车发出不同的鸣笛声，我从疾驰而过的车窗里似乎看见了这个城市的缩影，看着那些车里暴露的或者隐匿的，虚幻的或者真实的面孔，似乎个个都是一个神秘的世界，我对这些世界一无所知。不管他们的表情是悠闲的或者僵硬的、热情的或者冷漠的，真实的或者是虚幻的，我都有一种遥远的距离感。我愣怔了一息，突然觉得这个城市似乎也离我很远，城市里的人、城市里的气息也离我很遥远，这让我产生莫名的失落感。

秋天的阳光依然温暖，依然璀璨明艳，这让我放松，让我欣喜、让我忘乎所以，让我不知自己是谁，让我情感占据上风，让我头脑发昏，让我产生幻觉……我一边慢慢地走，一边举目瞭望着整个城市，这城市优美、典雅、端庄，树木和花圃越发装点了城市的容颜，为她锦上添花，使人产生虚幻的错觉。也许是天气格外明媚，也许是城市格外美丽，也许是休闲的脚步格外轻盈，也许是节日的心情格外轻松自由，我在僻静处站立。想起一个人，那个站在阳光下的人。梦幻的色彩，五彩的光环，不真实的幻想，没有一样是理性的阻隔，心血来潮，勇气倍增，似乎就只想到了对方的声音……

当这个城市变成一个无法拨通的电话时，我失忆了片刻。世界一片茫然。云遮雾罩全部消失，理性又重回灵魂。城市变得凝重、无语，懊悔和沮丧充塞胸间，头脑变得清醒，自信重新回来，定一定神，平一平气，又找回了自我。隐痛在周身扩散，眼前一片模糊。一切美丽的童话，似乎顷刻间变成了一出闹剧，荒唐而可笑！自己的可笑！失落算什么？反省的光辉已在头顶,只是此刻,阳光已有些暗淡,有乌云遮在天边。

心灵迈过了一个坎,再一次地嘲笑自己,告诫自己,痛悔自己……其实,人生不过如此,爱也好,恨也罢,都不过是一些虚浮的碎叶、艳丽的泡沫和浪花,属于自己的能有什么,等到有朝一日,连自己也得化作尘土,变作泥巴,消失得一干二净了,哪一个又会怜惜?等到一切灰飞烟灭的时候,秋天仍然还在吗?

回来的路上,就觉出了些临近深秋的寒意,我裹紧衣裙,愣怔了一回,终于悟到:独自一人来,独自一人走,在秋天记住一些什么,再忘却一些什么,让一切随风而去,在一切还没有开始的时候……

冬天的影像

1.黄昏的行走

每天下午饭后,总喜欢外出行走。行走是身体和心灵的释放,在行走中释放自己,调整自己。总是在这种行走中思维最活跃、最密集,在行走中想明白很多事,顿悟很多人生的道理,也是在这种不断的行走中,看着家乡一天天地变得不同,乡民们一天天地变得扬眉吐气,心里不由自主会溢满了幸福感。

这个冬天来得特别早,十一月份,凌厉的寒冷就覆盖了世界的每一个角落。持续不断的雪下了几天几夜,在雪后的黄昏,寒冷渗透到人的骨髓、血液,让人的行动变得迟钝僵硬。我仍不间断地行走,我需要这种行走,需要思索,这样的行走是生命的过程。

在下雪的天气里,夜幕降临时,天气并不漆黑,我走出楼门,透过昏黄的灯光,依然看见暗蓝的天幕,孤独的月牙挂在天的一角,若有若无的雪花在空气里静静地飞扬,看不大清楚,却能感觉得到,落在脸上,化作一滴清凉的水。对面低矮的平房在院落里投下暗黑的阴影。在房顶上,偶尔会穿梭着一只黑色的老猫,它的眼睛在朦胧的天幕下如两盏绿色的灯盏,放射着幽暗的光芒。它不停地四处张望,看见我,发出一两声不安的鸣叫,我以为它是在和我打招呼,总是会停下脚步,伸手去接它,它却总转身逃窜。在月光下,白天人声鼎沸的农贸市场,此刻变得一片沉寂,悄无声息的市场周围,一束一束的灯光从挨个门店里透射出来。忙碌了一天的生意人,全家围在一起吃饭、看电视、打牌或计算白天的账目。

我踏上通往大沙河的滨河路，行人逐渐多起来，骑车的，步行的，都行色匆匆，表情严峻或安详地奔向他们要去的方向。路灯犹如整齐的哨卡，向远方延伸。柔和的路灯照耀着路面，反射出幽蓝的光。在路灯的照耀下，穿梭的车辆和人流成了温暖灯光下流动的色彩，给这个寒冷的冬夜增添了亮色。近处的大桥，远处的工厂厂房和学校，在夜幕的覆盖下，轮廓黯淡模糊，颇有几分神秘和梦幻的色彩。灯光星罗棋布，让夜色更加迷人，更生动明亮。大沙河河面已冰封，反射着星星点点的灯光，如同窥视者的眼睛。在明亮的路灯下行走，不断地向那些暗黑的远处张望，天鹅湖那些迂回曲折的游廊和亭子间依稀可见，只不过比白天显得更加迷离，更加渺茫，让人产生更多幻觉，更多联翩的浮想。走着，想要回去，却又被这神秘的美景所吸引。因朦胧而生恐惧，因恐惧而生神秘，因神秘而生刺激，因刺激而生好奇，这实在如一个吸毒者的连锁反应。我流连着，张望着，在这条路上来回往返。我看到随着时间的推移，这条路上的风景一天天变得不一样，变得让人惊讶、惊喜、惊叹！记得在夏天的一个傍晚，我猛然间发现大沙河周围已变成一个大花园，一座经过园艺师精心设计的大花园！小路蜿蜒曲折，在绿色的草坪间穿行，彩色的花圃在青草中深陷，横跨在大沙河河面上新建的两座桥梁，正仪态万方地如同一个新嫁娘般矗立在夕阳的余晖下。人们在桥上悠然走过，扶着栏杆，向远处眺望或者向下俯瞰，神情之中流露出的满是赞赏和叹息。是的，走在通往一中的这座桥上，人们不能不想到前年因车祸而葬身在大沙河国道桥上的那个少年。这座桥上车辆特别多，而孩子们上学却必须经过，因为这是唯一一座经过大沙河通向学校的路。那个高三快要毕业的孩子，在一个月里唯一的一天休息日去了网吧，下午回学校已快六点了，他一个人走在寂静的桥上，怎么也想不到，在一秒钟之后，他的生命将会随风而去，一辆车横冲直撞地开过来，当场结束了他的生命。据后来了解的情况是：一个司机闯了红灯，引起交警追赶，司机居然慌不择路，开着车横冲直撞没命逃窜，结果把那个孩子撞得飞出了几米远，等交警追到司机，才发现他醉得不省人事。那孩子当场死亡。当第二天警察对他说起撞死人一事，他居然认为是警察在和他开玩笑，还笑嘻嘻地说:“你们不要吓唬我,根本没有的事！”

在这个雪后的傍晚,走在这条静谧的路上,再一次想起这件事,心里依然惊悸。以后的孩子可以在这座新修的桥上安心悠然地走过,而不必担心会有车辆从后面冲过来，因为这座桥是专为孩子们上学修建的一座直通学校的桥梁,桥上灯火通明,桥下流水潺潺的河滩被绿化得美不胜收。血的代价换来了如今的改变。当初女儿上高中,我心里几乎没有一天不担忧、不悬着,那个孩子出事后,我更是提心吊胆,祈祷一切平安!孩子上大学了,我又开始担忧那些素不相识的孩子的安危。如今,这一切都解决了,怎不叫人高兴!

雪,依旧静静地下着,万山遍野,一片肃穆。

2.环境污染

已经是三九天了,气温却在逐渐回升,阳光普照大地,温情脉脉,如儿时母亲的气息。天空湛蓝,几缕云朵在纯净的天际飘荡。远处的祁连山，在大地与蓝天之间巍然屹立，那白雪皑皑的雪峰显得异常冷峻高远,又显得异常肃穆宁静,如一位老者、一位智者,让人仰望、凝视,心中漾起肃然的敬意。远方的村庄依稀可见,树木在村庄之间矗立,光秃的枝干在风中摇曳,鸟雀们在枯枝间跳跃鸣叫。阳光覆盖在灰色的大地和村庄之上,显得沧桑静默。鸡们在农舍前的空地上,悠闲地迈着方步啄食,有一两头牛站在农庄门前的秸秆前反刍,倒真像一个思想家沉思默想。这是一幅多么和谐的乡村图景!这里的乡村影像是一幅幅让人沉醉的水彩画。慢慢地走在冬日微带寒意的空气里,明显地感受到了冬日阳光的温暖。在冬天理应最寒冷的日子,我们却感到了春天般的温暖。大沙河边缘的草坪干枯灰黄,残败的草芥之间那些五颜六色的塑料袋,犹如夏日草丛里花圃的点缀,格外吸引人的视线。可是等你仔细看,却又那样的刺目，它们如同醒目的旗帜，在风中抖动，提醒人们环境污染已成为值得我们地球人警醒和关注的热点问题。走在大沙河边缘，那些树枝和草坪之间也到处是各色的塑料袋，在风中瑟瑟颤抖。在美丽环绕的冬日影像下，我想到不久前在丹麦的哥本哈根召开的一个关于环保问题的大会。也许，那个大会离我们的生活，离我们每天的饮食起居很遥远。但是，我们吃的蔬菜、粮食，我们喝的水，呼吸的空气，都与我们的生命息息相关，我们有时命悬一线，这并非危言耸听。几年前我在家里养着一只小猫，每天做饭时它总喜欢绕在我脚下打转，有时切肉时会给它一些吃的。可是有一天，我把洗菜水放在了地上，猫咪舔吃了几口我洗过菜的水，不到半小时，小猫变得躁动不安，尖叫，继而口吐白沫，之后不能行走，昏迷。虽然后来经过抢救，这只小猫捡回了一条命，可是，这件事让我心有余悸。我们每天都吃着这样的蔬菜！有一次，一个种大棚菜的朋友就开玩笑地对我说："哎呀，你们城里人可真厉害，头天打了农药的蔬菜，第二天就摘了卖给你们吃，居然啥事没有。"我听了真是纳罕。真的啥事没有吗？那些暗藏着的潜伏的危机，在何时爆发，谁能说得清楚呢？

污染似乎无处不在。远的不说，就说此刻，我走在大沙河新修的这座美丽的桥上，开阔的视野让人心胸爽朗，新建的大沙河流域改造工程也初见端倪，让人为之振奋。我似乎看到了大沙河流域改造工程的蓝图已经实现，眼前繁花似锦，雕栏玉砌的桥梁，花圃深陷的草坪，游人如织的画面，可是，空气里传来的阵阵刺鼻臭味给我带来无尽的烦恼。臭味来自大沙河里冒着热气的水，那水又来自淀粉厂的排水沟。浑浊的水流持续不断地从淀粉厂的各个车间流入大沙河，大沙河的河底都变成了乳白色的"牛奶"，那"牛奶"在阳光的照射下发酵，继而腐臭之后变成绿色和暗黑的泡沫垃圾，在大沙河水流的冲击下，大摇大摆，浩浩荡荡地流向四面八方。我站在高高的栏杆上向远处眺望，阳光之下的大沙河，苍茫寂静，有一种荒凉之美。然而，在如此美丽的环境里，我们鼻子里呼吸的却是不新鲜的空气，这不能不说是一件极为遗憾的事情。同时，挂在河岸上那些树枝花圃草坪间的塑料袋，更是让我们触目惊心的图画。我们的家乡，我们赖以生活的环境，越来越让人不放心；我们吃进去的每一粒米，每一块肉，每一口菜，甚至每一口水都让我们没有安全感。这让我想起美国作家、科学家蕾切尔·卡逊的那本《寂静的春天》。她在扉页上引用了 E.B.怀特的话：“因为人类太精明于自己的利益了，因此我对人类是悲观的。我们对待自然的办法是打击它，使它屈服。如果我们不是这样的多疑和专横，如果我们能调整好与这颗行星的关系，并深怀感激之心地对待它，我们本可有更好的机会活下去。”

3.行 走

路面的积雪渐渐融化了，冬日的暖阳穿过树梢、穿过远处楼房高高的顶层阳台、穿过那些避雷针或者电视天线，明亮地投射过来。那些残垣断壁之间，那些阴湿的墙角里，耀眼的积雪依然很厚。空气里有了暖意，我走在午后阳光覆盖的路上，感到一种久违的温暖。总是在不断的变换和失去中，我们体会到得来不易的幸福。雪下了好多天，持续的低温、持续的暴雪阴霾天气，让人突然感受到阳光的温暖和可贵。我穿着厚重的大衣，行走在上班的路上。广场外围的小路上，又围起了几圈打麻将或下象棋的老人或闲散人员。另一些老人在广场明亮的阳光下散步，他们步履悠闲，神态自如，祥和宁静。从四面八方也不断地走出来快速上班的人们，他们是精神的，也是从容不迫的。广场里那些曾被我们这些上班族多次铲扫堆积起来的积雪，在阳光的照耀下正在慢慢融化。若不是空气仍然寒冷，若不是人们厚重的棉衣棉帽在提示，若不是那些小山似的雪堆正向下流水，我真疑心自己是走在和煦的春风里。你看树枝间跳动着的小鸟，它们多么欢乐地嬉戏，你看那蓝天白云多么明净亮丽，你看那楼房的剪影多么整齐，你看那车辆和行人多么有序，你看那远方的原野多么美丽，还有那远处依稀的祁连山山景，多么巍峨雄壮，静默沧桑……生活多么美啊！

我在办公室停留了片刻，就去找几个未按期申报税款的纳税人。

我突然对这些一向比较棘手难缠的纳税人有了十二分的耐心。我想，我要努力地做到动之以情，晓之以理。作为一个税务工作者，无偿地从别人口袋里掏钱给国家，虽然是为国聚财，但让别人掏钱总归是让人不高兴的事，再加上一些纳税人做生意辛苦，生活艰辛，难免人生陷入困境，牢骚多，脾气大是难免的，我应该多多理解和关心。服务态度和工作态度的转变，也许源自这些天来的学习和反省。记得那天雪下得很大，天气异常寒冷，一个五十多岁的男人，身上披了一身雪走进办公室，他浅黄色的毡帽上落了很厚的雪，眉毛和胡子上挂着亮晶晶的水珠和透明的冰珠。他进门说的第一句话就是："啊，这里多温暖！"他憨厚的笑容里透着真诚，透着纯朴和善良。看我们在座的每一位都穿着制服棉衣，就由衷地赞叹了一句："你们多么幸福啊！"在此之前，我似乎没有意识到自己很幸福，老觉得自己活得很沉重、很压抑、很疲累，有时甚至觉得自己的内心都是幽暗的，而且常常陷入一种精神的困境里无法自拔。痛苦来自比较，幸福往往也来自比较。我此刻突然强烈地意识到了自己的幸福。

我认识刚刚进门的这位纳税人，他是县文工团唱秦腔的一位工作人员，他爱人赋闲在家，自己又在一个自收自支的事业单位，随着现代时尚潮流的冲击，他们的传统戏剧秦腔就越来越边缘化，听的人寥寥无几，单位效益很差，他们只好下乡去唱戏，也挣不了几个钱。每月的工资很低，他一家的生活成了问题。为了解决生活困难和孩子上学的费用，他老伴开了一家简易茶馆，他冒雪而来就是给爱人的茶馆缴税款来的。他说，今天再不缴就过了征收期，就有罚款和滞纳金了。我赶紧拉个椅子让他坐下，说："这么大的雪，您老辛苦了！"他笑呵呵的，脸上没有一点儿不满和怨怼的表情。他说："缴税是应该的，不辛苦！其实，作为一个纳税人，能为国家出微薄之力，也是一种幸福！"我再次被他的话所震惊，被他对生活的那份乐观积极的态度所感动。

那位唱秦腔的缴完税走了。外面的雪越下越大，雪花变成了絮絮的绒团，纷纷扬扬飘落下来。看着窗外的雪花肆意飞扬，我想到了很多人生中值得思考的问题,尤其是现代人对待生活的态度问题。那人的表情、眼神以及对税收积极接纳的态度和对我们无怨的羡慕和赞赏,始终在我眼前浮现。这时,我对面的一位同事又开始发牢骚了,他说:“听说嘉峪关的税务人员‘十一’每人发了2000元的过节费,还每人有一只羊和购物券,哪像我们……”然后,另一位就接上了,说他儿子在某某局,‘十一’也发了多少多少钱和物品,似乎更多……我一直看着窗外的雪,突然想起“欲壑难填”和“人心不足蛇吞象”这两句话。觉得我们平常的幸福感和感恩之心,也许就是在这种牢骚和无止境的不满中流失的吧?作为生活在这个时代的人们,过着衣食无忧的日子,而人的精神却变得越来越贫瘠,我们是不是应该常常反思一下呢,让明快的欢乐和理性的光辉来照亮我们日益幽暗的内心世界,让我们以积极的人生态度,去温暖这个世界吧!

4.雪

雪团、雪粒、雪尘在天空中飞舞、飘荡,精灵一样在空气里弥漫,轻盈、飘逸。空气并不寒冷,无声的雪花飘落下来的那一刻就变成了水,在一些地方,水洇湿了大片的地方。更多的地方,已经变成了白茫茫的一片,抬眼望去,整个世界已银妆素裹,成了一个洁白的童话世界。走在路上,裹紧羽绒服,戴上帽子,只露出眼睛在外面,就这样仍然无法很好地睁开眼睛看前方的景色。那些细微的雪尘透过眼镜片不断地飘到眼睛里来。我微蹙着眉,努力地、艰难地向远方眺望。此刻的世界太美了,这浪漫的诗意的世界,这雪白的晶莹剔透的世界!我冒雪独自行走在这安谧肃静的世界。此刻这世界融合了我内心一些感触,一些忧郁和孤独的思绪,无法排遣;一些人生的感动,感悟,让我无法摆脱,又无法远离。我在这样漫天飞雪的道路上行走,眼里忍不住满含热泪。如此的多情,又如此的善感;如此的内敛,又如此的羞涩,我无法改变灵魂里的一些东西。我不想让人看到我的隐忧,也不想放纵自己去伤害别人。“忍”字头上一把刀,这把刀时常横亘在我的心上。

在受到伤害或是排挤时，我总是忍，希望我的善良能换来相同的回报。善待别人就是善待自己，我始终相信这句话，并把它作为一个原则来信奉，于是，很多的困境和挫折，都是在这种独自流泪中舔舐自己的伤口，抚慰自己。独自流泪成了我缓解和这个世界紧张关系的一个出口，虽然委屈了自己，却减少了很多伤害，善待了他人，善待了世界。我想，这不是一种逃避。

我越来越喜欢独自一人行走在大自然中，去体会那种远离尘世的洁净、安静和灵魂的超脱感。一直喜欢宁静淡泊的内心世界，也喜欢平凡庸碌的世俗生活，就像此刻，一个人走在这个洁净的冰雪世界，恣意放任，可以流泪，可以欢笑，可以思索、怀念，欣赏雪景，默默祝福。盈盈的感恩之心让自己感动、温暖。那些滑过我记忆的人们，那些曾穿越生命长河的人们，那些让我爱、让我恨，让我欢笑、让我流泪，让我幸福、让我痛苦的人们，我的亲人、朋友、同事和无数曾迎面而来、又擦肩而过的人们……我祝福你们，感谢与你们同在。我脑海里突然想起朴树的那首歌：

……这是一个美丽又遗憾的世界/我从远方赶来/恰巧你们也在/痴迷留恋人间/我为她而狂野……我是这遥远的瞬间……

一路春光啊，一路荆棘啊……痴迷留恋人间……

雪越下越大，远远近近有一些像我一样冒雪缓行的人们，也不断有各种车辆从身边缓缓经过。走到一个餐饮娱乐中心门口，从里面不断传来强劲的歌声，仔细聆听，居然是崔健的摇滚乐，这歌声千回百转，荡气回肠，一次次回响，牵动了我的神经：

你要我留在这地方
你要我和他们一样
我看着你默默地说

不能这样

我想回到老地方

我想走在老路上……

抬起头，不觉有些惊呆，我又回到了来时的路上。树上的树叶在秋天里没有来得及落掉，此刻全部让洁白的雪花包裹覆盖了。那些沉甸甸的冰雕艺术品，如美妙绝伦的雕塑，镶嵌在远山近景之间。不断传来的摇滚乐，微微地震荡着树上的雪花，有雪团持续地滑落。空气里飘浮的雪粒，雪尘，轻盈翻飞，透露着宁静祥和的气氛。在雪光的映照下有一种晶莹剔透的圣洁。这让我不由自主地想起人类一些纯洁的灵魂，以及他们那至高无上的精神境界。能生活在这样平静祥和的世界，又能保持一颗淡泊宁静、乐观进取的心，是多么幸福、多么不容易的一件事儿。感谢生活，感谢我的家乡给了我这一切！

一个人的世界和心情

1.沉醉雪景

这个冬天,来得悄然而安详,似乎还在匆忙的秋天里行走,一抬头,冬天的景致已在眼前:苍茫而寥落的山景、干枯而黯淡的树木、脆弱而清淡的阳光还有路上的行人,穿着厚重的棉衣,搓着手,匆匆忙忙地走着。

中午,我走在上班的路上,看着落光了叶子的树枝在寒风中抖动,路旁的花圃和草坪已然失去了往日的风采,变得枯黄而衰败;遥远的祁连山顶白雪皑皑,在午后的阳光下熠熠闪光。我走着,觉得这个冬天比去年的冬天温顺绵软了许多,到现在还没有降过一场雪,似乎是一种遗憾,一种不够尽兴的表现。向远处眺望,对面正有一个老人,穿着棉大衣,手里牵着一个戴了口罩的小女孩儿,缓缓地向这边走来。小女孩蹒跚地迈着步子,挣脱爷爷的手要逞强自己走,结果没走几步就不小心在一个冰滩前滑了个仰面朝天。爷爷忙不迭地上前扶起,心疼得又哄又拍,孙女抱着爷爷的脖子,羞涩而委屈地哭着不敢抬头。爷爷就不停地夸赞着孙女的勇敢。这爷孙俩在路上相互抚慰的景象,引得路人驻足观看,我也觉得颇有情趣,禁不住笑了起来。广场上已没有了夏秋的繁闹与喧嚣,但仍有一些老人穿得严严实实地在广场上散步或晒太阳;有一些退休的中老年聚在广场的外围下象棋或打麻将,他们旁若无人,争执的声音有时传得很远,吸引了不少路人的眼光,而他们却全然不知,只沉浸在自己的棋牌世界里,乐得忘了周围的一切。看着这些,心里就默默地漾起了温暖的感觉,觉得这世界其实很精彩,每个季节都有每个季节的精彩之处;而每个季节里,每走一步,都有让人细细琢磨的场景。这正如人生,每到一个阶段,都有每个阶段的风景和韵味,可是,为什么我们总要感叹韶光易逝,青春不再呢?……我正这样胡思乱想,迎面走来一个熟人,笑着说:“你穿着这么单薄的制服,不冷么?预报今天要下雪呢。”我一听要下雪,不禁喜不自胜,高兴地说:“我下午穿大衣,我盼下雪可盼好久了!”

的确,这个冬天,工作特别忙乱,总觉得有干不完的事儿,总在加班,取消了双休日,晚上也必须去办公室。身体如一个风筝,被工作这根无形的看不见的线牵扯着,机械地运转在家和单位之间,无奈和麻木时常充斥在心里,有一种无法排解的烦恼。由于繁忙,朋友们也顾不上联系,所以,手机是沉寂的,心情是烦乱的,思想是荒芜的,手下一直是忙乱的。那身看似威严的制服似乎一直就没有下过身,捆绑着的心总是得不到释放,一种让人窒息的气氛似乎笼罩在周围的环境里。于是总觉得哪里不对,于是就盼望着下雪,希望一场大雪能换来不一样的心情。

晚上快十点钟,加班的同事已陆陆续续离开了办公室,我也放下手里的工作,情绪低落地独自一人走出办公室。走出办公大楼,扑面的清凉让懵懂的大脑一下清醒了许多,一抬头,啊,多么大的一场雪啊!在昏黄的路灯下,飞舞的雪团,从望不到头的暗黑的天空里飘洒下来,洋洋洒洒、稠密而不间断地落在地面上,地上已足有一寸多厚了。由于是入冬以来的第一场雪,大地还比较温暖,所以雪花不是干爽的雪粒,而是水分很足的雪团,有些地方雪落下来就化成了水,形成了水洼。柏油马路上,车辆经过的地方水花四溅,在灯光的映照下水光闪耀,如火焰一般明明灭灭。树枝上挂满了洁白的花朵,在暗夜的灯光下朦胧地闪现,如水晶在黑暗中闪光。雪,无声地飘落,世界空旷寂静,温馨和浪漫是世界的主色调。绵密的雪花不停地飘洒,可是周围的空气一点儿都不冷,只觉得温暖。我任由雪花不停地落在身上,不觉得冰凉,反倒有一种发自内心的舒畅让我情不自禁地张开双臂,对着无边无际的天空喊道:“啊,好雪!”我深深地吸了口清凉的空气,有雪花在我的口中融化，我觉得肺腑之间都有了清凉的感觉。我忘了周围的世俗世界，只沉浸在眼前童话般美丽的仙境中，我尽情地张开双手，用整个身心去迎接这场久违了的冬雪。远处，在灯光的映照下，绒花一般的雪团无声地飘洒着，如梦境般美妙而轻盈。周围的静谧给这美景更增添了几分神秘、凄美、苍茫的色调。我一直慢慢地走在昏黄的路灯下，大自然所呈现出的安详和宁静，让我深受感染，让人久困的内心一下子豁达了许多。我再一次伸展双臂，对着沉寂的天空深深地赞叹：“好美啊！”迎面走来一对夫妻，手里牵着一个小女孩，他们包得严严实实，只有眼睛露在外面。他们一直盯着我看，听见那女的悄悄地对丈夫说：“这女警察忘乎所以，真像是个神经质！”那女孩立即天真地说：“爸爸妈妈说得不对，那个阿姨说雪下得好美，就是很美嘛，是不是啊爸爸？”那爸爸立即附和着孩子说：“就是美，这雪景就是美！”我静静地听着从我身边走过的这一家三口的对话，会心地笑了。在昏暗的灯光下，他们把我看成了警察（税服和警服很相似）。我为此而骄傲。在今夜，不管我是警官还是税官，我都感到幸福，我在这雪的海洋中，忘情地舒展自己的身心，忘记了现实世界的紧张和困惑、压力和挑战。有时，生活和工作的烦恼和困境让我们身心俱疲，精神濒临崩溃，幸好有美丽的大自然让我们沉醉、让我们释放、让我们忘情。我想，哪怕我成了别人眼中的风景，不管是让人嘲笑还是让人赞美，我都愿意。因为我热爱我的家乡，我热爱生活，热爱大自然，依赖于大自然的美景，只有置身在大自然的怀抱、置身在这样纯净美丽的世界，我才能体会到超越世俗的美，感受到真正的自然的唯美；才会放松身心，忘记烦恼，去迎接更美好的人生。

今夜，我的家乡好美！我沉醉在雪景中。

2.关于鸡和猫的联想

现在是下午七点多，我独自一人斜躺在沙发的一角，向远处的窗外看过去，外面正下着大雨，雨滴一直不停地敲打着玻璃窗。我一直对这种细碎而神秘的雨滴声特别入迷，尤其是像现在这样一个人的时候。因为在这种时候我总是思维缜密，浮想联翩。这绵密的雨声，以及那雨雾中弥漫的诗意烂漫的气息，让我的脑海里浮现出很多作品中描写的雨幕下的情景，如名著的《安娜·卡列尼娜》中一些雨幕中的情景，最震撼人的当然是在火车站，天下着大雨，安娜卧轨自杀的场景，我曾经深深地被这悲壮凄美的场景所震动。每到下雨天，心情就会格外不同，那种不由自主弥漫在心里的温馨、浪漫、清寂和宁谧，是我特别渴望的心境。

今天，这种心境在看到淅淅沥沥的雨线时自然浮现，使我内心充满了祥和宁静的惬意，又泛着淡淡的浪漫和孤独。我享受着这种如诗般洋溢着美妙气息的心情。窗外的天阴沉沉的，在傍晚的天光下，似乎阴郁和沉闷在逐渐加重。从阳台的窗外传来市场里杂沓的声音，我侧耳聆听，呼呼的风声中，夹杂着水产部鸡笼里那些被囚禁的鸡焦灼而惶恐的叫声，一会是咯咯的叫声，一会儿是呱呱的叫声，还有车辆开过来又开走的声音，各种声音交杂在一起，时断时续、时隐时现，让人回味，又让人心烦。我想象着这些鸡的命运，它们随时都有被宰杀的危险，而且它们站在门口的鸡笼里，每时每刻都在看着自己的同类被宰杀以后剥得精光，被出出进进的人从它们的主人手里提走，不知它们是什么心情。当然，鸡也许比起猫来要懵懂得多，或许它们还没有清晰地意识到自己的悲哀，它们只是一种本能的恐惧而已。据说，广州人特别爱吃野生动物，只要是世间没有毒性的活物，他们都想尝尝鲜。鸡、鸭、鱼、猪、牛、羊、驴、狗这些都是他们盘中的美餐，就连一般人不吃的猫，有几家大一点儿的餐馆里也有。一家酒店笼子里喂养的那些猫，对去那里吃饭的客人摇尾乞怜，想博得客人的好感来救它们出去。可是对酒店的老板和员工却恨之入骨，只要他们走到它们跟前，它们就会毫不客气地撕咬或者抓破他们的手脚，把他们视为不共戴天的仇敌。我想，人类和自然是和谐共处的，谁也不觉得宰杀鸡吃是一件大逆不道的事情，只是，大肆的吃喝风泛滥之后，大量地宰杀野生动物造成的自然环境和生态的污染，不能不引起我们的重视。更有甚者，宰杀吃食猫等动物，既造成了生态环境的破坏，也给人类传染了很多疾病。当年流行的SARS，当时就怀疑是人在食用野生动物时传染的。当然,大量捕杀野生动物,造成的生态平衡的破坏和环境污染,将是未来严重威胁人类生存环境的隐患,我们总不希望我们的子孙后代遭受那些我们所无法想象的灾难吧?

我每天早晨醒来，都是在这种尖锐的鸡叫声中开始了一天清醒的生活。有时,那些鸡临死前的垂死挣扎和尖叫,让我久久不能忘记。

3.秋天一个安静的早晨

那盆海棠花一直静静地散放着清香，我的嗅觉能很明显地触碰到它的气息所带来的微弱的刺激，我能感受到无声无息的空气里弥漫的浮尘的轻微变化。海棠花的花朵虽然已经开始凋零,但从它那所剩无几的花朵上,我看见了它曾经热烈、辉煌和如日中天的盛放。这使我想到遥远的宇宙发展、人类的历史、人的生命旅程……很多事物的发展规律,无不是经历了盛与衰的发展过程。也使我想到久远的豆蔻年华、早已远去的如梦岁月中已然走远的一些人、过往的一些事，想到那些时间,那些岁月,那些无法抹去的残痕……想起那些疏淡了的友谊,那些依稀模糊了的朋友的面容，以及那些学友们曾经相扶相持一路走过的岁月,无法抵挡的惆怅扑面而来,禁不住泪涌双眼。但转念一想,值得欣慰的是觉得有一些东西留存了下来，它在以后的岁月里变成了一种如影随形的东西,它是上天赐给我们的珍珠,是我们值得珍惜的瑰宝——经历。经历的沉淀,如刻痕、如血液、如经脉之间的气流、如内心之中的激浪,永远地丢弃不掉,成为一种历史的沧桑。时间是多么可怕的东西。在这个秋日的早晨,空寂的内心又一次见识了时间的残酷,一切都清晰得可以触摸,一切又消失得无声无息,无影无踪。只看见时间在一些容颜上留下的刻痕、沧桑、麻木和沉寂。

似乎沉寂的不只是时间,还有内心,还有暮秋的影子。整个房间是清冷的,虽然秋阳看上去很灿烂、很温暖,但那温暖毕竟太脆弱,已经无法抵挡冬天的一步步逼近了。就像内心残存的一些渺茫的东西,虽依稀可见,仍抵挡不了崩溃和消隐的趋势。房间的确有点冷,就连那些顺着窗户不断爬行的金龟子，也在努力地向着有阳光的地方前行。我凝神注视着这些小精灵，发现有几个在挣扎前行的同时，不小心掉到了冰冷的水泥地上，它们虚弱地挣扎几下，最终一动不动了。这也许就是它们生命的终结。它们就这样作为垃圾将被清扫出去，变成尘埃，变成微粒，从此消失在这个世界。它们这样就算是一场生命的旅程吗？不是太短暂、太匆忙了吗？可是人的生命相对于浩渺的宇宙，又何止是一个金龟子的命运呢？在如此之快的生命间隙里，我们到底能做些什么呢？我们怎样做才不负此生？

风依旧是轻的，从窗缝之间无声无息地吹进来，秋阳依旧是脆弱而温暖的，房间依旧是安静而冷清的，海棠花依旧散放着淡淡的清香。在这个秋天的早晨，周围静谧安详，我独自茫然地在室内踱步，感觉到自己的影子无处不在地跟随，如同灵魂的东西是摆脱不掉的。我觉得无所事事、迷茫、无意义，一个早晨，就是在这种神思游荡、冥思苦想中度过的。室外的嘈杂和喧嚣不时传来，尤其是各种车辆的声音，清晰而固执地传进耳朵，那声音奇妙而繁杂，高亢的或者是低沉的、脆亮的或者是沉闷的、戛然而止的或者是喘息般持续不断的……所有这一切无不在展示这世界的繁华与热闹。然而，现代文明的进步挡不住人们灵魂深处的孤独。这个秋天的早晨，一切似乎都没有变化，唯一不同的是异乎寻常的心境。这种饱经风霜的苍老的心境是这个秋天唯一的礼物。我想到了时间的残酷、生命的脆弱与短暂，想到在白驹过隙之间的无所事事和苍白无奈。心情徒然沉重起来，这沉重逐渐积淀成一种来自心灵深处的隐痛向周身扩散。我仍然想不清楚，生命的意义是什么，生命的价值到底在哪里？

室内是安静的，然而，嘈杂和喧嚣仍然不时传来。记得谁说过世界上有一样东西是不请自来的，不管你愿不愿意，你都得接受它，那就是声音。不受声音干扰的人也是有的，那就是聋哑人。可是聋哑人的痛苦我们又如何感受得到呢？看来能成为一个健全的人，本身就得感谢上苍，感谢造物主成全了我们更多的幸福，满足了我们更多的愿望，那么我们还有什么不满足，还有什么想不通的呢？人生的迷茫是暂时的，个体的力量太微弱，我们无力掌控这个世界的很多事，我们总有无法悟透的玄机，那就掌握好自己的命运吧，这样才能尽量多地、最大限度地为国家、为社会贡献自己的那份光和热；也能够尽量多地为自己所爱的人和爱自己的人多做一些力所能及的事，使自己不要空耗了这大好的光阴。

2008年的这个春天

终于又迎来了新的春天。这个春天于我，似乎到处都弥漫着虚饰的色彩，我满眼都是捉摸不定的东西，就像此刻，我坐在书房的窗前，书房里的一切还是原来的模样，但处处是静谧、孤寂的气息。这气息如幽灵一般游荡在我的周围，浸入我的内心。书还像小山似的堆积在我面前的写字台上，它们像一个个老友和我对视，我却觉得极为陌生，我撇开它们向窗外望去，窗外是苍白的晃眼的光，刺得我眩晕、入梦。风在这光的世界里肆虐地呜咽，卷起很多风干的事物。我侧耳倾听这神秘的风声，如竹笛鸣奏、如汽笛声声、如幽咽、如啜泣。这不断变换的奏鸣曲，更增加了这世界此刻的神秘感，让人对这个春天产生怀疑。

在这个春天里，人们似乎格外地喜欢热闹，迎来送往的理由多于以往任何年份。座谈、聚会、酒会、送别，似乎格外地关注这个春天。我也机械地不断地在一个又一个的饭局里消磨时间，沉默地微笑着，耐心地听朋友们说，并不断地向朋友们解释我真不能喝酒，也不断地被朋友们拽去给不同的领导敬酒。身不由己的我也被灌得醉醺醺的，在夜幕降临的时候，独自一人思绪纷乱地往家走。这种聚会不断地出现，不断地被牵扯着，包括自由和心情。我不断地被留在酒场里耐着性子浪费时间。我觉得这个春天的聚会格外热闹，而我，在这个春天里却格外地孤独。人事变动大，一拨人调整了岗位，迎来送往；又一拨人提拔交流了，又迎来送往。我不断地在繁华热闹的酒会之后想到我自己。我知道我独自神伤，并不是要在仕途上有所发展，如果有这样的野心，早几年就不那么甘于寂寞泡在书堆里了。我想我是悲哀地意识到，自己呕心沥血的奋斗没有得到某种被认可的局面，一切的一切都显得可笑而无济于事。我嘲笑自己：卑微如我、区区如我、懦弱如我、迂腐如我者，你还想怎么样？我不会苦心经营人际，也不会很现实地去迎合，那么你还想怎么样呢？现实与内心的距离，使我在这个春天里常常被一种无形的压力驱使着，内心惶惑不安。我常常独自一人游走在郊外的农家田舍之间，徜徉在杏花飘香的乡间小路上，逗留在那些枣树、梨树、苹果树和柳树、杨树之间，听着远处农家小院里传来的鸡鸣和狗吠，看着乌鸦和麻雀在树枝间飞去又飞来，才真正感觉到自己是真实存在的。我有一种被认可的感觉，哪怕是在这无生命的山川、土地、河流之间，仍然觉得一种被认可被接纳的温暖浸透了心田。我总是停下脚步，静静地坐在一块阴凉的田埂上，久久不愿离去。我知道，在这个春天里，群居得太久、气氛太热闹、嘈杂的分贝太高、酒筵的浓度太酽，于我并不是最美妙的，我需要清醒一下，需要一些独处的时间了。

在这个春天里，人们似乎格外地匆促，格外地忙碌。在一些单位里，一门心思干工作的人似乎被搅扰得越来越频繁。人们心气浮动，想着某某又高升了、某某跑断了腿也还是没有被提拔、某某是攀着哪位领导，这次得到了重用。办公室里近一段时间这样的话题不绝于耳，我的心境也随之忽上忽下地浮动，不断地嘲笑自己没有抗拒诱惑的定力、没有超凡脱俗的本事，常常让这些与己无关的俗事搅扰了自己美好的心境。我还只是个旁观者，发现身边的一些人恶劣的情绪很久得不到好转，郁郁寡欢、郁积于中，不能发之于外，眼巴巴地看着他的对手走马上任。在我身边的这个春天里，人们似乎格外关注人事的任免与调动，哪怕与己无关，它仍然是牵动人们神经最敏感的话题。

在这个春天里，基金和股票仍然是人们关注的热点。在各单位办公室里，眉飞色舞谈论的人们越来越少，悄悄地拿着手机独自关注大盘涨势和跌幅的人却越来越多，看过之后默默叹息、独自失落、苦不堪言。去年这个时候，办公室里人们笑语喧哗兴高采烈地大谈特谈基金。那个春天里人们突然发现，随着春天的到来，大街小巷到处都飘荡着一股风，那就是购买基金的狂潮。菜贩子、肉贩子都把自己挣的钱拿出来买了基金,就连邻居王奶奶——70岁的孤寡老人,居然托银行工作的小张把她的老包子拿出来购买基金。那时候,人们奔走相告,基金又挣钱了,卡上又多了多少多少,谁谁的30万半年多已经翻了一番变60万了。基金,成了去年那个春天谈论的热门话题。可是,今年的这个春天,基金显得格外不景气,大盘从6000多点跌到3000多点,许多人的基金和股票被套牢,人们垂头丧气,个个都像阳光下暴晒过的蔫茄子,无精打采、望盘兴叹。一些人悲观失望,不再热衷于此、不再大肆谈论,只时不时把关注的目光投向大盘,抱着一丝侥幸,希望有朝一日出现意想不到的惊喜。我的一个快要退休的朋友L,几乎每天都要到我们办公室来一趟,每次来他直奔C,两人像是在对暗语。L说:“今天怎么样?”C说:“不咋样,又跌了!”L一句话不说,颠颠地走了。第二天同样的时间又来了,问C:“今天怎么样?”C边翻手机边说:“不错,涨了100点。”L心满意足笑眯眯地背着手走了。第三天,L又来了,直奔C身边,低声问:“今天好着哩吧?”C闷闷地说:“情况不妙,跌了300点。”L听了像泄气的皮球,从胸腔里吐出一口气,叹息一声不说话掉头就走。别人问他:“L,你每天老腿颠上爬楼梯不累吗?你每天找C问啥呢?”L悻悻地说:“不问啥,随便走走!”但是不管别人怎么想,L仍然每天如此,从不间断,因为他不会上网。C笑着对我说,L去年九月份在大盘涨到最高点的时候让儿子买了几万块钱的基金,结果刚刚买上大盘就开始跌,一直跌到现在。搞得心理素质本来就不是很好的他,整天寝食难安,心里老牵挂着大盘的涨势。他逢人就叹息,唉,这大盘一跌,把我儿的媳妇跌没了!

在这个春天里,物价涨势过旺,引起一些纳税人的恐慌。一些来办事的纳税人,坐在我办公室里不断地抱怨,生意特别不景气,由于物价飞涨,很多人钱攥在手里不消费。人们对未来的前景把握不定,缺乏安全感。很多行业销售不畅、经济不景气、效益滑坡。纳税人普遍反映,今年劳动力价格上涨,而且紧缺。一些纳税人向税务机关递交了降税申请,有一些纳税人干脆关门歇业或注销解散不干了。看来,今年的经济势头不是很旺呀。

在这个春天里，不管人们的生活发生了怎样的变化，日常前景出现了怎样的波动，但人们更关心的是西藏的和平、祖国的安定与团结、奥运圣火在世界各地顺利安全的传递；人们更关心祖国的大政方针和各项经济政策。人们希望这个春天带来的是国家更加安定团结、人民更加富裕幸福，社会更加和谐统一的局面！

在这个春天里，很多的变化和不变让我有了一些自我的迷失和彷徨，工作和生活的不如意使我有了暂时的悲观和失落。但我想，春天毕竟是希望的季节，一个严酷的冬天都在不断的努力与奋斗中勇敢地走过来了，何况是一个万物都充满了生机的春天呢？

在这个春天里，不变的和多变的因素虽然很多，虽然虚饰的色彩让人眼花缭乱，虽然外界的诱惑让人举棋不定、心浮气躁，但这一切都是暂时的，毕竟远景是美好的、大局是光明的、前途也是让人憧憬和满怀希望的……

关爱与珍惜

下午，我正在一个单位查账，女儿打来电话说："妈妈，我要去陪陪我一位同学，她的爸爸在车祸中死了，我下午饭就不在家里吃了……"女儿说话的语气低沉而伤感，她心里的不安可以从沉重的语气中听得出来。我赶紧抚慰她："那你去吧，好好安慰一下你那位同学。"挂断电话，虽然仍旧坐下来翻看着账本和凭证，心却被搅乱了。我心里揪着的一件事是，这个十几岁的孩子，怎么承受突然失去父亲的打击？为此心情变得沉重起来。

晚上回到家，女儿沉默不语，坐在自己的房里很久没有出来，我理解她的心情，她一定是在为同学难过。过了一阵，她走出房间，看我一个人坐在沙发上看书，替我倒了一杯水，端到了我面前。我知道女儿肯定有话要对我说，就放下手中的书，静静地看着她，等待她对我说些什么。

女儿坐了片刻，一直心绪不宁地揉着她的衣角，语气沉痛地说："哎，妈妈，她真可怜，我也跟着难受极了！下午我是去文具店买个本子，无意间碰到了她，当时我还很奇怪，她家在乡里，怎么会在这条路上碰到她，旁边还有很多人。我就迎上去问，你怎么在这儿，是来城里玩的吗？谁知，她什么话也没说，就扑到我怀里，抱着我哭得好厉害，她说她爸爸被车撞死了……你说妈妈，这怎么办呢？"女儿还没说完就已经泣不成声了。我心里一下变得难受起来，眼睛也变得潮湿，不知道该说什么。拉过女儿，把她搂在自己的怀里，静静地等待她慢慢平静。过了一阵，女儿抬起头来说："妈妈，爸爸平常总爱喝酒，你能不能劝劝他少喝点呀，我特别担心他啊……"女儿说着眼泪几乎又来了，接着说："爸爸在外面做生意，一个人照顾自己，晚上又老和朋友去喝酒，回到那边家里又是一个人，你说万一……”

“不会的，不会的。”我赶紧制止女儿继续说下去，望着眼里噙满泪水、因为担心自己爸爸的安危一时间变得恐惧而无助的女儿，心里百感交集。我竭力地安慰女儿：“你不用担心，你爸爸喝酒是有节制的，他很会照顾自己，而且他有那么多那么好的朋友也都会照顾他的……”

“妈妈，你也要照顾好自己，我要你们两个都好好地陪着我，谁都不要离开我。我可承受不起我那个同学的遭遇啊……”说着，女儿又失声痛哭起来。

此刻，听着女儿发自肺腑的话，感受着女儿的关爱，我泪流满面轻轻地拍着女儿微微颤抖的脊背，抚摸着她，我温柔地告诉她：“我们会好好地活着，我们每一个人都要好好地活着，一直到老。”女儿说，她明天要约几个同学到乡下去看她那位失去了爸爸的同学，我同意了。

不久，女儿躺在我身边沉沉地睡去，脸上还残留着一丝伤感的泪痕。我望着女儿稚气未脱的脸，欣慰地想：女儿，你已经开始懂事了，你懂得了关爱和珍惜。我想告诉你的是，人生是无常的，旦夕祸福也在所难免，可贵的是，在人生的长路上，我们拥有各种亲情、友情和爱情的牵挂与关爱，我们的人生因此变得丰满富足，我们的生活因此美好而幸福。正因为如此，才使我们在遇到挫折时不气馁、遇到厄运时不绝望！

但愿所有的人都能幸福平安地生活……

那个捡垃圾的孩子小钰

我有个习惯，每天晚饭后，都要独自去那条通向天鹅湖的小路散步。一年四季，从不间断。在我看来，这条路一年四季随着季节的更替，呈现出不同的景色，每一季的景色都楚楚动人。春天的这条路旁，小草茂盛、树木发芽，一片生机勃勃的绿色；夏天路边开满了各色争奇斗艳的鲜花，树木也长得浓密茂盛；秋天，远处田野里农民喜获丰收，热火朝天地在收获，树上结满了果实，尤其是路两边农民种的枣树上，结满了红彤彤的小枣，枣香十里，笑声不断；冬天，这里变成了银装素裹的世界，大地一片洁白，肃穆纯净，分外妖娆。但是这儿唯一不让人喜欢的就是路左边，大沙河河床之上有一个很大的垃圾场。这个垃圾场四周全部是用水泥红砖修建的，是一个露天的房子，有一个台阶不高的入口，可以由此把垃圾倒入。虽然外面打扫得很干净，倒垃圾的人也总是很守规矩地把垃圾都倒在里面，没有溢在外面的，但是这十来米的距离之内总是洋溢着一股臭味。每次散步到这儿，我总是眉头微蹙，觉得这是美中不足的风景，就像美人脸上长了一颗黑痣。

今年春天，我每天在夕阳的余晖里享受独处的宁静和恬适的惬意。几乎每天，我都看见在暮色中的垃圾场内有一个十岁左右的小男孩在捡垃圾。每次看见我时，这个男孩就愣愣地停下手中的活，目不转睛地盯着我看，眼神里盛满了无助。这个小男孩引起了我的注意，我每次走过垃圾场，也盯着这个小男孩看，虽然他的脸有点脏，但那种可怜而忧郁的眼神让我怎么也忘不了。连续几天，在相同的时间，相同的地点，我和这个小男孩总能相逢。

有一天，我实在忍不住了，就过去问小男孩："宝贝，你怎么每天都在这里捡垃圾啊，你妈妈呢？”

男孩怯怯地说：“我没有妈妈，我只有奶奶。”

我的心有点揪紧了，更关切地问：“那你妈妈呢？”

孩子的眼里，慢慢地有了泪水，他突然哭着说：“你不要问我，你不要问我，我妈妈走了，她不要我了。”

我的心一下被刺痛了，上前拉住小男孩的手说：“来，告诉阿姨，你家在哪？我和你一起到你家去看看。”

也许是看着我干净整洁的穿戴，又看到自己捡垃圾的脏手，男孩有点不知所措。我接过他手里提的那个又大又破的柳条筐，拉着他的手，让他带路。

这时，天已渐渐暗下来了，踏着黄昏的暗影，我跟着这个叫小钰的孩子，走过曲里拐弯的小路，来到了城外一片房屋破旧的居民小区。这一带全是平房，房屋的年尘看上去已经很久远，一些院墙的墙壁上都已有了很明显的裂缝。在第三个院门前，小钰指给我说：“这就是我家，我奶奶在家里。”

我拉着小钰穿过狭长的院子，走进黑洞洞的房间。这时，有一个苍老的声音从旁边传过来：“钰儿，你领谁来了？”同时摸索着拉开了灯。

“我领……妈妈！”孩子的回答令我出乎预料。我发现他羞涩而调皮地看了我一眼，欢喜地跑进里屋拿了一个凳子出来给我坐。我坐在老奶奶旁边，这才发现这个老态龙钟的奶奶是一位盲人，她雪白的头发用簪子别在后面，皮肤晒得很黑，额头的皱纹似沟壑般深陷。她摸索着拉住我的手说：“闺女，你是哪来的？我这可怜的孙子咋会叫你妈？”

我笑眯眯地抬起头，看见小钰正一眼不眨地盯着我看，那眼神里盛满了胆怯、期盼、渴望关爱……我的心一下被触动了，似乎这孩子和我之间有一种扯不清的千丝万缕的联系，本是想探寻孩子这样称呼我的原因，没想到自己心里倒掀起了微微的涟漪，只好转过脸对奶奶说：“是小钰太想妈妈了，就把我当成妈妈看了，是吧，小钰？”孩子欣喜地笑着赶紧点了点头。我又问奶奶：“奶奶，小钰的亲妈呢？他爸爸呢？”

奶奶说:“孩子还不到三岁,他老子和娘就离婚了,后来他的娘去了南方打工,就再没了音讯,他老子三年前在包工头子的工地上干活,电死在工地上,撇下我和小钰走了……”老奶奶说着悲从中来,有点哽咽地说:“我的眼睛就是那时候哭瞎的。唉,我倒没啥,一把老骨头了,可是苦了这个孩子。幸好民政局每月给的低保能够维持生活。小钰有时候拾些废铜烂铁也能卖点钱……可怜的孩子,倒是很听话、很懂事。不过,别人家的孩子你看过的是啥日子,我的小钰,可怜他这么小,为了上学,买学习用具,他就得拾破烂。我现在是越来越不中用了……”老奶奶说着就抹起了眼泪。

我心里沉甸甸的,好像有什么很重的东西压在心上,让人有点喘不过气来。我抬头再看小钰,发现他手里揉着衣服的一角,不知所措地看着我,那双深邃的小眼睛里多了一份他这个年龄的孩子不应该有的忧郁。我把小钰拉到自己的跟前说:“小钰,想妈妈吗?”

“不想!她从来没有像你这样叫过我宝贝,我都不记得她长啥样了!”孩子带着怨恨的口气大声说。

回家的路上,我满脑子都是小钰和奶奶的影子在晃动。这个家里的艰难困境和拮据的生活状况,使我一时间无法释怀,若不是亲眼所见,我真的不相信这个孩子是这么困苦,这么艰难的人。我的心被揪着,怎么也无法释怀。也许平日里,一点儿都没觉出自己活得有多么幸福、自在,目光拘泥于那些小小的琐碎得失,感觉不出自己到底活得怎么样。有时候在工作或生活中碰到一点点不如意,就觉得如临深渊、举步维艰,好像生活太不如意,天都要塌下来似的,可是和他们相比,我们平常的小小得失、困难与挫折又算得了什么?

“妈,你怎么散步这么久才回来?我的校服帮我拿过来呀。再帮我倒杯水呀,妈!”前脚才踏进门,女儿就冲我嚷开了。我看了一眼比那个男孩高出半个头的女儿,突然就觉得,这两个孩子是多么的不同:一个生活在被爱和幸福所包围的环境里,呵护时时存在,过着衣来伸手饭来张口的日子,却那样不懂得珍惜,不懂得感恩;另一个生活中没有父母的

呵护，缺少亲人的关怀，小小年纪就要为上学的费用操心，而且缺衣少吃，却那样礼貌，那样懂得知恩图报，珍惜拥有。就连我叫他一声宝贝，他都懂得回报我一声妈妈，这是多么大的区别啊！我想，也许我们平常过分的关爱和呵护，把孩子淹没在溺爱中，使他们变得麻木，失去了感知爱的能力。我们自己也一样，生活中的不耐烦、不如意，是不是因为我们缺乏感知爱的能力，才使我们生活的幸福度下降了呢？我们学会感恩、学会关爱了吗？

整个晚上，我翻来覆去睡不着觉，小钰的那双期盼中带着渴望的眼神一直在我眼前闪现。是的，他渴望母爱、渴望亲情、渴望像别的孩子一样得到呵护和关爱，我该怎么办？我难道要袖手旁观吗？不，一个普通人基本的道德良知告诉我，我不能袖手旁观。

第二天黄昏散步时，我又去看了小钰和他的奶奶。我想，这将是我以后生活中的一项重要内容吧。

玄妙的人际关系

一个朋友来看我，谈了很久，谈的全是人际关系的问题。这个贴心的朋友对我说了很多。她走后，我想了很多。窗外，天空飘着零星的小雨，雨滴飘打在窗玻璃上，发出低低的叮叮声，有时变换成细碎的沙沙声，像是小时候外婆敲击铜盆的声音，又像是朋友由远及近的细碎的脚步声，我静静地侧耳倾听着这神秘的雨声，脑海里回荡着朋友对我说过的很多话，心情有点沉郁、有点沮丧。我们所谈论的话题都是围绕现代社会复杂的人际关系而展开的，这的确是一个沉重的话题。

前不久，我给长春税务学院的一位导师发短信，问候他身体状况怎么样。自从大学毕业十多年来我们再没有见过面，但我们一直保持朋友般的友情。由于这种远隔天涯的距离，反倒使我们容易沟通，能够敞开心扉说出彼此的心里话。他回话说，工作忙倒也无所谓，就是心太累。我当时真不知道该怎样来安慰他，因为这正是我所面临的问题。我想，一个博士生导师尚且如此，区区如我辈者，又能怎么样。

今天和朋友说到人际关系，我有一种无能为力的感觉。不知为什么，我时常发现，我看的书越多，我在现实中就越单纯，我的思想离现实生活就越远、变得越离奇，我也越不会处理和应变复杂的人际关系，这个局面是我无法掌控的，也是我不愿意面对的。经常的，处在复杂的人群里，我从来不是主角，我永远是旁听者。也许我太不懂得在怎样的人那里应该说怎样的话，我对所有的人全是千篇一律，以诚相待。这样的结果就是上当、受骗、被利用接踵而至，在工作和生活中吃了很多亏。为了保护自己，在人际关系当中，我逐渐变得沉默，除非是特别知心的朋友或志趣相投的人，我认为他们能理解我的思想时，我才能敞开心扉。

在人群当中，我缄默地谛听，牵强地微笑，听他们谈论张家的猫怎样惹了李家的狗、或者哪个女人又红杏出墙、哪家的男人又闹出了怎样的风流韵事。的确很无聊！这些茶余饭后的谈资，牵扯着某些具体的人，个别人根本不管不顾这样说会损害那些人的声誉，只要她们嘴巴快乐，她们就说。有时候是宴席聚会的酒桌上，或是公众事务的聚会场，我是他们中的一员，我就得融入他们的圈子，为此，我就装作饶有兴致的样子。其实，我宁可听那些男人们说浑话，一笑而过，简单快乐，也不愿意听那些匪夷所思的是是非非。也许，每个人都有自己的人生选择，都有自己的生活方式，我并不是看不起一些人或是觉得一些人低俗，我不能拿我的标准去衡量别人的生活方式，但是，我总是和一些人没有共同语言。为了克服自己的这一缺点，唯一的方法就是不说或少说。茫茫人海，喧嚣满天，站在拥挤的人群里，我常常会有一种深刻的孤独感，我的思想游离在人群之外一些地方，想着很多莫名其妙的问题。这种心不在焉的毛病，成了我致命的弱点，无法克服。为了和大家保持一般无二、不被看作一个怪人、一个标新立异的人，我只好缄默。对一些在别人看来也许是常识或生活中很普通的问题，我的思维迟迟不来、反应迟钝，于是，在同事中间得了个“蓋(hē)爷”(方言：傻子)的绰号，我笑嘻嘻地接纳了，我并不认为，这样叫我会降低我的人格。为此，我暗自庆幸，也许我本身就是别人说的这种傻子，因为我不会对任何人的利益形成威胁，更不会处心积虑去算计别人，天生不具有这方面的能力，在人际关系方面我也许是一个低能儿，只想以我的耿直和诚实来对待别人，不想刻意在这方面下工夫。

有时候碰到一些倒霉事儿或在工作中受了挫折，回家给爱人说，他就义正词严地告诉我：“你看的书太多了，整个人已经脱离了现实生活，如果继续这样下去，会变得更加被动。扔掉你的书本吧！”每次我陷入困境，他总会这样告诫我，我也几次痛下决心要戒掉书瘾，可是，长期形成的习惯已经根深蒂固，无法改变，没有书，心灵就没有了栖息地；没有书，我漂泊的心找不到停靠的港湾；没有书，我疲累的身心就没有了歇息的地方;没有书,我徘徊在人生的十字路口,不知该向哪个方向走啊,我怎么可以没有书呢?

天渐渐地暗下来,世界笼罩在神秘的暗影中,屋里已经变得影影绰绰,模糊不清。我没有开灯,把自己包裹在黑暗里。这种时候,思绪是缜密的,也是凌乱的,我想到了很多与人际有关的问题,譬如生理的、心理的因素,性别的因素,环境的因素,社会阅历的因素,还有遗传的因素等等。我闭上眼睛,切断了与这个世界的交流,沉浸在自己无边无际的思绪里,思绪纷繁复杂,没有头绪,飘向很远很远未知的世界,脑海里一时间闪烁着十几种颜色的丝线,不停地穿梭缭绕、永无止境,没有规律,也不留痕迹,不停地变换不停地闪烁,搞得我应接不暇,无所适从。这多么像无形的人际关系网啊。女作家陈染在《私人生活》这本书里写道:“中国的人际简直是一座庞大的迷宫,走通这座迷宫,凭的不是知识、才华和智力这些东西,而是别的,我无能为力。”我想,我就是永远不再看书,我也永远不会走通人际关系这个迷宫, 不如索性潇洒地按自己的活法去活,反而好些吧。

第肆辑

往事的光影

晨曦微露，空气里弥漫着田野的味道，青草的味道，还有玉米花香的味道。在通向村外荒草滩的一条小路上，我们一老一小赶着牛，向那个偌大的盐碱滩走去。那时我的意识还不很清醒，还沉浸在尚未苏醒的睡眠状态，尽管我慢悠悠地跟着李爷走，但我还在香甜的睡梦里徜徉。

童年时光记忆

有时候,童年的一些生活影像,会突然之间闯入脑海,让人猝不及防地被拉回到三十年前的那个小村庄。那些已然模糊的、破碎的光影被慢慢地拼凑起来,打开记忆的闸门,牵扯着一些敏感的神经,让人频频回首、展望。

我的童年曾在四个地方度过,一个是在农村的家,一个是外祖母家,一个据说是大姐的干妈家,小学有一段时光是在一个姑姑家里上学。那时候,我的母亲度过了她一生中最难熬的日子:从一个正式教师下放成了一个农村妇女。后来,我们家里的条件渐渐地好转,母亲也不再愿意把我送出去寄人篱下。从那时起,我才过起了和其他孩子一样的正常生活。我不知道自己这种懦弱而且与世无争的性格是不是与童年辗转不定、寄人篱下的生活有关,但我知道,那些生活,已变成一种无法抹去的东西,在我的血液中流淌、在我的灵魂中栖息、在我如影随形的气质中体现,形成了我与生俱来的忧伤和沉默、多思和敏感、软弱却不妥协的性格。

1.放 牛

我五岁的时候曾放过牛。每天早晨太阳刚刚冒头,我就被母亲拽着从睡梦中起来,一次又一次瞌睡得睁不开眼睛,可是母亲还是要把我拽起来,因为我得放牛挣工分去。我穿着单薄的衣服,跟着一个六十多岁的老头,一人拿一条牛鞭,走在清晨雾蒙蒙的小路上。

有时候我不贪睡,起得早一些,懵懵懂懂地向村里的牛庄子走去;有时候我正碰上牛在出圈,或是太早了牛圈门都还没有开,那个被我叫

做李爷爷的老头，就还没有把牛从牛圈里赶出来。我虽然还没有长到和牛屁股一样高，可是，我得去赶它们出来，得和李爷爷一样拿得起放牛这个活。我走进用黄土夯着高高围墙的牛庄里，吃力地推开两扇破旧的木头大门。那木头门是使用两个轱辘一样的东西固定在门两边的，推起来非常吃力，而且还会发出非常清脆的“吱呀”声。走进去，浓烈的牲畜的草料味和尿味扑面而来，有一些骡马就在牛庄的院子里自由活动。我走进牛庄最害怕的就是这些“大牲口”，因为它们看见小孩，有时候会撵着跑。那时我会吓得魂飞魄散，哭着躲到牛圈里去。这种可怕的记忆让我至今不敢接近马和骡子。其实那些调皮的牛，并不比马和骡子好多少，它们打起架来互相用头抵着对方，拼命用角刮、碰、撞，使自己的同类鲜血淋淋。不过它们大部分时间很老实。我打开牛圈门，用鞭子学李爷爷的样子说“呆求”，然后牛就会依次走出潮湿黑暗的牛圈，欢快地走上村边的一条小路。

晨曦微露，空气里弥漫着泥土的味道，青草的味道，还有玉米花香的味道。在通向村外荒草滩的一条小路上，我们一老一小赶着牛，向那个偌大的盐碱滩走去。那时我的意识还不很清醒，还沉浸在尚未苏醒的睡眠状态，尽管慢悠悠地跟着李爷走，但我还在香甜的睡梦里徜徉。那时，我多想就地躺下，继续那酣畅的睡眠。可是，清晨刚刚从睡梦里醒来的牛们，却异常兴奋，它们有时会在小路上追逐嬉戏，追着跑，后面的一些小牛也跟着一起跑，我和李爷不能被牛撇得太远，我们只好也拼命地追。这时候，我的恹恹欲睡的意识被激活了，迈着两只小脚，在牛荡起的尘土里上气不接下气地奔跑，有时候跑得太快，一只鞋子跑丢了，只好停下来在水一样细密的汤土窝里寻找。这种时候，我总是跟不上牛的速度、李爷的速度。我为了快跑能撵上他们，只好把鞋子提在手里赤脚奔跑。当时我像撒欢一样来劲，脚下的尘土像水一样四溅，天边已泛起了淡淡的红晕，辽阔的戈壁滩上风声呼呼地从耳边吹过。我赶到牛吃草的地方，赤脚在盐碱地上遛弯，看着牛不要走得太远。地上的小草才露头儿，星星点点，稀稀落落，牛啃这些草是吃不饱的，所以有时候会四散开去,到很远的地方去寻找草长得茂盛的地方。我和李爷在牛吃草的周围转悠,总是一个在东一个在西两个方向看护着。早饭是互相换着回家吃的。天暖和的时候,吃完早饭后,我会仰面躺在那干枯或者潮湿的白色碱滩上,眯着眼睛看天。天空好大好蓝啊,白云轻盈地游走,鸟儿在耳边鸣叫,燕子划过蔚蓝的天空,大地在旋转,阳光正温暖地照在我的身上。我悠悠地飘啊,就像是天边的云朵那么悠闲,那么轻盈,那么自在……“咳,你这个孩子咋在睡觉,牛都跑了……”我被李爷的一声大吼从梦中惊醒。我摇摇晃晃地从地上站起来,向着李爷跑去的方向看,才发现有两头牛已经跑得几乎看不见了。我看着李爷蹒跚远去的身影,心里涌起无限的沮丧和委屈。

夕阳西下,天边一片血红的晚霞,苍茫的戈壁滩灰暗下来,空气变得寒冷,鸟雀燕子都不见了踪影,有些牛已经不好好吃草,在野地里互相打架,斗殴。在远方的田埂上,走着回家的农人,他们的影子影影绰绰,在黄昏的天边成了一幅最美的图画。我当时总是站在寒冷的戈壁滩上,久久地凝视着那些归家的农民,知道我的母亲正拖着疲惫的双脚走在他们中间。她的心里装满了忧伤和委屈,她无法诉说,她从一个学校教师下放成了一个农民,因为从小没有参加过劳动,她体力不如别人,虽然几经努力,干活还是赶不到别人前面。她挣不了足够的工分,常常独自垂泪。每当她流泪时,我们所有的孩子都会跟着流泪,于是她会赶紧收住眼泪,破涕为笑。我那时小小的心里,装下了天大的忧愁,我不知道怎样才能替母亲解忧,于是,别人问到要找一个放牛娃时,母亲不同意,说才五岁,太小了,而我却自告奋勇地争着要去,等到承担了放牛的活,我才知道,这是一件多么辛苦的事情。比如要在戈壁滩上每天整整晒一天,又困、又累、又饿、又渴不说,还得东奔西跑去撵那些调皮捣蛋的牛。我好多次坚持不下来,可是,每次看到母亲忧郁凄苦的眼神,我又一直坚持着。就像每天的黄昏来临时,看看荷锄而归的人们,我就盼着早点回家,可是,李爷总是慢悠悠地等待天黑,天不黑他就一直不回家。每天傍晚,赶着牛回家成了我最大的愿望。在赶牛回家的时刻,又是我最幸福的时刻！

如今，每当我看见乡间的小路上赶着牛回家或外出的孩子，我就幸福地怀想，何时再能做一回放牛的孩子啊？因为我能从牛的身上学会温良淳厚的性情，也能从喂养牛的农民身上学会淳朴和厚道的品行。哦，我短暂而难忘的牧童生活，我的童年时光啊！

2.外祖父和外祖母

外祖父个头很高，骨骼很大，精瘦。他面色黑红，鼻子又高又大，几乎占据了脸部的三分之一，下巴上有一撮灰白的胡须，他时常用手捋着，似乎那是他作为一个长辈的荣光。他的眼睛炯炯有神，但时常会在小风吹过时，流下一行眼泪挂在脸上，有时他会用袖子把那泪水抹去，有时会任其长时间地挂在脸上，好像是刚刚哭过一样。我那时不懂得这是西北人的沙眼，总是迷惑不解地站在远处看着，很想上去为他擦去那行清泪，然而我惧怕外祖父，他脾气暴躁，我们很少亲近。在我的印象中，在外祖父家待了一年多，很少有依偎在他膝下的时候，但我知道，他疼我、爱我的形式是以严厉的教训和呵斥来表现的，那里面有一种灼人的东西，时常让我不敢去触碰，我知道，那就是亲情。

外祖父是个桀骜不驯的人，从他黑红的脸膛上显得狰狞的表情就可以看出来。外祖母说，外祖父年轻的时候，是一个极不安分的人，他们刚结婚那几年，他脾气暴躁，刚烈，不听父母的话，跑到外面或不远的邻村惹是生非，有时还狠狠地揍她。那时天下还不太平，生活条件特别差，外祖母好几次挨完打就跑回娘家，寻求庇护，结果她的娘家人连门都不让她进，认为男人打自己的女人是天经地义的事，她为这么点儿事跑回来才是不对的。有一天，天快黑了，外祖母的兄长看见外祖母又回来了，知道她可能又是因为挨男人的打而跑回来的，就非常恼火，一把从门边把她揪过来，怒视着她说："往后不要再动不动往娘家跑！自家的男人打你那是应该的，就像你要吃饭那样应该！"然后又狠狠地扇了她一个耳光，让她立刻回家去。在那个年代，长兄如父，从小就没了父亲的外祖母，就是受兄长的教育长大的,一家人的命运都是由暴戾的兄长决定的,就连她的母亲,也得看兄长的脸色行事。在我记忆中的外祖母,她有着一双极其小巧的三寸金莲。她总是穿着大襟棉袄或布衫,大裆裤,裹脚。后来我在上学时学到鲁迅先生写祥林嫂的形象如“细脚伶仃的圆规”,马上想到了上身庞大下身细小,走起路来颤巍巍的、无法快速奔跑的外祖母。我五岁以前在外祖母家度过,那时我们很调皮,有时候几个孩子捣蛋,撕扯在一起打架或者干了大逆不道的事,外祖母温柔呵斥,我们不听,外祖母就颠着小脚,捂着胸口(她有严重的气管炎),拼命在后面撵我们。她哪里撵得上啊,不到几米,她就已经上气不接下气地停下来咳嗽,而且在猛烈的咳嗽声中,她的大裆裤立即就被她失了禁的尿洇湿了一大片。我们赶紧上前为祖母捶背,当时她已经咳嗽得没了声音,脸色变得像紫茄子一样。很久她才会缓过劲来,我们扶着她坐在门前的一块大石头上,她就开始数落我们:“你们这些败子子(方言,不成器的),现在逢着好日子了,吃的是白面馍,穿的是囫囵衣,还不知道个好歹,小心天打雷劈!”那时候不懂事,淘气,知道外祖母跑路不行,就故意制造一些事端,惹得她硬着头皮来撵我们,我们就咯咯笑。可是有一次发生的事让不到五岁的我永远改变了,觉得这样做是极其的大逆不道。这一切来自外祖母的裹脚。

在别的人上地的时候,家里只有我和她,那时温暖的阳光正从院子的高墙上照下来,洒满了院墙和院落。这时候,外祖母端来一盆热水放在阳光下,她坐在那块已经磨得溜光发亮的石头上,开始一层一层地拆她那个裹脚布。那时候我对那双包在里面的小脚特别好奇,就想看看它长什么样。可是每次把裹脚布剥到看见脚踝的时候,外祖母就支使我去骆玉兰家取个东西去或者看看外面有没有挑着东西卖的,或者让我到哪个哪个路口去看看舅舅或舅母上地回来了没有。等我急急忙忙干完这些事,回来想看看她那双小脚的真面目时,她已经在那里慢条斯理地缠起裹脚布了。我大有上当的感觉。有一次,她把我支使出去以后,我刚走出不远就折了回来,她正在洗那双小脚。“你咋又回来了?”“过会子再去。”我装模作样地说，眼睛却看着泡在水盆里的脚。哎呀，那是怎样一双脚丫，素白的颜色，细的皮肉，没有脚趾，连指甲都看不清楚，秃秃的两个骨头。我小心翼翼地伸出小手，摸又不敢摸，怕她疼。我说：“哎哟，外婆，疼啊不？”外婆笑眯眯地看着我说：“咋能不疼呢？我跑路的时候就疼。你以后可不敢惹是生非，让我撵你。知道啊不？”我赶紧应承：“知道了！”我小小的心里，第一次有一种说不清的疼痛，永远改掉了干坏事掉头就跑的毛病，哪怕是外婆要打我，我也支着。

如果看见我们都乖顺了之后，外婆就眯着眼睛，表现出一种神往的表情，给我们讲述她和外祖父的故事。

自从那次兄长打了她并在天黑以后把她赶出家门之后，外祖母挨完外祖父的打，就不再想着往娘家跑了。她开始默默地承受那种拳打脚踢的折磨，时常在被打得忍受不了的时候，就想起自己兄长说过的话“就像你要吃饭那样应该”，咬牙忍了下去。外祖母失去反抗之后，外祖父逐渐对打女人这种发泄自己的游戏失去了兴趣。白天，他在铁匠铺里拼命打铁，以发泄他对生活无处不在的愤懑和旺盛的精力。晚上，他和外祖母有一句没一句地喧谎。他知道，其实他很喜欢这个矮小温柔的女人，他的生活中不能没有她。夏天的夜晚，天黑得很晚，外祖父脾气好的时候，会和外祖母走在月朗星稀的田野里，查看庄稼的长势或是浇水灌溉的情况。那时，旷野一片寂静，只有他们两人一前一后的身影，在月光的朗照下，微风吹着田野，没膝的麦子或玉米，如湖里的水波晃来晃去，扑朔迷离，又美丽迷人。冬天的夜很漫长，那时候没有电灯，更没有电视，在乡村没有任何娱乐活动，他们只好一个接一个地生孩子。可是，外祖母说，一共生了七个孩子，前五个都夭折了。那时候医疗条件太差，根本没地方去看医生，孩子生下来只能自生自灭，外祖母每当说到这些的时候，就神情黯然地闭上了眼。“那些娃子，都不满一岁就被风打死了，”她说，“总是抽风。”

在铁匠铺里干了好几年之后，外祖父突然不给家里打一声招呼，就远走他乡了。外祖母说，据他几年之后回来说，是去了新疆。在那里辗转漂泊，一直在别人的铁匠铺里当学徒。在七年多的学徒生涯里，他暴虐的性格和棱角被挫得圆滑了很多。在外面吃尽了苦头，尝够了人间的冷暖辛酸，看够了世间的种种不平，他回到了故乡，成了一个脱胎换骨、浪子回头的新人。在这期间，外祖母一个人在家，无怨无悔，眼巴巴地等着他回来。外祖父回来了，她没有一句怨言，只是长长地舒了一口气。

3.曹 爷

坐在外婆热腾腾的土炕上，我腿上拥裹着黑铁片一样的被子，把两只小手放在自己的腿下，感受着热炕的温暖。被子已经黑得看不清被面的花色图案，白色的被里子变成土灰色了，里面的棉絮早已倒了堆，能明显地感觉到棉絮破洞之处的寒凉。就是这床被子，在当时贫寒简陋的生活条件下，是多么宝贵的东西啊！有一次我问外婆，被子脏了，怎么不洗洗呢？外婆说，被子不能洗得太勤了，洗得太勤容易破。有时候几个人围坐在炕上，脚伸进被子里取暖，大人小孩的脚，在被子里面有时互相碰撞。外婆家里的常客是一个穿着灰色大襟棉袄的白胡子老人曹爷。他总是盘腿坐在外婆的炕上，面前放着火盆，火盆里的火光映照得他面色红润。如果他脚冻的时候，他就连鞋子一起伸到被子里面。为此我很不满曹爷的无礼，外公和外婆却松松爽爽，不当一回事，照样喧他们的谎。

在冬天漫长悠闲的日子里，我除了偶尔出去靠在墙脚晒会儿太阳，听听外婆家门口的芦苇荡里发出沙沙的神秘的响声之外，所有的时间都打发在滚烫的热炕上，拥被而坐，悄无声息地幻想、遐思，谛听麻雀在外面的大柳树上叽叽喳喳地叫个不停，以为天地之大莫过于此。有时候听外婆唠叨她年轻时候的事儿，可是听得最多的却是曹爷和外公的神侃。他们说的事儿有时候我听得似懂非懂，有时干脆就不懂。但是他们的方言特别有意思，我听得都入迷了。有时候曹爷骂他的儿子或媳妇不会持家，或者对他不孝，说："那个败子子（方言：不成器的），钱花上净买的是些闲家静什（方言：不常用的，没用的），有时候贼头驴气的（不光明正大），人家有啥事还不让我知道！有时候让人咯噔噔地（冷不防）着一肚子气啊！唉！”外公就安慰说：“你啊，就这么糊叽嘛哒（糊里糊涂）地过吧，不要管那么多，省事。为啥到哩我不受气，就是我不管闲事。”有时候曹爷说：“有么几个钱，衲（她）给你花了个净达拉光（彻底没了）。人还想问衲要几个哩，屁达拉胡（结果），早一分都没了！”……这样的话题几乎是他们最常说到的。我听他们说话有时如同天方夜谭，玄妙却又疑问太多，但我不敢问。在外公和曹爷的概念中，伦理纲常，清规戒律是非常严格的，打断长辈说话或大人说话时孩子插嘴，那是绝对大逆不道的失礼行为。

他们对神鬼的存在不容置疑。有一次他们说起鬼神，说得惟妙惟肖，身临其境。曹爷说在三二村某处的庄稼地里有一个小庄房，那里有一个笤帚疙瘩成精了，是一个极美的红衣女子，很多人都在不同的时间里看到过。曹爷当时说起这女子时，红光满面，情绪激动，白色的胡须在他结结巴巴的说话声中微微地抖动。他莫名兴奋，说得神乎其神，好像那美丽女子是活生生的人，就站在他的面前。有一次我病了，去大队的医务所看病，回来经过那个庄房，在土炕上果然有一个笤帚疙瘩，可是没有看见红衣女子，回来问外公，外公立即怒目圆睁地看着我说：“这个丫头你悉溜溜的了（忍无可忍），大人说的话你扎上耳朵听啥？”我吓得缩了下身体，大气不敢出，一声不吭地听他的呵斥，脸热得像火烤一般。之后我再不敢问及他们调侃时说到的任何一句话，但还是痴迷地听他们说话。

在我的记忆里，曹爷是个人物，他是外公那里方圆几百里村庄年龄最大、辈分最长的老人，老伴很多年前就死了，他孤寡多年，由在身边的儿子媳妇照料。他长着雪白的头发，雪白的眉毛和胡子，而且眉毛胡子都很长，下雪天眉毛和胡子上挂着晶莹的水珠，后来我在电视上看到西方的圣诞老人，觉得都没有我记忆中鹤发童颜的曹爷精神。他面色红润，身板硬朗，八十七岁的人了，走起路来并不踉跄，虽然他手里永远握着一根溜光圆滑的拐杖。那个拐杖是他骄傲的资本，从他的话中我知道他共有十三个儿女，其中儿子八个，七个在外地，似乎他所有外地的儿子都是了不起的人物,唯独身边这个是不成器的孽障。他从不离手的这根名贵拐杖就是八儿子从外省回家探亲时带给他的。在冬日的阳光下,曹爷坐在外公上房那个带扶手的黑色木椅上,神情自豪。那居高临下的感觉让他说起话来斗志昂扬,满面红光,侃侃而谈,越说越兴奋,越兴奋越说。他不停地捋着雪白的胡子,从他年轻时的风流韵事和坎坷经历,到老年来的奇闻怪事,或者他儿子带兵打仗的经历,或者东家长李家短,他都会渲染得神乎其神,玄乎其玄,让人犹如身临其境。外公和外婆就简单应承,只有听的份儿。我那时觉得曹爷很神乎,外公在他面前都自惭形秽,让他三分。

有一次,曹爷走了以后,外公就很不屑地对外婆说:"曹家老汉,真是个污逼,净胡说,凭空捏造,夸大事实,该说的说,不该说的也说。以后不要老招引他!"外婆就说:"我哪里招引他了?是他自己爱来!"可是曹爷过两天还来,外公照旧不露声色地接待他,外婆可就显得话少,待理不理的样子,热情显然减了很多。曹爷本来嘴像个机关枪不停地说,唾沫星子四溅,说到子女不孝时,居然结结巴巴,两片嘴唇抖得像摇动的扇子。曹爷走后,外公又觉得过意不去,就对外婆说:"你还是对曹家老汉好些吧,他也是个可怜人!"外婆没好气地顶他一句:"好也是你说的,不好也是你说的,都成了你的事!"外公听了不再言语。

三位老人常常坐在冬日的阳光下,互相安慰,寒冷的空气在周围打转,他们面前放着一个火盆,火盆里的炭火正冒着缕缕白烟,熏得他们老泪纵横,他们其中的一位有时会被烟呛得剧烈咳嗽。可他们仍然贪恋坐在那个火盆旁边悠闲持久的日子。有时,他们三人盘腿坐在炕上,火盆放在中间。火盆里的炭火明明灭灭地发出哔哔啪啪的响声,火光映照得人面色红润。他们谈笑风生,气氛融洽,融融的悠闲和温暖流动在空气里。外面寒风凛冽或者大雪飞扬,室内暖意融融,让人睡意蒙眬。我那时总围坐在他们跟前,裹着被子听他们说话,多半是曹爷的声音,这声音如同音乐或者是锣鼓奏乐之声抑扬顿挫,催我入梦。曹爷总是留下来和我们一起吃晚饭。吃完晚饭,夕阳渐渐爬上窗棂,我就在曹爷不绝于耳的话语声中进入了梦乡。半夜里,有时会被外公外婆的说话声吵醒。他们喁喁低语,说着最私密的话。有一次,外公说:“唉,你说曹家老汉也怪可怜,那么早就没了老婆子,一个人睡在炕上多孤单。这二三十年连个说话的人都没有。”外婆说:“你咋知道他孤单,他可不孤单哟,他和他儿媳妇有一腿。听说他儿媳妇对他可是好,他儿子是个窝囊废,提起来一条放下一堆,蔫不拉儿,没曹爷力气大!说不定他儿媳妇生的那个孩子还真就是曹爷的!”外公说:“你不要胡说,没凭没据的!”外婆说:“人都这么说,我咋知道哩!”

当时我还小,不理解所谓“有一腿”是什么含义,但我隐隐约约感觉到一种深埋其中的人性的东西,是那个年龄的我无法理解的。后来,我多次在外婆邻居的议论中,听到曹爷和他儿媳之间的一些事。

很多年后我再次回到外婆曾居住的那片芦苇地,芦苇荡里野鸭翻飞,叫声回荡,却再也没有见到曹爷的背影。他们说,曹爷的儿子死后,他一直和他的儿媳妇生活在一起,九十八岁那年,干脆利索地归了西天。他没有在床上赖上一天,走得干干净净。死后埋在了他老伴的身边,把儿媳还给了他儿子。

4.初尝艰辛

屋里黑洞洞的,只从窗户的缝隙露出一丝亮光。听见外面有响动,隐隐的,从街门外面的路上传过来。一会儿是有人骑着一辆破旧的自行车哐啷哐啷过去;一会儿又是赶着牲口去放的,听到骡、马、牛、驴在路上前呼后拥奔跑的声音,也有赶牛的孩子一路吆喝的声音;一会儿又是咩咩的羊叫声在空气中渐渐地远去。接着就听到舅舅和舅母起来拿家伙上地的声音,走时,他们会在外婆和我睡的这间屋子的窗口喊我的乳名,说,“起啊,起来烧水做饭!”我知道,这会儿必须离开所贪恋的热炕热被窝,起来去烧水做饭。之后在外婆的一再催促下,我揉着惺忪的睡眼,极不情愿、磨磨蹭蹭地坐起来,在朦胧的黑暗中穿好衣服,下炕,先揽来一筐麦秆,跪在外公外婆的头底下烧炕。整整一夜了,昨天下午烧的炕已经渐渐冷下去，炕洞里的火也该熄灭了。这时，屋子里依旧是麻麻黑，那个黑色的方桌上方，有毛主席的大幅照片，两边是带靠背的雕花木椅，旁边靠墙放着比人还高的古铜色的大立柜，两个门扇紧紧地关闭着，平常家里好吃的东西，都放在那个大立柜里，所以孩子们对这个大立柜的门扇是不是开着特别关注。此刻，在晨曦的微光中，我看见黑色的家具泛着淡淡的梦幻光芒。我从门顶的窗户看出去，正有一只燕子轻捷地飞来飞去。很多年以后的今天，当我用指尖敲打当时的生活场景时，记忆的潮水漫过时光的隧道，给我那童年短暂的客居生活，蒙上了一层淡淡的光晕，散放出诗意的忧伤。

我每天起床后的第一件事就是续接炕洞里的火。只要把一寸长的麦秆填到炕洞，再用那个木质的筢子把麦秆推到炕洞里够深的四面八方就好，一个小时之后，渐渐冷下去的炕又会慢慢热起来，是那种不温不火的热。偌大一个炕都是那种温温暖暖的均匀的热。热炕的温暖是我至今无法忘记的。如今，每每在俗世繁杂、争名夺利、勾心斗角的纷争烦恼中失眠，我就会格外怀念当初躺在外婆热暖暖的土炕上，那酣畅甜美的睡眠，也怀念那里简单纯朴、敦厚善良的人们。那是一段再也回不去的生活。我就是在那段生活里学会了勤俭，学会了劳动，学会了感恩和奋斗，学会了通过自己的努力去争取自己想要的生活。

煨好炕，我接着去几十米远的地方提水。水井在一条渠和一条通往田地和其他村庄的大路岔口。我提着一个木桶——底子破了三四个小洞，在水井边的冰面上，小心翼翼地走近，站稳脚跟，把水桶一点儿一点儿地放下去，牢牢地抓住那根粗重的绳子。吃力地前后左右摔着，让桶在水面上撂倒，汲满水，再吃力地一把一把提上来。像个小酒壶一样的小木桶提在我小手里，底部的缝隙和小洞快速向下漏着水。寒气袭人，在冬天的凌晨，凌厉的寒风如刀子吹进我单薄的衣裳。我的鞋里装满了水。唯一的解救方法是提着水桶快速往家里奔跑，把水桶里仅剩的水倒在水缸里，否则，好不容易提上来的一桶水在没有进家门之前就已经漏得精光了。我经过这么十几趟的来回，水缸终于满了。我脱掉鞋子把里面的水倒掉，继续穿上它。脚冻得发紫，肿得像是皮肤里注满了水。在天气热或者春天来临时，一双脚就奇痒难耐，尤其是焐热炕时，那种烧而痒的感觉，如一条毒蛇在体内游走，任你如何狂抓挠痒，都无济于事。可是，生活条件有限，水不能不提，鞋子只有一双单鞋，湿了也得穿着做饭。那时候的孩子吃这点苦根本就算不了什么。

走进灶屋，对门就是大大的一个土灶，经年累月的烟熏，已经使灶口变得黝黑发亮。旁边是一个风箱，相当于现在的鼓风机。不到七岁的我，总是多次点不着那个炉子，麦秆在里面死煨烟。黄白色的浓烟熏得我睁不开眼。我被熏得泪流满面，不停地拉着风箱，还用嘴吹。谁知，一股冲天而起的火焰，从灶洞里扑面而来，烧掉了我前额所有的头发。我成了一个秃头孩子。我拿过舅母的镜子一照，哈，简直就是个烟塞塞，脸上满是黑色的烟灰，像是剧中的小丑，滑稽！别提多难看了。我恼恨交加。这是我第一次尝到人生的挫败感。我多想放声大哭啊，可是谁做饭呢？只好含着眼泪，把玉米秆和苞谷楔子不停地往灶洞里填，然后赌气似的拉着风箱。火势越来越大，大铁锅里的水开始嗞嗞地响。我想赶快把水烧开，可是外婆那个老旧的风箱又重又死，拉起来很费力，我于是把柴放进去很多，双手抱住拼命地拉，由于用力不得巧，把风箱的拉手给折断了。这该怎么办，我不敢把这件事告诉外婆，又怕又恼，一个人在灶屋里低声哭泣。这可是天大的祸事，一家人面临断炊的危险，该咋办哟。我深刻地知道，风箱对一家人来说有多么重要，相当于一家人饮食的命根子。果然，一阵子之后外婆进来看见了，她那种大难临头的表现更是让我的心都缩成一团。在外婆看来，这是不吉利的征兆。我脑袋懵懂，意识模糊，外公和舅母等人那些劈头盖脸的咒骂，我一句也没有听清楚，一口饭也不想吃，窝在灶屋的墙角，双脚冻得失去了知觉。身体的痛和外来的咒骂都是次要的，最难受的是来自心灵深处那种深陷泥潭无法自拔的痛苦、自责、内疚、懊恼，让我难过极了。我泪流满面，第一次尝到了做人的艰辛。后来走过了人生漫长的路，我才知道，相对于人生的挫折磨难、大风大浪，那算得了什么！可在当时，我就觉得灾难有天大，似乎遇到了过不去的坎，是一种巨大的磨难。如今，等我走过了人生的风风雨雨之后，我才知道，所谓的痛苦，所谓的挫折和灾难，大小全在我们的心里。当我们的心狭窄逼仄，一切的困难和挫折就变得庞大凶猛，反之，我们的心胸开阔时，那一切自然为你的坚强消退让路，全都变得微不足道。正所谓，心有多大，舞台就有多大。

在苦难的环境里，我练就了忍受苦难的心。在舅舅家里待的一段时间，我很快学会了做很多事，包括割麦子、抽天花、拾麦穗等简单农活，同时学会了很多家务活，包括喂牛、喂羊、喂猪、扫院子等，我体验了一段劳动人民的孩子艰辛的生活，这是我一生的财富，这种生活锻炼了我吃苦耐劳的精神和坚强的意志。这种生活，培养了我与劳动人民深厚的感情，培养了我平等、博爱的意识。劳动是一个人生存的权利、义务和手段，在很小的时候，我就深刻地认识到了这一点。

坐在往事的端口——疼痛及其他

天阴沉着脸，看不到一丝太阳的影子，街上的人们穿着厚重的棉衣、皮夹克或者羽绒服，表情木然僵冷，好像这个冬天的寒冷，冻僵了人们的笑脸。他们旁若无人，只关注自己的事情，买菜的买菜，走路的走路，有几个乡下来的农民，骑着本田或雅马哈摩托车，一只活鸡头朝下吊在后座上，绑着买好的粉条或葱蒜等冬菜，把车停在市场边缘，走到那个卖羊杂碎的摊子上坐下准备美餐一顿。更多的人在买肉买菜买水果。今天的天气格外寒冷，每一个菜农旁边都多了一个简易小煤炉，里面丝丝缕缕地向外冒着灰色的烟雾。市场里穿梭着太多的人，人们急于采购，就为着迎接明天的新年。

是的，明天就是2009年了，我在新年的临界点上，展望着向我匆匆走来的新的一年。由于寒冷囚禁了身体的自由，我只能把自己关闭在温暖的家里。也许是身体受到限制的缘故，思维就变得格外活跃。我看着窗外逐渐飞扬起来的零星的雪花，思绪也随之扩散、升腾，融合，我看到了往事的光影，又从一个洞开的隧道看到了来路的艰辛。似乎我的一只脚跨在未来的门槛，另一只脚还踩在昔日的端口。有一些隐隐约约的疼痛，逐渐从身体的一些部位，传递到我的意识，让我再一次感到沉重，对我来说，未来永远是艰辛而充满挑战的，我能从自己所面临的困境和身体的状况看到这一点。从有记忆的那一刻起，我就时断时续地接受着来自身体的某些部位的疼痛和不适，一直到现在。二十年过去了，我仍然频繁、厉害地忍受着各个部位的不适和疼痛。这使我在日常的工作或学习中，不自觉地产生一种无法克服的自卑。看着同学和朋友们无忧无虑，身体健康地度过每一天，我常常羡慕不已，自己却经常感到力不从心。于是，思绪就顺着这疼痛慢慢爬行，带我走入了往日的一些岁月。

1

记得上小学的时候，我总是感觉脖子撑不住头，似乎是头太重而脖子又太细，好像总是要用手来支撑着头，才会舒服。有时候我得趴在桌子上，看书或者写字，因为我的脊背很疲软、酸痛，无法让我长时间地保持端正直立的坐姿，非得依靠外力，借助别的东西，来使我完成十几个小时的学习。我记得很清楚，在小学一二年级的时候，老师在上课时总是鼓励大家："小朋友们，来，让我们看一看，谁最遵守纪律，大家拍拍小手，看谁坐得端又正！"于是，我们听话地拍拍手，坐出一个非常端正的姿势。那时候实在是好胜心太强烈，就为得到老师的一句表扬，我就强忍着脊背脖子间隐隐传来的酸痛，整节课一动不动，端端正正坐在那里。如果得到老师的一句夸赞，哎哟，简直心花怒放，幸福得几乎要晕过去。可是，毕竟这种酸痛总是伴随着我，装是装不出来的。父母带我到很多地方去看此病，可就是查不出毛病，只说是长得太快或者缺钙而造成的生长性疼痛，不是病。既然不是病，那就只能听之任之。事实证明，这的确不是病。因为这么多年过去了，我还好好地活着，而且这种疼痛也如影随形时常伴随着我，我也习惯了，哪天这种疼痛不见了，我就想，哎，这老友到哪去了，怎么不陪着我呢？可是过几天它就又回来了，我也就继续地想着法儿和它抗争，让自己变得更加坚强。可是，上小学的时候，我很懦弱，就这么一些疼痛，困扰得我总是不言不语，悄无声息，没有其他孩子的天真和快乐，整天愁眉不展，郁郁寡欢，就觉得心里的苦有天大。为此，我成了一个问题儿童，整天不言不语，唯唯诺诺，而且老是趴在桌子上，让老师很恼火。在小学，为这些，我确实没有少挨老师的骂。记得小学四年级给我们教数学的一位老师，叫宋天龙，个子不高，但人看上去非常精干利索，对待工作非常严谨认真。在我儿时的眼里，他是个凶神恶煞般的老师，对学生要求极为严格，如果谁胆敢在课堂上捣乱，他会很严厉地体罚学生。学生背后给他起了个外号"打人的老师"。

我的确亲眼目睹过他动手打一位学生的情景，为此我非常害怕他。好在他轻易不打人，只是“惩一儆百”，用他的话就是“杀鸡给猴看”。他这一招可真灵，别的老师上课，教室里有时候闹哄哄的，在他的课上，教室里总是鸦雀无声，那些调皮捣蛋的学生不敢有任何轻举妄动。

我身体的这种隐隐的疼痛或者是酸困，往往是有周期性的，要么是一段时间感觉相对轻松，一段时间就非常难受。我清楚地记得，那是一个细雨迷蒙的早晨，凌晨起来上学时，就有一种头重脚轻的感觉，我走在湿漉漉的操场上。雾气腾腾的操场，在细细的雨网中，看上去模糊不清，似梦似幻。我头发已淋得贴在头皮上，不停地向下淌着雨，身上单薄的衣服已经湿透。寒风透过淋湿的衣服和头发，钻入我的骨头。我顶着细雨吃力地穿过操场向学校走去，在要走过操场的尽头，走进学校的一个侧门时，从我身边跑过去一个身影，他正在操场的跑道上顶着风雨晨练，在暗淡的晨光下朦胧的雨雾中，我看出他正是我们的数学老师宋天龙。他的这一举动无疑在我心里掀起了波浪，使我对他肃然起敬。从那时起我就觉得不管做什么事，应该努力去做，而且要坚强，哪怕是锻炼身体，也应该像这位老师一样，风雨无阻。

可是，那天我感冒了，无论怎样用宋老师的精神来鼓励自己，也还是抵不住猛然袭击我的感冒。我头重得很厉害，在第一节课上，我勉强支撑着听完了老师的课，下课时，就再也坚持不住，趴在桌子上睡了。这课间十分钟对那天的我来说，实在太快了，如眨眼工夫。上课铃又响了，第二节课是数学课，我知道，绝不能懈怠，必须抬起头来，保持一份饱满的热情。可是，头如铅重，怎么也坚持不了。不到几分钟，我的头还是放到了书桌上。这对一向严谨的数学老师来说，可是天大的不敬，只听他在讲台上大吼一声，问是怎么回事，随后一个粉笔头飞快而准确地打到了我滚烫的额头上。他让我站起来。在他看来，上课打瞌睡，偷懒，简直是“孺子不可教也”！我天旋地转地站起来，吓得说不出一句话。当时的胆小和懦弱啊，真是到了无以附加的地步，现在想想，真是不可思议。那种由于受到老师的批评而产生的羞惭之感，几乎把我击倒，致使我一生都会很清晰地记得被老师残酷批评是一种什么样的感觉，那种如刀子一般切割心窝的疼痛，要比身体自身的疼痛强烈得多。我的泪水汹涌而下，站立不稳，摇摇晃晃，嗫嗫嚅嚅。这位严厉得凶神一般的老师看见我的状况，居然马上换了一个口吻，温和地问："怎么了？病了吗？"他让别的同学做练习，自己和两个同学快速地把我送往医院，自己掏钱为我看病。从那之后，我一向头疼的数学成绩竟奇迹般地一天天好起来。

三年之后，一个秋天闷热的下午，我走在放学回家的路上，被一位小学时的同学拦住了，他告诉我一个惊人的消息，让我突然如失忆一般，大脑一片空白。他问我："你记得小学给我们上数学课的老师宋天龙吗？"

"我当然记得呀，怎么了？"我漫不经心地问。

"死了！前天，因为肝癌医治无效，死了！"

我惊讶地睁大眼睛，心突突地狂跳起来，虽然不愿相信，但知道这是真的，在此之前，我已听父母说起他的病情，本想抽空约几个同学去看他，还没顾上去，他怎么……那种很难受的身体与心灵的、难以言传的疼痛，那种如刀割一般的痛惜和伤感，让我无所适从。我默默地走到曾经的操场，操场里空无一人，只有远处操场外围的白杨树，在早秋的阳光下静默无语。我平生第一次感到了生命的脆弱与短暂。似乎昨天，老师跑步的身影还在操场里跃动闪现，今天，已是一股风、一缕烟尘，从这个世界消失了。秋阳干燥，爆裂，整个操场的空气里似乎弥漫着看不见的火焰。我久久地站在操场的边缘，感觉到来自身体的疼痛在一丝丝地加剧，一直向内心深处渗透，我知道，这个秋天，注定是一个难熬的秋天。

2

冬天将至，树叶干枯飘落，草木枯黄折断，西北风一直不停地刮着。寒冷到处肆虐，眼看一个严寒的冬天就要来临，父亲却一天天地不安起来。本来他有严重的气管炎，冬天是不宜多出门的，可是，2006年这个冬天，父亲总是坐立不安，无法平静。这对于一向安详平和的父亲，是一个极反常的现象。他本性木讷沉默，不善言辞，不多表露，息事宁人。对他来说，如果身体在承受十分的痛苦，我们问到他时，他会立即振作精神，装出若无其事的样子，只表露一二分，总说没啥大不了，只是哪里稍有点痛而已。可是，这一次的躁动不安和疼痛似乎来得不那么轻巧，父亲也不能像以往那样泰然地强逞英雄。看到他极痛苦的表情，在我们的逼问下，他终于讷讷地说，他的坐骨神经痛得厉害。我们要他住院治疗，他说没什么大不了，何必小题大做。看到他痛苦的样子，我们忍不住给他搓、揉、捶、捏。可是不到几分钟，他又觉得这样太麻烦我们，于是忍着疼痛自己接手按摩。几天之后，我们逐渐忘记了这件事。

天变得越来越冷了，风卷着黄叶或纸屑，吹透了整个城市的天空。那些五颜六色的塑料袋，如旗帜或风筝飞扬在天空。风卷着沙尘、卷着冬天的寒冷，横冲直撞，钻进人的骨头。父亲居然在这样的天气里，固执地要在广场里活动，他疼痛难忍，想减轻痛苦，他以为这疼痛来自他活动量太小的缘故。因站立不稳，他让弟弟给买了个拐棍。他拄着拐棍，艰难地在放肆的冷风中挪动着脚步，不让人搀扶，也不让人在他周围逗留。他孤注一掷地要和身体的疼痛，要和命运抗争。然而，不管如何不甘心命运的摆布、如何固执地不屈从于病魔，父亲还是坚持不住，病倒了。在2006年的那个冬天，他住进了医院。

于是，医院就变成了我们的家。妈妈长期住在医院里陪护爸爸，我们姊妹们每天都轮番去看望爸爸，看着爸爸如何苦苦地与病魔抗争、与死亡搏斗。而我们，眼睁睁地看着自己亲爱的父亲一步步走向死亡，却无能为力。我们对父亲隐瞒了真实的病情，只说是一般的老年性疾病，住一段时间就可以出院回家。爸爸对我们的话深信不疑，他对未来充满了信心，对康复充满了期待。我们在他面前强颜欢笑，在背后吞咽泪水。可是有一天，我们去看望爸爸，走进病房就感觉气氛不对。爸爸紧闭双眼，一言不发，也不理我们，精神好像突然崩溃了。爸爸的反常引起了我们的注意，绝望的阴影笼罩在脸上。我问妈妈怎么回事，妈妈只是沉默而泣。我俯下身贴近爸爸的脸，感觉到他的脸冰凉如石头，那高高的颧骨硌得我生疼。他气息微弱，如来自遥远的隔世，我突然觉得有一种巨大的疼痛——身体和心灵的，如排山倒海的巨浪，一齐向我袭来，我掩埋其中，窒息和恐惧紧紧扼住了我的咽喉，使我无法呼吸。

一息之后，我拼尽全力，把这一切疼痛全部压在了胸腔之内，包括汹涌而来的酸涩的泪水，我柔声问："爸爸，你怎么了？好好的，你怎么精神这么差呢？你要鼓个劲啊，你会好起来的，你打起精神啊！"

听了我的话，爸爸突然失声痛哭，他说："我咋能好起来呢，我得了绝症，离死不远了！"我听了，大惊失色，转而看妈妈。她使眼色要我出去。我跟着妈妈来到病房外的楼道里，她说，今天邻居病房一位阿姨过来诌谎，她说话声音很小，原以为你爸爸睡着了听不见，谁知他什么都听到了，他知道自己得了癌症，所以伤心绝望。爸爸极热爱生命，从苦难的旧社会，经历了抗日战争、解放战争和抗美援朝战争，后来又经历了社会主义建设时期，他历尽各种苦难、吃尽苦头。如今，生活富裕了，子女们也如他所愿地都有了各自的工作岗位，他苦尽甘来。他时常走路都在笑，想好好地多活几年。那种强烈的生存欲望，我们时刻感觉得到，尤其是他把身体健康看得比什么都重要，所以特别注重锻炼和养生。可是，造化捉弄人，无意间却听说自己得了癌症，他怎能不伤心？我心里有点责怪母亲不小心，但又无法说出，知道大家都不容易，尤其是母亲也很苦，一辈子为子女含辛茹苦。

回到病房，怎么劝说也无济于事，爸爸始终紧闭双眼，一言不发。当时心里那个痛啊，几乎变成了比身体大几千倍的一块无形的石头，死死地压在我心上。看不到爸爸精神好转，我在病房里待到很晚，觉得世事无常：为什么想活的人不让活，而健康年轻的人却不把生命当一回事，肆意摧残，自寻死路，这是谁之错？可惜，世间很多痛苦和灾难是无法分担的，否则，我一定替爸爸分担大半的痛苦啊。

夜深了，我从病房里出来，父亲苍白的面容一直在我眼前闪现。月亮特别清朗,世界在月光淡淡的清辉沐浴下显得神秘安静,异常美丽。没有一丝风,树木深沉静谧,远处楼群林立,只偶尔从某一扇窗户里透出隐隐约约的灯光,提示我,夜已经深了,世界已进入睡眠状态。听着自己敲击在路面的单调孤寂的脚步声,我知道,有一些事情是无法逆转的,正如黑夜将会变得深入,而白天会如期而至一样……在那个孤独的夜里,身体的不适和巨大的疼痛包裹着我。我走在空无一人的街上,汹涌的泪水如决堤的江水,在黑暗里,在独自一人时,肆意流淌。那巨大的看不见的石头、压得我喘不过气的疼痛,在这空旷的黑夜慢慢地向四周氤氲、弥散、扩展、升腾……

3

这些年来,各种疼痛一直持续不断,来自身体的和心灵的,内部的和外部的。尤其是,我不能很释然地看待生命的消失和陨落。不管是亲近的或是疏远的,熟悉的或是陌生的,只要听说或者看到,总会引起身心的震撼和颤抖,虽然我深刻地懂得死亡是生命的必然规律,可是一些非正常的死亡,总会令我疼痛。那种深入骨髓的疼痛总使我如遭雷击,心灵的伤痛很久得不到缓解,尤其是自杀。

这些年来,我经历了各种各样的疼痛。最不能让我释怀,在我心里仍然留存着无法抹去的伤痕和痛惜的,便是前年在我生活的这个城市,在火车道上卧轨自杀的那个女孩。至今提起这件事,我仍然心有余悸。虽然我和她素昧平生,从未谋面,但这件事本身所反映出的一些问题,深深地刺痛了我,使我洞悉了教育的弊端和贫穷落后、愚昧无知在子女教育中的危害。真的无法接受,一个花容月貌、青春迷人的少女,在一闪念之间,在这一秒和那一秒之间,她就成了花的残汁。轻率的抉择背后折射出的是控诉,而我的遗憾和痛惜显得多么软弱无力!

事情的经过很简单:在自习课上,这个叫云(化名)的女孩拨开一个香蕉咬了一口,邻座的男孩看见了,垂涎地看着云,云就把香蕉递过去让男孩也咬了一口,两人相视而笑,他们哪里能想到,他们的一举一动让站在教室后门口的班主任看到了。离高考还有几个月了,这两人居然卿卿我我到课堂上来了,这还了得!本来平常对这两人早恋的事老师已经早有耳闻,今天逮了个正着。老师立即班会整风,并电话通知云的家长到学校来。班会上老师当着全班同学的面说了一些过激的话,云的母亲又匆匆地从农忙的乡下赶来,在课间拥挤的楼道里,当众扇了云几个耳光。之后,云似乎平静了下来。母亲回乡了,老师回家吃饭了,绝望的云趁这个空隙, 偷偷溜出了校园, 就发生了晚上 9 点多卧轨自杀的惨剧。

我一直在想,一个花季少女、一个心里装满了爱情的女孩,在她无法控制自己青春的欲望, 和一个男孩过早地偷尝了伊甸园里的禁果之后,这对尚未成熟的她,究竟造成了多大的压力和心灵的失落感,只有她自己知道。高考迫在眉睫,学习负担的压力,父母殷殷期望的压力,老师和学校施加的压力, 来自社会的潜在压力, 考不上学面临的失业压力,青春骚动的压力,舆论的压力……这一切让她已经走在了刀刃上。她的情绪处在极度紧张的状态, 精神近乎崩溃, 而恰恰老师的无情斥责、父母的糊涂打骂,使她在同学面前颜面扫地。在给那位男孩子写了一封伤痛至极的诀别书之后,在一个漆黑的夜晚,她把自己的生命交给了冰冷的铁轨,踏上了一条不归路。

那天,我看见在冬日的残阳中,载着那女孩破碎尸体的灵车,缓缓地走在一条乡村的土路上,一个被很多人搀扶着、无法站立、被心灵的伤痛击得已经不能正常走动的男孩,正不顾一切地扑向那灵车时,一种寒光闪闪的刀刃切割心扉的疼痛霎时传遍了我的全身, 我的骨头从里到外散发出脆脆的断裂声,我艰难地挪动着脚步,问那个跟在搀扶者后面的老者,这是怎么了?那老者老泪纵横地对我说:“我的孩子认为是他吃了一口闺女的香蕉,才造成闺女自杀的,他也不想活了,挡都挡不住,看了三天三夜了,听说今天发送,想最后看看,又怕人家闺女的父母不允许……我的孩子喜欢那闺女,唉,造孽啊!……前世的冤孽……”

那个冬天,我感觉异常寒冷。我常常独自徘徊在白雪皑皑的大沙河边缘,眺望着冻结的大沙河冰面河滩,望着苍茫的天光下落光了叶子的各种树木沧桑的容颜,默默经受着严冬考验,就忍不住叹息,植物尚且如此顽强地与自然抗争,就为了不至于让严寒摧垮,夺去生命,来年的春天能再次散放出旺盛的生命力。作为人,我们有什么理由轻易地放弃生命呢?孩子,如果你再迟疑一分钟,也许,你此刻,正在做着任何可能的幸福的事情,然而,你却轻易地把自己的生命交付给了冰冷的铁轨!

那种时候,我时常听到骨头碎裂的声音自远方传来,来自我的灵魂,或者神秘的未知领域,我不得而知,我的全身都酸痛难忍,继而是心灵的隐痛向全身扩散,继而是郁闷、沮丧、绝望,这种互相渗透的疼痛转化为一种悲悯的气质,永远地镌刻在了我的眼睛里,我的神情中,我无力摆脱。

远处,淀粉厂厂房上空蒸腾起白色的浓雾,不停地向天空袅袅升腾,我总是久久地看着那一切,觉得十分欣慰,是的,那是生命的象征。从人类钻燧取火开始,凡是在一种诗意般的境界里升腾起的烟雾或者火光,在我看来都是人类理性的有意识的活动,这就是生命存在和运动的象征。目光飘过工厂上方向更远的乡村眺望,那里瓜果飘香,大地一片金黄,呈现出秋天丰收的景象。在黄昏的夕阳下,炊烟袅袅,暮色苍苍。在那些村落中,总有一个是那个女孩的家,此刻在那个家里,女孩再也不会出现,她的父母如何承受生命如此之打击?据后来了解的情况,女孩走上这条不归路,父母极不恰当的教育方式,起到了推波助澜的作用。我们不能说,是女孩的父母杀害了女孩,但在这件事情上他们的确是有责任的。这是多么可怕而残酷的现实啊!可是不恰当的教育子女方式,在农村,又岂止是这一例呢?

4

坐在医院长长的走廊里,望着在昏暗光线下蹒跚走过的病人,或者那些匆匆忙忙出现又消失的白衣天使,我觉得秋天的日子持久而缓慢。陪着病危的父亲,在医院和母亲度过了一些日日夜夜,在这些日日夜夜里，我见识了一些让人在生命里无法轻易抹去的残痕，最难熬的仍然是见识好端端的生命被自己亲手破坏。

那天，我提着保温饭盒，脚步匆匆地赶往医院，因为下班晚，耽误了做饭时间，所以那天的饭送得比平常晚了将近一小时，我感到内疚。想着看护了一天爸爸的妈妈，一定饿得前心贴后心，在住院部那条幽暗阴森的楼道里遛了几道弯了。但是，走上那条窄窄暗暗的楼梯，没有看见妈妈的身影，走进爸爸的病房，也没有看见妈妈的人影。我放下饭盒凑到爸爸跟前仔细看，爸爸依旧在昏睡，似乎不省人事。妈妈到什么地方去了呢？我蹑手蹑脚走出病房，发现长长的楼道里静悄悄的，却弥漫着一股紧张和不祥的气味，我侧耳倾听，发现在楼道尽头的那个病房里，不断地走出匆忙的护士，门口还有几个默默向里观看的人。我想母亲一定在那里，她向来比较关注别人的安危。

向前走了几米，冲那边喊了一声妈，母亲果然听到了，在人群里低声应着抽身走出来，快步地迎着我走过来，神情里满是焦虑和不安。我说："妈，怎么了？你们都围在那里干啥？"母亲痛苦地说："唉，在抢救一个十七岁的男娃子，喝农药了。"我说："你那么脆弱，最好还是少看那些悲惨的场面吧！"我和母亲回到病房，母亲开始吃饭，她看上去胃口很不好，明显是受了刚才那件事的刺激。我尽力地安慰着母亲，可是自己却有点坐立不安了。我知道是那个男孩的生死牵扯着我的心。与此同时，我又一次隐隐地感觉到，那种久违的酸困和骨头内渗透的疼痛又开始在体内游动。我走出病房，快速地向那个抢救人的病房走去。这时候，门口只剩了抢救者的亲属。男孩的母亲正神情紧张、呼吸困难、痛苦地用手捂着胸口，她脸色灰黄、几乎没有血色，眼里迸射出惊恐、绝望、痛苦的寒光。看着她的样子，我的心疼了一下，不由自主打了个寒噤。她被几个人搀扶着，样子吓人，随时可能昏厥过去。男孩的父亲愣怔在那里，似乎并不痛苦，或者说是被突如其来的晴天霹雳惊呆了，吓蒙了，在当时还没有回过神来。我走过去，他们就定定地看着我，好像我能救活他们的孩子。我低声问："怎么会发生这样的事呢？"男孩的姑姑接上了我的话茬，她语气沉重地说:“娃子在县城上高二,就星期六才回趟家来。今天,他老子让他一起到地上掰苞谷去,他不去,他老子就骂他,越骂越气,就说,你投脱个人皮袋,不耗力,不死去,还活啥着哩!学习学习那么差,考学又考不上个学,快死去吧,还活啥!他爹说完就到田里干活去了。这孩子一个人在家,越想越委屈、伤心,本来平常学习不好,就没少挨老师的骂,如今父亲又让他去死,那好,索性死了算了。他转身看见放在院子里墙角边的农药瓶,不假思索拿起来就喝下了大半瓶。一分钟不到,孩子就像筛糠一样地抖,难受得支撑不住,他急了,抓起家里的座机电话就打父亲的手机,电话里孩子声音微弱地告诉父亲自己喝农药了,难受……话都没说完,孩子就跌倒了。在田里干活的父亲扔下活计就往家跑,幸好田离家近,几分钟就到。立即用摩托把孩子送来医院抢救。还算及时,到医院时孩子还有心跳。”

我看见几个大夫挥汗如雨地在紧急抢救,虽然给孩子洗了胃,但孩子还是神志不清、昏迷不醒。我凑过去看了一眼,那么清秀的一个男孩,虽然他痛苦地扭曲着表情,但仍然掩不住英俊青春少年的脸。在那一瞬间,我又一次被什么东西狠狠地击中了,我的心好痛,又一次打了个寒噤!

那天晚上,我回家很晚,一直待在爸爸的病房里,我关注着爸爸的安危,爸爸毕竟接近八十高龄,又得了癌症。我也挂心那个花季少年的安危。整个晚上,我身心俱痛,酸困难忍。晚上十一点半,我问大夫那孩子怎么样了?大夫说,状况已经稳定,但还没有脱离危险期。

牵挂了一夜,第二天早晨十点多再去医院,那孩子已经脱离危险,意识清醒,能够说话了。我特意进去探视了他。我说:“小弟弟,你怎么那么傻呀,生命对每个人都只有一次,我们尽力地珍惜,它都还那么容易地失去,哪还能亲手扼杀自己的生命呢?活着多美好啊!”孩子虚弱地对我说:“我当时脑子里没想那么多,只是一时想不开,就……”说着他眼角里流下晶莹的泪珠。我问:“你能保证今后一辈子都不再走这条路吗?”孩子眼里再一次涌满泪花,却对我勉强地笑了,他说:“我以后绝不再这样了……”看着男孩灿烂的笑容，我转身走出病房。走在那个空空荡荡的狭长的楼道里，我的眼泪夺眶而出。我是因为高兴而流泪的，为男孩，也为生命。那些身体的疼痛，不知不觉，随着这一缕阳光的出现渐渐地消退了。

过了两天，母亲告诉我，那个男孩出院了，走时，他母亲牵着他的手，父亲跟着，一家人高高兴兴，像过节一样走出了医院。一个生命的死而复生，使他们认识到了生命多么可贵，活着多么幸福！

之后的十几天里，又有两个女孩子自杀。在医院分别进行了抢救。一个九岁，上小学三年级，她姐姐因为什么事骂了她，她一气之下就喝了母亲放在窗台上的农药；另一个十三岁，上初中二年级，因为淘气，老师批评了她，她想不开，喝了父母放在院子里菜地旁树坑里的农药。让我再次疼痛和想不通的是，为什么把农药放在孩子们伸手就可拿到的地方呢？幸好这两个女孩抢救及时，都平安无事地回家了。

可是，不是所有的自杀者都那么幸运。

九月底，天气已经转凉，时不时地刮一场大风，有时甚至是一场突如其来的沙尘暴。

那天是星期天，清早起来，天气晴朗，阳光明媚。那阳光如瀑布一样洒在病房的床上，几乎让人觉得夏天犹在。可是中午，天气突变，狂风大作，沙尘肆虐。风沙不断地拍打着爸爸病房的窗玻璃，不断地发出让人惶恐的叮叮声。我正侧耳倾听这风声，突然从楼道里传来了很嘈杂的骚动声，我很好奇，打开病房的门，看见一个推着的病床上躺着一个年轻人，医生和护士以及家属正拼命把他往急救室里推。我问随行的人，这年轻人怎么了？那个把年轻人送到医院的同村的小伙子说：“喝毒药了，自杀！”我听了，心里马上有无形的疼痛向全身扩散。是那种透骨的冰凉的疼痛！我的天！这已经是我本月内看到的第四个自杀的孩子了。

据同村人介绍说，这个年轻人今年十八岁，也是父母因一些小事骂了几句，但话语很不中听，类似“你去死吧，活着有什么用”之类的话。父母是气话，可是孩子就当真了，拿起家里窗台上的农药就喝了下去，而且这孩子喝的是杀红蜘蛛的毒药。这种毒药药性发作慢,但药的药效十分了得,会摧毁人的中枢神经,使人成为植物人或慢慢死去。果然,那个刚到医院还能和医生交流说话的年轻人,在当天晚上,就变得神志不清、不省人事,呼吸阻隔,用呼吸机来维持生命。第二天,在我赶到医院,再一次去看望他时,大夫告诉我,已经病危转院了。九月的那个日子,突然变得如冬天般寒冷,我站在空空的走廊里,心里有了悬空的疼痛,让我忍不住颤抖……那巨大的看不见的石头、压得我喘不过气的疼痛,在这空旷的天空下慢慢地向四周氤氲、弥散,扩展、升腾……

到现在,我一想起那个年轻人,心里就禁不住要打寒噤,疼痛和牵挂啊——他到底怎么样了,还在这个世界上吗?如果他还活着,但愿他健康幸福!

……

此刻,我坐在往事的端口,回望走过的路,更多的是欣慰和坚强,疼痛似乎成了一种习惯、一种若隐若现的存在状态,并没有对我形成任何影响。我活着,我经历,我疼痛,这是必然的,不是磨难、也不是挫折,这是生命的过程和痕迹。新的春天将要来临,我眼前立即映现出漫山遍野的自然生物,花朵绽放,阳光明媚,那碧绿的草坪、花圃、轻风吹过的田野;那雪白的梨花、粉红的桃花、米黄的迎春花,以及张扬的大丽花、寂寞的丁香、低调的米兰;那静默在风中的形形色色的树木……这一切照亮了我的内心、我的灵魂,未来的路也随之明亮。我知道,人生路上荆棘丛生,坎坷而艰难,我们必然要经历各种的疼痛,这并不可怕,可怕的是,我们突然被自己灵魂的软弱和刚愎所击倒,被那体内看不见的狮兽般的自私和虚伪所蒙蔽,最后被自己打败了。疼痛算什么呢?这只是我们在体味生命的滋味。重要的是我们能在疼痛中反思,能在疼痛中屹然挺立,能看见山峰、看见希望、看见自己存在的价值,并在这种希望和存在中努力去抗争、去战胜,那么,这所有的疼痛之于我们的生命，就值了。

（本文刊于2009年《散文世界》第三期）

沉落在春天的故事

太阳依旧明媚，草坪上绿草盈盈，路旁的树木芽苞怒放，正预示着一个新的春天的来临。我无意间又走到了这条路上，看着那喷泉的水雾飞花四溅地笼罩了半边天，看着那梦境一般的白色雾霭在阳光的斜射下反射出七彩的弧线，猛然想起了一些沉落在春天的故事。那是在人最不经意的时候发生的，小得不值一提，一次邂逅，一次意想不到的邂逅。在我平静的生活和平静的心绪中，成了一个事件，我不得已地又想起了他。

那是六年前一个柳絮飞花、莺歌燕舞的五月，春天已接近尾声，天气已有些闷热。一切迹象表明，真正的春天已降临人间，新的希望正在酝酿当中，所有的事物正有良好的开端，这其中的原因是我参加了全国成人高考，又考取了本科学历，正在进行本科的学习。那天早晨，我们到甘州区地税局刚参加完一门专业课考试从考场出来。我和同宿舍的朋友小徐，悠然在大街遛达。那一天的感觉好极了，我至今记忆犹新。天空特别蔚蓝，空气特别清爽，街边园林师精心雕琢的花圃和草坪，在春日的阳光下格外显眼。我们走在城市的天空下，人行道上熙熙攘攘，人群络绎不绝。

我提着自己的外套，背着长带挎肩包，和我的朋友手挽手走到鼓楼旁通往新华书店的岔路口。这时，红灯亮了，密集的自行车队戛然而止，人头攒动，前面的各种机动车如长龙般经过。我们放慢了脚步，那块绿得晃人眼眸的草坪中央，喷泉正飞花四溅地喷射出梦幻轻雾的意境。我在扭头欣赏的刹那，突然有一种异样的感觉，我的第六感官告诉我，在某个地方正有一双炯炯的眼睛在窥视我。我明确地在人头攒动的自行车族里发现了一双眼睛。这双眼睛和世界上任何一双眼睛都不同,我可以在人海茫茫中一眼就找到他;这双眼睛又和世界上所有的眼睛大体相同,因为太普通了。当看见这双眼睛时,我怔住了,这世界消失了。一时间,人海茫茫,喧嚣满天,车水马龙,还有那飞花四溅的喷泉,那红绿相间的花圃和青草,全从我的视线里消失了,我的眼里只剩这双眼睛。在我目不转睛地凝视这双眼睛时,他一直凝视的眼神开始躲闪,我明显看出了他的不自在。等我的意识突然回到脑海,我有一种强烈想逃跑的感觉,或者拐个方向逃之夭夭,但我马上意识到这样做极不妥。这不是此地无银三百两吗?十几年前,不就是一首诗吗?我的逃跑,难道还说明十几年来耿耿于怀、难以忘记吗?我不想这样。我越镇定,越说明早已把它淡忘,越说明现在对此无动于衷。于是,我硬着头皮,装作若无其事的样子,上前和他打招呼。具体说了几句什么,我是一点儿都不记得了,我只记住了我的紧张,我的语无伦次和急于逃之夭夭的心态。草草几句三言两语,我主动打断了我们的谈话,指着新华书店说,我是和朋友到新华书店去买书的。于是匆匆告辞。我记得在此之前的一个细节,在我们说话时,他已经从一只脚点地,架在自行车上的姿势,跳下了自行车,平稳地站在我的面前,看那样子是预备要和我聊聊的,但我逃走了。在我们彼此从各自的视线里消失的时候,我心里莫名的恼火,以及那些理不清的思绪让我非常沮丧,我忍不住地说了一句:倒霉,遇到了最不该遇到的人!

事后,一直想不明白,为什么会那么紧张,会落荒而逃?难道仅仅是因为我们十几年从未遇到过吗?或者是因为十几年了我们没有任何联系呢?可是在此之前好几年我都从没想起过他,因为他本来就不曾在我生命的轨道上扮演过什么角色,他只是我的老师。都说学生很容易爱上自己的老师,我这段情感经历算是初恋,暗恋或是单恋,到现在都没搞明白。我还是说说事情的经过吧。

他是我高三补习时的英语老师,个头不高,一表人才,小巧而干练,最要命的是他讲课极尽滑稽与幽默。课堂里常常高潮迭起,妙趣横生,而他天生是个“娃娃头”,和同学们打得火热,大家都折服于他天才的智慧。他深受女同学的青睐,很多女同学都暗恋他。

一开始,我知道班里的漂亮女生有几个很喜欢他,诸如杜和李。杜据说到了茶饭不思的地步。不知是处于自卑还是嫉妒,我对此深感不齿,当时就把杜划到了花瓶一类的女生当中,对她不屑一顾。也许因为自己太过平凡,太不起眼,当时又在补习,于是就有一种卧薪尝胆的历史使命感。可是弟弟和他一帮朋友在嬉笑闲谈之间,总谈论起他,言辞之间流露出崇拜和信赖、钦佩和爱戴。再则,我有一位非常要好的朋友孙,他学习非常好、家庭条件却极差,父亲重病卧床在家,母亲一人担起了全部生活的重担,也几乎要积劳成疾。所以这位同学面临辍学的危险,这时候,义无反顾出来帮忙的就有他——当时也是孙的英语老师。他像兄弟一样伸出了援手,给他经济上的援助,同时,让孙住到他的宿舍,两人同住一室,他就可以随时对孙的英语做些辅导,同时减少了孙在学校住宿要交的费用。他和孙成了情同手足的兄弟,他们的友谊据说现在都一直在延续。当时,我和孙交情甚笃,我们是没有性别意识的最要好的朋友,无话不说。孙是一位品性非常好的人,他时常向我谈起我们共同的英语老师,对他佩服得五体投地。我真的不知道这个人是从什么时候开始走进我内心的,一点儿都没察觉。而且,我此前从没遇到过感情的困扰,所以内心是不设防的,等有一天突然发现我的视线在随他而转时,已经晚了。

那段日子真是难熬啊,心里装满了心事,无人能讲,学习又怎么也不见起色,穿戴是最次的(偏偏那个年龄很在意这些),长相又不惊人,明知自己是个补习生,负有沉重的前途使命,可就是管不住自己杂乱的心。怎么办?下午课外活动,我常常拿着书本,躲在校园操场旁边的杨树林里试图看书,但怎么看得进去呢?无法把精力全部投入书本,或者拼却了力气把精力用在书本上,却怎么也记不住。每当夕阳落山,学生放学,老师们回家的时候,我站在绿荫匝地的树丛中,就看见他骑着自行车穿过学校那长长的操场向校外骑去。我一直看着他的背影消失在夕阳下的校门口。我秘而不宣，守口如瓶，对谁都不谈及此事，只有我自己与内心拼命挣扎，希望从这种旋涡中走出来。可是，由于过度的自闭使我如陷泥沼，越挣扎陷得越深。

大学的门离我越来越远了，而内心的重荷却压得我喘不过气来，我徘徊在校园内外的一些小路上，时常木然地凝望那傍晚黛青色的山峰，汩汩流淌的河水，身旁的玉米地里传出哗啦哗啦神秘的海浪一样此起彼伏的涛声。我就会呆呆地站上很久，哪怕风吹着单薄的身影或是雨滴拍打着冰凉的额头，我全然不知。那时的伤痛、惆怅和失落，无人能解。我常常泪满眼眶，平生第一次尝到了爱上一个人的痛苦和艰难。以我的性格，我绝不会主动向对方示爱，哪怕再苦再难。

有一天英语晚自习，我在做作业，他进来了。因为个子太高，我总是被排在最后一个。他刚走进教室，我就看见了。我装作不在意的样子没有抬头。他从前面遛达到了最后，站在了我的身边，很久，他一直在看我做作业。我知道，他其实一直对我很好，很关心我的学习。他看了很久之后，凑近我小声说，这道题做错了。我慌忙改正，又改错了。他温和地接过我的笔，在本子上给我讲了那道题。也许我根本没把心思放在那道题上。

作为一个老师，他的确对我很好。有时我就会想入非非，他也许喜欢我也说不定呢。随着他一次又一次关照我的学习，这种念头不断在我脑海中出现。有一次，我想，何不试探他一下呢？于是我写了一首小诗，叫《聚焦》，我现在只记得其中的几句："绵延的山峰，浩瀚的海洋……而我，却聚焦在你的身上……"我把这首诗工工整整地誊写在稿纸上，在一次课外活动时，我到教员组门口，里面正好就他一个人。我走进去把那个纸条递给他说，"给，这是写给你的！"然后转身逃也似的离开。没等他反应过来，我就已经跑到了操场边的树林里。

当天的晚自习他没有到教室里来。我在焦急地等待他的反应，等着他来，却又害怕他来。当晚他没有出现在我的视线里，我感到侥幸和失落。第二天有英语课，当他走进教室上课的那一瞬，我脸热心跳，恨不得有个老鼠洞钻进去。那节课他讲得非常认真,从他脸上看不出任何的蛛丝马迹。他一直平静得像什么事也没有发生,只是一直没有到我跟前来过。这样过了三天。

第三天的那个晚自习,他进了教室径自走到了我的桌前,小声说:“你来一下。”

我跟着他在那个半弯新月的夜晚,深一脚浅一脚地向职工宿舍走去,我的心就像脚下的路一样忽高忽低。走过两排教员宿舍,从几排高大茂盛的白杨树旁穿过,来到了他的宿舍门前,他掏钥匙,开门。我跟在他后面,像是犯了天大的错误,低着头,一言不发。走进房间他开了灯,一张桌子一把椅子,显然是他晚上办公的地方。对面是一张单人床,其次就是旁边放了一个脸盆架和洗脸盆。房间的陈设非常简单,但在当时的心境下看那一切,觉得一切都太美好,就连那墙角支撑起的三角玻璃架上的牙缸牙刷都觉得在熠熠生辉。他示意我坐下,我就很乖地坐在那把椅子上,也没敢抬头看他。他问:“怎么会写那样一首诗?怎么会有那样一种情感?我难道哪里让你有了什么错觉吗?如果是那样,请不要误会。”

我赶紧解释,他没有什么不当的地方,也没有什么误会和错觉,只是,我也不知道什么时候,什么事情让我有了这样的情感。我语无伦次,结结巴巴。然后他还问了一些问题,我不记得当时是怎么回答的,只记得脑海一片空白,言辞和思维都糟糕到了极点。我的笨拙让我对自己无比恼火。当时的谈话没有一丝的诗意和浪漫,也许这是他有意制造的。他不给我这个情窦初开的少女一丝一毫的幻想。他劝我好好学习,大概的意思就是,学都考不上,以后靠什么谋生?在高考即将来临时,谈论这样的问题,不觉得不合时宜吗?当听完他的那番话时,我对他的那种特别崇高、特别美好的感觉一下子就溜走了许多,心里的那种温柔感也一下子消失了很多,我看到了他现实世故的一面,觉得他全不是我想象的那样超脱而浪漫。

接着他话锋一转说,他已经有女朋友了,是他师专的同学,目前正在接触，估计十有八九要成。我听懂了他的话。我没有再抬头，也没有再说话，一直默默地听他说他和女朋友如何走到一起，如何开始谈婚论嫁，现在双方父母都已见过面，接下来是如何把他调过去，调到她那边去云云。

从听到他有女朋友时，我的心就无止境地往下沉、往下坠，内心的隐痛一阵一阵向我周身扩散，我头脑嗡嗡作响，意识变得很不清晰，但我坚持一动不动地坐在那里，保持固定不变的姿势，竭力不要让自己倒下。等他说完了自己想要说的话，我艰难地站起来说："那我走了，你忙吧！"

我恍恍惚惚地走出了他的房间。在他的房间离教室之间的校墙边，长满了高大茂密的杨树和柳树。在月光下风吹树叶发出隐隐的哗哗声，浓重的树荫遮蔽着月光，显示出深不可测的神秘黑影。平常，同学们一两个人是不敢从这里走的，可是那天，我忘了这一切。我不知道自己是怎样从那条黑黑的路上走到教室的，又是怎样从教室走回家的。真的，当时我的意识很模糊。

高考的压力是那么重地压在我的身上和心上，强烈的灰心和失望、强烈的自卑感控制着我，我寡言少语，独来独往。我们常碰面，但从来不说话。其实，从那一刻起，我就已经不想再面对他了。但他仍然是我的英语老师，我躲不过他的，因为我得上英语课。于是我上课不再抬头，有几次他隐晦地提醒说："有些同学抬起头来往黑板上看！""有的同学上课怎么不抬头呢？"但我就是固执地不抬头，我与自己的内心作着抗争，一再告诉自己，要忘记他！我盼着这个学期快快结束，哪怕我考上或考不上大学都无所谓，只要我不受这份煎熬！是的，学校生活的结束，就意味着这苦难生活的结束，至少我不会再见到他。

三个月之后，高考结束了，我们离开了学校。我在怅然若失和苦苦的思念中又度过了一个多月，后来听别的同学说，他调走了。我的心疼了一下，透过汹涌而下的泪水，我看到真正的冬天已降临人间，在泪光中，我微笑了，知道一切真的都结束了。

随着岁月的流逝，我逐渐地摆脱了他的束缚，渐渐地淡忘了他。我参加了工作，有了全新的生活。

后来，我遇上了现在的老公，他的出色，让我不再留恋和回顾其他任何男性，义无反顾地嫁给了他，我们过得很幸福。很多年了，当我偶尔想起他时，也觉得那是很遥远的事，好像那是发生在上个世纪很久远的事。

可是，在很多年以后的这个春天的早晨，在这个洋溢着活力和芬芳的早晨，我再一次意外地邂逅了他。那个沉落在春天的故事，再一次地挤进了我的生活。

照　相

单位通知穿戴好制服衣帽去照相，要在监督岗上放照片。于是，在这个暮秋的早晨，我踏着秋风吹落的黄叶，在温煦的阳光下，向指定的照相馆走去。照相于我，总是一件很开心很惬意的事情。从小就喜欢照相，喜欢把照好的照片拿在手里一遍遍地欣赏。老公戏谑地说我是自恋狂，我也觉得自己有自恋倾向。可能因为自恋，就忒喜欢欣赏自己的姿容，希望自己更美。可是，哪个女人不爱美呢？况且，对我来说照相本身就埋藏了无数的心结和秘密。

走进照相馆，老板是个矮小精明的陕西人，笑起来眼睛眯成一条缝。他那双小眼睛非常聚光，在看到顾客到来时，他就仰起孩子似的笑脸，用那聚光的小眼睛，牢牢地捉住你的视线，直到你成为他生意场里的俘虏。这样说也许有点夸张，但他的确是个非常好的生意人，他用全部的热情接待你，用十二分的真心来感化你，你不得不打心眼里信任他。他胖乎乎的手有力地握住你的手久久不放，像是邂逅了一个久别的亲人。我走进去就受到了类似的热情接待，在和我寒暄几句之后他叫来了他的化妆师，然后吩咐化妆师要尽力地把我弄好些，然后由他来亲自拍照。

我被化妆师略微地收拾了一下，就跟着这位精明的小老板走进了他的摄影室。他开始布置灯光，一丝不苟，而我则站在旁边欣赏他极认真地摆置那些各种形状的灯。他在干这一切的时候，仍然不忘回头对我微笑一下，我也非常真诚地莞尔一笑。这就是他的精明，一点儿都不让人讨厌。只要到他这里来的客人就一定不会走掉，他会想办法把顾客留住并会让他满意。他的照相技术在这座小城也是顶呱呱的一流水平，当然价格自然也是一流的。他充分地体现着竭诚为顾客服务的宗旨,所以他的朋友很多。

摆好了所有的灯光,他把我安放在那个最中间的凳子上,然后打开所有的灯光。于是,所有明明暗暗的灯光一时间都聚焦在了我的脸上,然后他走过来开始摆弄我的姿势。他把我的头放端正,又把我的下巴往上抬一下,就跑过去把镜头对准我,然后说:“来,看这儿,微笑一下!”他做这一切时极其认真,似乎我只是他的一件艺术品,他在努力地把一件艺术品放在最佳位置。我以为要拍了,正襟危坐,不敢稍有丝毫的闪失。谁知,他说我太古板了,要我尽量放松,他又跑过来,开始摆弄我的头,我的脸该正一点儿,还是侧一点儿,这样几次三番,他仍然不满意。这样多次摆弄,我已然有些麻木,就由他去,我的精力开始分散,思绪开始抛锚,我的脑海中恍惚地出现了二十几年前,我人生第一次照相的一些情景和画面:

那是一张年轻英俊的脸,脸部轮廓清晰圆润,像个女孩子,一双俊秀的大眼睛流露出温和的笑意,他的手很大也很胖,但看上去并不笨拙,他有一种文秀的气质。我胆怯地坐在那个凳子上,任由他的手轻柔地摆弄着我的头和我脸部的姿势。我当时十二岁,看上去很傻很窘迫,也许是我的姿势很不好,表情很不自然,又是生平第一次照相,而且是花了几番代价几番工夫跑到军营里来照相的,我被这阵势吓住了,我觉得神秘而胆怯,脸上怎么也挤不出一丝笑容。在我进入这间摄影室之前我有一种被赶赴刑场的糟糕又新奇刺激的感觉,可是坐在那些聚光灯下,这双温热的大手温柔地几次三番地摆弄我的头和脸,驱走了我的紧张,给了我安全感,同时,这双手好像有磁力,有魔力,吸引着我的视线,好像它对我注入了神力,在我内心产生了一种异样的感觉,使我的视线一直随着眼前这个高高大大、面庞宽阔圆润的脸而移动。我和另一个小伙伴的照片很快就照完了。那个年轻的军官始终有一种和蔼的笑容浮现在脸上,他的每一个动作有条不紊,每一句话都温暖,像那个早春的天气一样让人感到熨帖。当他把一张发票递到我手里,并和蔼地告诉我们“小孩，六天以后拿着这张票来取照片”时，我明显地感觉到我内心深处发生了本质的变化。这变化是什么，来自哪里，我不知道，也说不清。我只是觉得那张轮廓圆润的脸，在我离开时，被我的眼睛像照相机一样定格在了记忆当中。

走出照相馆，那天的天空特别蔚蓝，空气特别清新，春天的气息扑面而来，让人格外温暖；马路宽阔光滑，明媚的阳光照在路面反射着五彩的光，路旁的杨树、柳树、槐树还没发芽，只泛着淡淡的青绿色，小鸟在秃枝间欢笑，远处的青山，近处的田野和房舍，突然都变得鲜活生动起来，如同我心里洋溢和跳动的一些莫名信息。我恍惚间就觉得世界一下变得无比美丽。那个早春的上午，望着泥土的松动，望着树枝间慢慢泛出的青绿色、枝杈间慢慢努出的嫩芽芽，我感觉身心都在起着某种懵懂的变化，好像怀里揣了无数只小兔要从我心里跳出来，我被搞得慌乱无措，无所适从。不知是怎么回事，只觉得兴奋，有一种莫名的激动让人心神不宁。

少年时期，睡眠总是很沉静、很投入，常常觉得刚睡下不一会儿，也就片刻的工夫吧，就被大人推醒催着去上学。可是那天晚上，我躺在床上，心里明亮得像一盏灯，辗转反侧，难以成眠。窗外的月亮深邃而神秘，院内的一棵大树上，有野鸟孤寂的叫声，那叫声在沉寂的夜色中显得格外清丽忧伤。我睁着一双眼睛，静静地躺在母亲的身边，听着母亲均匀平稳的呼吸，望着窗外暗黑的天幕上悬挂着的硕大而清寒的月亮，我内心弥漫着一丝寂寥。我的意识特别清醒，我觉得天空是神秘的，月亮也秘而不宣，连窗外那棵老树，也显得神秘莫测。半夜里，我做了个梦，梦见自己骑着一匹大白马在云雾中驰骋，突然，迎面走来了一个人，他向我招手，我隐隐约约觉得那人正是白天给我们照过相的年轻军官，他微笑着向我走来，我有点忘乎所以，快马加鞭地向前奔驰要接近他，突然，马嘶叫着将我甩下，我被惊醒了，全身战栗，心跳不止，汗水湿透衣被……

也许是我的惊叫声惊醒了母亲，她伸过手臂摸摸我的脸说：“做噩

梦了？”我说：“没有。”赶紧侧过身躯，生怕这样的梦会让母亲知道。我平生第一次有了不能给母亲说的秘密。之后的几天，这个梦一直萦绕在我脑海中，那个年轻军官的身影、他的阳光般的笑容、他的声音，一再地闪现在我眼前。我开始盼着几天以后去取照片。

终于到了取照片的这一天，我特意把自己的小辫子扎得更漂亮一些，可是总扎不出我想要的样子，一次一次，越扎越不像样子，我一下生气地把梳子摔出了老远。妈妈听到响动，从里屋里出来问：咋了？我赶紧跑去把扔出去的梳子捡回来说，这头老是扎不好！妈妈说，平常不是也这么扎的吗？我的脸“刷”的一下红到了耳根。妈妈过来说：“哟，今天的脸皮咋这么薄，脸红啥？”我的脸更红了，好像我的秘密已经让妈妈窥探到了似的。妈妈接过梳子三下两下就帮我梳好了头，我高兴地喊上我的小伙伴去取照片。去的路上我心花怒放，高兴极了。一路上春光明媚，蔚蓝的天空悬挂着洁白的云朵，透明而干净，树上的小鸟依旧在歌唱，小树枝随风摇摆，似乎在炫耀自己的舞姿。我想，你们怎么高兴，哪有我此刻的心情这样别致呢？我的脑海里开始一遍遍地上演取照片时的情景，我把那张可爱的小票递过去，那军官把照片递过来，我在接过照片时深深地看了他一眼，就这一瞬，即成了永恒，让我心醉神迷、如痴如幻，让我心花怒放别无所求。这件事在我心里隐秘得不露一丝痕迹，这对我是天大的一件事，我第一次发现我的世界里有了男人这个物种，我以前没有意识到人是有性别的.

走进那个小小的照相馆之前，心跳得很厉害，手心里有了细细的汗珠。走进照相馆，眼前的情景令我大失所望，柜台前站着一位年轻漂亮的姑娘，再没有别人。我向四周看了看，把眼神锁定在那扇虚掩着的小门内，希望奇迹出现，那位眉眼极其周正，皮肤细腻白嫩的姑娘反感地问我：“哎，小孩，你干什么的？”我怯怯地说：“取照片。”她说：“把票拿来！”我再次怯怯地把票递上去，她眼皮都没抬一下。我被她的美丽惊呆了，有一绺秀发遮盖在她秀丽的眼睛上，那散放着珍珠般光泽的薄薄的眼皮轻微地抖动了一下，接过我手里的票，皱了一下她细细的眉毛说：

“这发票怎么是湿的，好像水洗过一样？”她灵巧地用四个手指头把那张发票铺展在桌子上，好像那张发票很脏，会污染了她纤长细嫩的手指。在她做这一切的时候，我一直到处张望，房间的每个角落我都用眼睛搜寻了一遍，就是不见那个军官的影子，我还是不甘心，死死盯着她身后的那扇门。那姑娘一抬头看见了，很不客气地说：“哎，小孩，你贼眉鼠眼地在瞅啥呢？”我的脸红了，全身的血涌上了脸，我的难为情几乎把我击倒。我恍惚了几秒钟，一言不发地从她手里接过照片，逃也似地跑出了那个照相馆。眼泪汹涌而下，心里的难过无以复加，我疯子一样地奔跑，全然不顾我的小伙伴在后面拼命地叫喊，拼命地追赶……

从此，我变成了一个心事重重、沉默寡言的孩子。我发现我不懂的事儿太多，而发现这一切的症结在于我明确地懂得了这世界上由男人和女人组成，而男人似乎是神、是谜、是雾霭，我一时看不清。此后却横在我的心中，无力摆脱，让我无比懊悔、沮丧，莫名恼火。我并没有做什么错事，更没有被任何人冒犯。可就是无法摆脱这种矛盾又彷徨的情绪折磨。我对异性的世界充满了好奇和探究欲望，时刻想窥视那洞深的仓库里储藏的秘密，而我一时又琢磨不清楚我到底想探究什么。陷入了多思的年华，我变成一个不可思议的女孩，陷在一个沼泽地或是烂泥潭里，苦苦挣扎。我不得不承认，这一次照相震荡了我的思维，改变了我的视角和人生观。

那个暮春的每一个日子，都被覆盖上一层朦胧的色彩，弥漫着淡淡的忧郁，笼罩在远山近景之上。在炊烟飘荡的黄昏，我常常走在放学的路上，看着那些低矮的村庄、房舍，看着那些在地埂上啃草的牛羊，看着那些虚掩着的农家院里啄食的鸡和鸽子，我觉得它们都比我幸福，因为它们没有那些困扰……

“哎，哎！这相还照不照了？”那陕西小老板在镜头那儿冲我喊了起来。我被拉回到现实中，为自己的走神感到难为情，我说：“照啊，非照不可！”那你就得全神贯注！小老板又笑嘻嘻地走过来矫正我肩膀的姿势。

走出照相馆，秋日的凉风扑面而来，路旁的槐树上有不断向下坠落的黄叶,似乎一夜之内,这秋天就跑得无影无踪了,枯黄的树叶和风中抖动的树枝,细细地向我诉说一个冬天的故事。我看见自由路上来往的行人穿戴得如同过节一般隆重,我不得不感叹生活水平的提高和人们各种观念的改变。现在的人们,想照一张照片,那还不是很随便的一件事,大家不但有清晰度极高的高清数码相机,就连手机附带照相机功能,随便啥时间想照就啥时间照。记得我在大学上学时的那个冬天第一次照相对我们来说是多么重大的一件事啊。当时是大宿舍,一起住着十几个女生,听说要在学生园地拍摄个人的照片,还要照一张全班合影,我们听了一夜睡不好觉,开始讨论是早晨去照相还是中午去照相,有的说早晨去,立即有人反对说:“不行,早晨天太冷,一冻,大家会变成‘红耳团’,就这一次照相机会,就一定要照好。”那就中午去,立即有人反对说:“中午太热,出汗以后脸上油光澄亮不好看,也不能去。”那就下午去,有人又说:“不行,下午光线不好,照出来效果不好。”经过整整半夜的商议和争执,终于决定,下午两点半至三点半之间最好。但是最终却是老师领着我们在早晨九点钟去照的相。

相见不如怀念

去年冬天,春节将至,窗外飘着纷飞的雪花,远远近近地响着鞭炮声,世界笼罩在节日的气氛中。我突然接到了一个电话:一个曾令早年的我心动过的男同学从深圳回故乡探亲,他说想约个时间见见。听着他明显不同往日的声音,我在记忆中竭力地搜寻着他的模样,但隔着电话线,我看不见他的面孔,无法准确捕捉和揣摩他的形象和情绪。分隔多年,我们都已走入婚姻,各自担着沉沉的责任,我们互无往来,彼此杳无音讯。此刻,我觉得电话那边的声音虚幻而遥远。

我踌躇着该不该答应他的约见。我坐在松软的黑皮沙发里,尽量地把身体沉坠到松软的海绵里,好像要躲避那些即将降落的思绪。

渐渐地,在凌乱不堪的记忆中我拾捡到了一些学生时代的片段。在早年的相册中,我翻到了他的照片。我仔细地端详着相片中那个清瘦颀长而漂亮的男孩……凝思片刻,我收拢心神,提醒自己:今非昔比,往事不在了。十多年的时间,足可以使一切变得面目全非。

当我终于在冬日雪后的那个晚上, 如约走进一间音乐低回的咖啡厅的时候,一个膀圆腰粗、高大魁梧的男人大步迎过来握住了我的手,那一刻,我预感我会永远地丢失过去。我想,在此之前,对时间的残酷我做了足够的思想准备。

直到坐在座位上,我都无法集中精力面对眼前这个陌生男人。我总觉得哪里不对劲,也许是记忆中的翩翩少年和眼前过于真实的人物、周围低回朦胧的音乐与对方春风得意的调侃有那么一些不协调, 或者还有更深的原因,我一时想不出。

整个晚上,我拘谨地坐在对面,听他侃侃而谈。我想,我之所以一

言不发的原因是我不能认同钱财的大量积累就意味着成功这一价值判断。他说,他最得意的是学会了如何把别人的钱轻松赚回自己的腰包……他的生意经令我生厌,但我凝神静听,试图把记忆中的那个人与眼前切实的人物融为一体,可是,怎么可能呢?

这之后的一段时间我总觉得怅然若失，痛惜一段美好的记忆从此在我生命的长河里消失了。十几年的光阴啊！我看见了时间的残酷,看见了时间背后的一切，看见了朋友和我在生命的隧道里丢失了什么又拾捡了什么,看到了很多我不想看到的东西……

后记

恐惧与孤独

美国作家梭罗在《瓦尔登湖》里说：对于每一个作家，都不仅仅要求他写他听来的别人的生活，还要求他迟早能简单而诚恳地写出自己的生活。法国著名思想家、作家蒙田也说：我写作的目的，就是“描绘我自己”，就是“叙述我的生平和事迹”。他的这种写作理念，似乎暗合了我最初始的写作动机。我很孤独，我需要倾诉，而自己恰恰又是个不会讨人喜欢，不会迎合处事，不善于言辞的人。尤其是对那些特别在乎、倾注了更多爱的人和事物，内心的情感总是特别蓬勃而丰富，却无法很恰当地表达出来，即便是说出来了，也已经变得苍白无力或者笨拙可笑了。我的灵魂始终是孤独的，这种与生俱来的孤独感，常常让我强烈地感到自己的卑微与渺小，只能依靠写作与阅读排遣。

从记事起，我就是那么孤独，尽管我们姐妹五六个孩子，我却总是落落寡合。与生俱来的胆小和懦弱，使我对同样一件事，总是有着比别人更深刻的体验和更激烈的反应。那时，我四五岁，母亲被下放到农村劳动，为了寻找一种精神的寄托、心灵的慰藉，每天下午，母亲都要到左邻右舍去串门。那时还没有通电，我不知道一到傍晚，别的孩子都到哪里去了。我很老实，总觉得我该看门。母亲出门前，会把煤油灯点上放在炕沿上，我坐在炕上等待她们回来。母亲出门时，门没有被带上，门似乎总是虚掩着。我从天麻麻黑，眼睛就盯着那扇虚掩着的门，如豆的油灯在我和门之间忽闪着微弱的光，周围无声无息。那时，我脑海中翻腾着各种恐惧的画面,不敢看那些黑暗的角落,总觉得有无数的妖魔鬼怪在暗处跳舞。我也不敢稍有懈怠,把目光离开那虚掩着的门,因为脑子里还不断地幻化出一些更可怕的场景来:有一只大黑熊从门里走了进来,或者是一只狼、一只豹子,甚至是一些我根本没有见过、无法具象的凶神恶煞,又或是大人们讲到的飘飘欲仙的凌飞仙子……不断地会溜进门。那里似乎有着无限的可能性。

在如豆的油灯下,脑海里出现各种幻觉像电影一样上演:那些天兵天将一字儿排开,在跳跃不定的闪烁的微光下,它们从虚掩着的门里进来,没有任何声息,我似乎看见它们在进行各种活动;有时,我又觉得那虚掩着的门缝之间,飘进来一个鬼,在一步步地向我逼近……那种想象让我毛骨悚然。然而,鬼到底是什么样子,至今没有见过,也说不清这世上有没有鬼,然而母亲始终认为,她见过鬼。她时常给我讲小时候她的一些幻觉或幻听。在那样的夜晚,不知等了多久,母亲终于回来了,她上前亲一下我,算是对我的老实和坚守的回馈和奖赏吧。这种时候,我会突然泪流满面,掩饰着不让母亲看见;多半时间,我把心里千般委屈、万般埋怨的情绪用一句淡淡的话语发泄出来:“妈,你咋才回来呢?”记不清童年时期,有多少个夜晚,是在这样的恐惧、幻觉、想象和孤独中度过的。

有几年,由于家庭条件困难,母亲把我送到乡下外婆家。

在乡下外婆家的日子,依然是恐惧和孤独伴随的日子。

在乡村,人如果病得很严重,求医无门的情况下,人们总是会求神拜佛,多半时间会找神婆进行驱逐鬼神的活动,俗称“疗病”;也有修了房子,要进行祭拜祖先的奠基活动;或者乡村的红白喜事,都要进行祭奠神灵的活动。谁家要进行这样的活动,就是全村人的节日。所有的人怀揣着热心都会放下手里的活,去帮忙、助阵、围观或捧场。这种时候,对我们小孩子来说,是真正的节日!

白天的乡村,孩子们在一起嬉戏玩闹,是一片祥和、喜庆、明亮的天地,可是夜幕降临、黑暗笼罩村庄的时候,就觉得人们心里也笼罩了一层神秘的面纱。在乡村人看来,万物皆有生命,生命皆是鬼神。草滩上的一个芨芨墩、人们用过的笤帚疙瘩、一双穿旧的绣花鞋或者路边长了百年的老柳树,抑或陈年的老庄房,都可以成精。听这样的故事多了,我时常被一种莫名其妙的恐惧笼罩着。哪怕是白天走进空无一人的房间,脑海里立即会出现一些奇怪的念头,好像外公那把老旧的太师椅,就即刻变成了鹤发童颜的老爷爷形象,那盛放食物的橱柜门会自动开启,出来一个仙女般的美人;或者那些比我高出一头的盛粮食的土仓子里,会跳出穿红戴绿的小怪物……

夜里邻居家搞祭祀鬼神的活动,大人们都会去。我也一定会去,绝不会待在外婆黑洞洞的屋子里,无休止地想象,让那些幻觉压迫得我出不来气。我知道那些巫婆道士们乱舞、杂耍是恐怖的,而与一个人待在外婆偌大孤冷的家里相比,那种孤独和恐惧要好得多,至少我不会产生幻觉。外婆家黑暗无边无际,伸手不见五指,神秘的感觉给了我无边无际的恐惧想象。

那天是个邻居的孩子久病不起, 请了巫婆来, 折腾了整整一个晚上。全村的人都围在屋内屋外,院子里和大门外,甚至院墙上也爬满了人。几个小时后,不停的闹腾声终于停歇下来,人们听着巫婆的说辞,说一对老夫妻已故多年,膝下无子嗣,有一天路过这家门口,看上了这个可爱的孩子,所以一直缠着不放。巫婆说,自己已经施了法术,祷告并警告他们,让他们放了这可怜的孩子,然后她做了一个黄色的符,烧掉,纸灰泡在一碗水里,让孩子慢慢喝下去。人们议论纷纷,深信不疑,不断摇头叹息,之后逐渐散去。几个月之后,这孩子的身体果然就慢慢地好起来了。

外婆的家,离大队部有很长的一段路,我们要时常到那里去看戏或者买盐巴、针线、布料等日常用品,我跟着大人们走过好几回,中间要穿过大片的田野,那时多是种麦子和玉米。在一块地埂边,修了一间庄房,里面有土炕,门上没有安门框,经过时可以看见里面的一切。我不止一次听外婆、舅母绘声绘色地说起过这间庄房,说里面有一个笤帚疙瘩成精了，出落成一个水柳腰的女子，长得可漂亮了，很多人都见过。她穿着红袄袄啊，梳着一个小发髻，穿着一双绣花鞋，还提着个竹篮子；去买过纳鞋的针线。有人说，她一见好看的后生就出来，笑吟吟地迎上去，也有人说，她会吸人的血，是个吸血鬼；还有人说，是某个邻村人已殉情上吊的女儿变的。因为父母不同意她的婚事，当初她和心爱的人在玉米地里幽会，结果怀了孩子，受不了家庭的压力和外人的白眼和嘲讽，上吊自杀了，现在她不甘心，所以变成笤帚精，在那里日日等待她的心上人来和她幽会……

我深信不疑，这件事儿对儿时的我造成了很大的影响，每次经过，强烈的好奇心、恐惧感控制着我。那时正是邻近庄稼收割，浓密的庄稼在小风吹拂下，发出低沉神秘的响声，似乎是谁密匝的脚步声。为了消除恐惧，我大声地哼唱着不成调的歌曲，拼命地在田埂上奔跑，为了怕跑丢鞋子，把鞋子提在手里，赤足奔跑在高低不平的田埂上，脑子里是令人毛骨悚然的想象。

这样的经历，注定了我是一个心事很重的孩子，少言寡语，缺乏安全感，又充满想象力，耽于幻想，却也不甘寂寞。几年以后回到城市，我受到文学的吸引，开始拼命读书、写日记，孤独与想象终于找到了寄托。

如今的城市或者乡村，随着现代文明的发展进步，已经很少再见到如豆的油灯、漆黑的暗夜。夜晚变得跟白天一样明亮，现在的孩子们不会再有这样的恐惧或孤独，然而明晰的一切，也限制了人们的想象力和思维模式。我想对一个孩子来说，想象力是多么重要啊！基于这一点，那么，把黑暗还给黑暗，让夜晚变得更像夜晚，一定会大大地丰富人们的想象力，让夜晚的魅力和神秘再回到人们的心中。

今天，为散文集《河流的影子》写后记时，过去的记忆又清晰地回到我的脑海中。我想，不管这些文字写得怎样，我都是无悔的，对于每一步走过的路，每一段经历过的时光瞬间，我爱了，恨了，也体验了；我笑了，哭了，也记录了，这就够了。很多年以后，我们饱经风霜，白发苍苍，在迟暮的岁月里回首，每一个记忆都是一盏灯，每一段爱恨都是一粒珍珠……我想，当你捧起这本书的时候，我就把我的心交给了你，我羞涩，忐忑不安，但我是真诚的。

2012 年 5 月 7 日初稿

2012 年 10 月 14 日二稿

2012 年 11 月 30 日三稿